力を付けすぎたこの三匹が、
異世界を自由に暴れ回る!?
～趣味に生きたい
転生者たちの
シリアスブレイク理論～
魔力を極めた三馬鹿は
異世界で我が道を征く！

ジオグリフ・トライアード
辺境伯の三男坊。SFオタ。三馬鹿のリーダーで魔法担当。男の子のロマンや亜人の美少女に遭遇すると厨二病化。
マリアーネ・ロマネット
大商会会長の孫娘。百合豚。転生時に美少女にしてもらった。七十二の魔獣と契約する、薔薇で作った百合の造花。
レイター
田舎の村の狩人。ケモナー。機動力に特化した前衛担当。モフモフを見ると暴走する。ほんのり獣臭い。

ラティア・ファ・スウィン
エルフの村フェルディナの村長の娘。
カズハ
優秀な結界術士の狐獣人。
リリティア・ハーバート
リフィール教会の聖女。

「くっくっく…………ふはははは…………
はぁーはっはっはっは！
解凍《デコード》 解凍《デコード》 解凍《デコード》！
さぁ踊れ地を這うトカゲよ！
余に無様なダンスを披露してみせよ!!」

~趣味に生きたい転生者たちのシリアスブレイク理論~
魔力を極めた三馬鹿は異世界で我が道を征く!
黄泉坂登
ill ニシカワエイト

口絵・本文イラスト
ニシカワエイト

装丁
coil

CONTENTS

本書は、二〇二四年にカクヨムで実施された
「第9回カクヨムWeb小説コンテスト　異世界ファンタジー部門」で特別賞を受賞した
『三馬鹿が行く！～享楽的異世界転生記～』を改題、加筆修正したものです。

序章　あるギルドマスターの悲哀

「…………今日は、平和だな」

麗《うら》らかな陽気を自身の執務室で窓越しに浴びていた中年の男が、小さく呟《つぶや》いた。

茶色の髪を角刈りにした大男だ。二メートルに迫る上背に、その骨格に似合った筋肉質な肉体をしており、一見して只者《ただもの》ではない雰囲気を醸し出していた。実際に、彼の来歴を知る者は甘く見ない。

ここ、帝都レオネスタにて冒険者ギルド帝国支部を預かるギルドマスターというのが彼の肩書であった。護衛、採集、狩猟、難易度問わず日夜様々な依頼が持ち込まれる庶民に寄り添った冒険者ギルドと言えば聞こえは良いが、実際には日雇い労働者のそれに近く、命の懸かる現場が多いことから気の荒い連中が大半だ。

当然、その支部長であるならば綱紀粛正の観点から腕っぷしを持っていることが大前提であり、この大男――――ダスクも元は金等級の冒険者上がりであった。

金等級パーティ『嵐山《らんざん》』。そのリーダーであるダスクと言えば帝国周辺で名を轟《とどろ》かせた冒険者であり、引退して十年近く経《た》つ今でも彼等《ら》が刻んだ伝説は語り草になっており、故にそれを知る冒険者達は彼に畏《い》敬《けい》の念を覚えている。

そんな彼ではあるが、引退後は冒険者ギルドの事務員として働きだし、気づいたらギルドマスターの立場に立っていた。まぁそれは若い頃に打ち立てた功績のお陰もあるだろうが、頑張りが報われた気がして悪い気はしない。拝命した立場に見合った成果を出さねばならない、と日々ダスクは研鑽《けんさん》しているのだが――――ここ最近、その気持ちに陰りが出てきた。

先月冒険者登録した少年少女三人組のパーティに頭を悩ませているからである。

単に素行が悪い、という訳では無い。その程度ならばダスクがゲンコツでも落として躾《しつ》ければいい話だ。どちらかと言えば善性に寄っているし、本質だけ見れば弱きを護《まも》った形になるのだが、その過程や結果がやたらと派手なのだ。

彼等の名を知らしめる形となったとある事件からこっち、あちこちの帝国内勢力から取り込みの打診があり、何故《なぜ》かその処理をダスクがすることになってしまったから深く関わる羽目になり、日々起こされるトラブルに頭を悩ませているのである。

曰《いわ》く、暇だからと下水管の老朽調査の依頼を受けて現場に行き、何故か地下に籠《こ》もって危険な研究をしている錬金術士に遭遇。これを撃破したはいいが地下で暴れたため地上が陥没。

曰く、手持《ても》ち無沙汰《ぶさた》だからと孤児へ炊き出しをしたかと思えば、何故か市場原理やビジネスモデルの教育を行って孤児達が独立、銭ゲバ集団と化した。

曰く、獣人少女に性的暴行を加えようとしていた貴族の令息にドロップキックで乱入し、その実家へ突撃。どんな権力闘争があったかは分からないが次の週にはその貴族家は没落していた。

他にも色々と問題を起こしてくれているのである。

いや、前述したように本質だけ見れば帝都が滅びかねない研究を止めてくれたり、稼ぎが少ない孤児達に生きる術《すべ》を与えたり、横暴な貴族をとっちめたりとまさしく正義の所業ではある。ではあるのだが、一々やることにオチがつくのである。

そしてそのオチに対する責任の所在が何故かまずダスクの所へ来てしまうのである。如何《いか》に冒険者として伝説的な彼であっても、トラブル処理班として伝説的なのではない。なので日々苦悩しているのだが、その頭痛の種が今日は何だか妙に大人しい。

「そう、そうだ。いくら奴《やつ》等とは言え連日騒動を起こすなんてことは…………」

「ギルマス！」

そんな言葉が引き金《フラグ》になったわけではないだろうが、ノックもなくギルド職員がダスクの執務室へと飛び込んできた。礼儀も弁《わきま》えない人間ではないことは知っている。そんな職員が駆け込んできたのだ。どう考えても非常事態で、間違いなく面倒事である。

そしてここ最近、そんな面倒事を引き起こすのは――――。

「…………………奴等か？」

「はい。――――三馬鹿です！」

それを聞いて、ダスクは目眩《めまい》を覚えた。

「今日は一体………いや、いい。どうせあの馬鹿共が原因だ。現場は？」

「スラムに居を構えている『蛇の庭』のアジトです！」

追加で起こった現場を聞いて頬を引きつらせる。

「おい、アレは…………」

「はい。今日、でしたね。おそらく、苦情が来るものかと」

「ケツ拭《ふ》きは奴等にさせてやる…………！」

ダスクは吐き捨てるように呟き、執務室に安置していた自前の剣を引《ひ》っ掴《つか》むと転がるようにして外へ出る。ギルド内を爆走し、周囲から「ギルマス⁉」とか「オイ、ギルマスマジギレしてるけど誰が何やったんだ⁉」とか「多分、例の若い連中だろう」とか「あー…………またか。懲りないねぇ」とか聞こえるが無視。

そのままギルドの外へ出て、スラムへ向けて全力で疾走。冒険者ギルドからスラム街まではそれほど遠くない。目当ての場所も、歓楽街とスラム街の境目辺りにある。魔力による身体能力強化も加えれば四、五分で着いた。

辿《たど》り着《つ》いたその先は、もうもうと土煙が立ち込めていた。その先に、瓦礫《がれき》の山だ。事前調査で見た時は、元々は貴族用の屋敷だったので古くとも立派な建物だったのだが、今は見る影もない。

その元屋敷の前に、三人組の少年少女がいた。

瓦礫の山、そして三人組の少年少女。それだけで何が起こったのか、そして何をやらかしたのかダスクは察した。察せてしまった。がっくりと肩を落とし、吐息混じりに彼等に歩み寄るとこんな会話が聞こえた。

「――――だから言いましたのよ？　ここ最近、私達暴れすぎですし程々にしておきましょうって」

最初に聞こえたのは少女の声だ。長い銀髪に緑眼。ワインレッドを基調とした優美なドレスと冒険者というよりは貴族の令嬢と呼んだ方が自然な服装であった。

名を、マリアーネ・ロマネットと言う。

「嘘《うそ》つけ。姫、滅茶苦茶煽《めちゃくちゃあお》ってただろうが」

そのマリアーネに対して呆《あき》れたように反論したのは、長めの赤髪を馬の尻尾《しっぽ》のように纏《まと》めた少年だ。軽鎧《けいがい》すら身に着けていないが、だからこそ歳《とし》の割に鍛えていることが窺《うかが》えるぐらいには程よく筋肉がついている。

名を、レイターと言う。

「だって捕まってる人質の中に見目麗しい少女達がいたんですのよ？　お互いを庇《かば》うようにして身を寄せ合って、なんと麗しい乙女達の友☆情………！」

「あー出た出た百合《ゆり》豚め。自分の好みが関わると容赦しねーんだからさぁ」

「レイ。痛めつけられた獣人奴隷を見て、僕の制止も聞かず踏み込んだケモナーが言うことじゃないと思うよ。全く、君達はスマートさが欠けているね」

そんな二人を眺めていた最後の一人が口を開いた。金髪に碧眼《へきがん》、金糸の家紋入りの黒の外套《がいとう》を纏った少年だ。中肉中背ではあるが、親の遺伝子が良かったのか美少年と呼んで差し支えがなかった。

名を、ジオグリフ・トライアードと言う。

そんなしたり顔で呆れるジオグリフに対してレイターとマリアーネは互いの顔を見合わせて。

『面倒だからって魔術でアジトごとぶっ飛ばした奴が言うな！』

力の限りに突っ込んだ。そしてその突っ込みでダスクは事のあらましの大半を把握してしまった。

悲しいことに。

「ちゃんと子供達は護ったから良いじゃないか！　その上ちっこいエルフさんやちっこいドワーフさんもいたんだからちゃんと護るよ！」

「他全部ぶっ飛ばしてるじゃねぇか。他所様《よそ》の家にちょっと被害行ってるし」

「悪党ども、全員犬○家みたいに瓦礫に突き刺さってますわね。どっちが容赦ないんだか」

「昔の偉い人も悪人に人権はない！　って言ってたし、セーフ。きっとセーフ。周辺被害も所謂《いわゆる》コラテラル・ダメージってやつだよ。仮に何か言われてもどうにか誤魔化して――――」

そのあんまりと言えばあんまりな言い草に流石《さすが》に頭に来たダスクは、ギリ、と歯の根を鳴らして一歩踏み出す。

「さ～ん～ば～か～…………！」

『ぴぃっ⁉』

ずん、というおよそ足音とは思えぬ音と共に地獄の淵《ふち》からやって来た獄卒の声に三人の馬鹿が鳴いた。ゆっくりと背後を振り返った三馬鹿は、「あ、やべ」という表情をした。どうやら自覚はあるらしい。

「こ、これはギルマス。何故、こんなむさ苦しいところへ？」

「一応…………一応な？　聞いておこうか。…………何があった？」

大体の内容は察したが、ダスクは一旦《いったん》怒りを腹の奥底へ沈めて釈明を聞くことにした。顔に似合わず理知的で優しい男である。

「せ、先生、説明しろよ。リーダーなんだから」

「ご、誤魔化すと言ったんですから、ジオが釈明すべきですわね」

「君達いつもこういう時だけ都合よく人に押し付けるよね…………!?」

それを知ってか知らずか三馬鹿は醜い争いをした後、ババを引いたジオグリフが咳払《せきばら》い一つして説明を始める。

「こほん、えっとですね。僕達、一応謹慎中じゃないですか。この間の一件で」

「そうだな。それが何故こんな真っ昼間から出歩いているか分からんが」

「ほら、日用品や消耗品の補充なんかはありますし、今日も一応、夕食の食材を求めて外に出たんです」

「そうか。詰まった予定を消化するまで帝都を出ずにちゃんと毎日連絡が取れれば良いと、俺も言ったからな」

「はい。そうしたらですね、裏路地から飛び出てきた子供に助けを求められまして」

「ほぉ、子供」

「ええ。話を聞くに、脱走した違法奴隷でしてね。どうも誘拐や拉致《らち》されて奴隷にされていたようです。他にも捕まっている子供達がいると聞き、これはいかんと義憤に燃えた我々は奴等のアジトに突入したわけです。どうやら今夜開催される闇オークションに出品される商品だったようですね」

彼の指差す先、庭の一角に身を寄せ合っている子供達が三十人近くいた。きっかけは何であれ、三馬鹿は彼等を救い出す為《ため》に行動を起こしたようだ。

善行である。無理矢理奴隷とされてしまった子供達を解放したのだ。間違いなく善行である。なのだが。

「………で、コレと」

ダスクが眺める先には、犯罪結社『蛇の庭』のアジト――――最早《もはや》瓦礫の山となってしまった元屋敷があった。没落した貴族の居抜き物件を彼等のパトロンが買い取り、それを与えられた『蛇の庭』が帝都でのアジトとして使っていたのはダスクも知っていた。何故なら公的機関と一緒に調査したからだ。

「はい。途中で面倒――――もとい、人質となった違法奴隷達を無傷で確保するために少し派手に魔術を使いましたが、まぁ子供達を救うためなら仕方のない犠牲でしょう」

「そうかそうか。その子供達は全員無事なんだな？」

「はい。大人として子供を護るのは当然です。傷一つ付けていませんとも」

胸を張るジオグリフに、背後の二人もんだんだ、とばかりに大きく頷《うなず》く。派手になったのは認めるが、疚《やま》しい事はしていないと。

「そうかそうか。お前達もそうなんだな？」

「見ろよギルマス。中には獣人もいんだろ？　モフモフを前に、俺が護らない理由は無《ね》ぇよ」

「ぎゃんかわ美少女がたくさんいるじゃないですか。お互いを励まし合っていて、とってもとっても美しいですの。守護《まも》らねば………と思い、全力でお姉様を遂行しましたわ」

尚《なお》、三馬鹿が派手に暴れたお陰で子供達はちょっとドン引きしているからこそ、若干距離が離れているのだが、そんなことは馬鹿だから気づくはずもない。

「そうかそうか。…………ところで、こんな目立つ所に何故そんなヤクザ者のアジトがあって、皇帝陛下のお膝元《ひざもと》で放置されていたと思う？」

　そのダスクの問いに、三馬鹿ははて？　と首を傾《かし》げる。

「闇オークションはな、予《かね》てから問題になっていたんだ。非合法品だけならいざ知らず、違法奴隷も扱っていて、その収集方法も拉致や誘拐、果ては目当てのために他を皆殺しにするほど非道なものだったからな。だが、迂闊《うかつ》に口に出せないぐらいの高位貴族が主催として絡んでいるから国も下手に手を出せずにいた」

　より正確に言えば公爵家。皇室の血筋が最も濃い貴族が関わっていて、封建社会では醜聞にもなるので大々的に動くことも難しかったのである。

「被害の大多数は民間人だ。当然、冒険者ギルドにも依頼が来ていて、こちらとしても闇オークションに行き着いているのは把握できた。いや、出来てしまった」

　皇室は結構前からこの事態を把握していて、証拠固めと口実づくりと根回しに動いていた。そして遂《つい》に事実に辿り着いてしまった冒険者ギルドに一先《ひとま》ずの口止めと民間からの協力を要請。

「要請を受けた冒険者ギルドは国と協力して内偵や情報収集など色々と奔走していてな。近頃ようやっと尻尾を掴んでまさに今夜、官民足並みを揃《そろ》えて一網打尽にする予定だったんだが――」

　そして入念な準備を重ねて、今夜ようやっと仕留めに掛かる為に動こうとして――。

『あー…………』

三馬鹿は眼《め》の前の瓦礫の山を見つめる。そして察した。国と冒険者ギルドが頑張って仕込んでいたものを、自分達は知らず先んじて動き、ちゃぶ台返ししてしまったことを。

「報連相！　報連相ぐらいしろ！　このバカモンども‼　社会人の常識だろうがっ‼」

『ご、ごめんなさ――――いっ‼』

ダスクの雷に三馬鹿は即座に土下座に移行。せめて事前連絡でもあれば、今夜の作戦に三馬鹿を巻き込んでもっとスマートに片がついたものを、とダスクは嘆きつつフォローの段取りを手早く考える。

と言っても、既にやらかしてしまった後だ。都合よく、実力だけは下手をしなくても自分以上の冒険者が三人いる。となれば、やることは一つ。

「予定は前倒しだ！　事態を収拾するまで、付き合えよ⁉　三馬鹿共っ‼」

『はい、すみませんでした………』

結局その後、ダスク率いる三馬鹿が罪滅ぼしに全力で暴れた結果、黒幕である公爵家は当然、その派閥の貴族家や事態を察して地下に潜ろうとした『蛇の庭』の残党も残らず狩り尽くされるのだが――――それはまた、別の話。

さて、この様にその身の丈に合わぬ実力で理不尽《シリアス》を壊してはオチをつける三馬鹿には、ちょっと他人には言えない秘密があった。それを詳《つまび》らかにするためには――――三馬鹿が、この世界に生まれ落ちる少し前まで遡《さかのぼ》る。

第一章　三馬鹿の転生事情

はた、と気づいた時には死んでいた。

そう三人が確信したのは、何もない白い空間に放り出されるという異常を目の当たりにしたから。

そして、まるで天使の階段のような光の帯を伝って悠然と降りてくる、形容しきれない程の美しい女性が現れたからだ。長い金髪に碧眼。蠱惑《こわく》的な顔の造形、肉感的な肢体を前に三人は知れず息を呑《の》んで確信する。

そして一言。

『これはアレか。君のような女神に、ずっとそばにいてほしいと言うべきか』

奇《く》しくも同じタイミング、同じセリフを口にしてハモった所で彼等《ら》は初めて自身の隣を見た。火の玉がそこにはあった。より正確に言い表すならば、人魂と言うべきか。篝火《かがりび》のように揺ら揺らと怪しく輝くバスケットボールサイズの鬼火。

『ん…………？』

と同時に、嫌な予感がして視線を自身の体のあると思われる場所へ向けて――――それが隣と同じくウィル・オー・ウィスプ的なものだったものだから愕然《がくぜん》とした。

『な、なんじゃこりゃぁあぁあああっ‼』

「魂です」

当惑するにしては先程からネタ方向に突っ走る三つの魂に、女神然とした女性がため息混じりに突っ込んだ。

「揃いも揃って同じ反応とか、実は三つ子ですか？　貴方達《あなた》は」

呆れた様子の女神っぽい女性に対し、魂ズはふぅむ、と一拍置いた後。

「山！」

「川！」

「それだと私、合言葉言えないのでは？」

『そりゃそうだ！』

ゲラゲラ笑う魂ズ。

こりゃ本当に三つ子じゃないかしらん、と女神もどきの女性は吐息して。

「私は中級限定神のリフィールと言います。突然ですが、貴方達は死にました」

毎度のことだけどこれを告げるのは繊細な心遣いがいる――――と女神らしく覚悟を決めたリフィールがきっぱりと言い渡すが。

「え？　マジ？　俺ってば死んだん？」

「ねぇ、聞いた？　神様だってー」

「でも中級限定と言いましたね。――――ＡＴ限定的な？」

『だっせぇ』

「誰がダサいですか！　最近じゃ新車でＭＴなんか殆《ほとん》ど出ないですし、仕事でだって使いませんよ‼　使うのは職業ドライバーか現場仕事の人達ぐらいでしょう⁉」

思わず突っ込むリフィールに三馬鹿はえー、と非難がましい声を上げて。

「人殺せる鉄の塊を簡単に動かせるようにして、それを下手くそが無思慮に扱える方が異常なのでは？」

「簡単になったって別に運転に集中するわけじゃなくて、空いたリソースをスマホとか他事に使うだけだしね」

「アクセルとブレーキ間違えたらクラッチ踏むだけでいいのに、そこ省略して楽しようとするから年寄りも若いヤツもコンビニミサイルするんだろ。つーか何がアクセルとブレーキを間違えただ。間違えねぇよんなもん。右と左の違いすら分からんのか。安全装備に頼らないと動かせないくらいトロ臭いなら最初から乗らないでほしいわ、怖《こえ》ぇし危ねぇから」

「この三人、面倒くさい…………！」

これだからＭＴ厨《ちゆう》は！　と地団駄を踏むリフィールに、三馬鹿はしょーがねーなーと思いつつ。

「で？　俺等死んじまったん？　何で？」

「ボク知ってるよ！　これアレだ！　女神の手違いで転生の前フリ！」

「つまりアレですか、所謂チートでハーレム作れると…………！」

色めき立つ三匹に、リフィールはこほんと咳払いを一つ。

「あ、寿命ですー」

『ウッソだろお前‼』

ガッデム！　と天を仰ぐ魂ズに、共通点は年齢ぐらいなのに何でこんなに息合ってるんだろうこの三人、とリフィールはジト目を送った後で説明に入る。

「通常、生物が死んだら魂の漂白後に輪廻《りんね》に放り込んで次の生へと行きます。本来なら貴方達もそこへ入るはずだったんですが…………」

「ボク知ってるよ！　これはアレだ！　神の依頼的なやつだ！」

「つまりアレか、所謂《いわゆる》チートでハーレムを作れると…………！」

「あぁ、駄目ですよ。さっきと似たようなセリフを吐くと…………」

約一名察してしまったが、リフィールは一つ頷いて。

「三人を選んだ理由は特にありません」

『テンドンすんなや‼』

勝手に期待したのはそっちでしょうが、とリフィールは辟易《へきえき》して。

「依頼的なものではないんです。というか、今までだったら特に説明もせずに放り込むだけでしたし」

「え？　俺の意思は？」

「無視です」

「チート能力は？」

「無しです」

「異世界転生しないの？」

「しますよ」

簡潔に答える女神に、魂ズはたっぷり考えた後。

『人権侵害じゃないか‼』

「ここは天界で人間の法律の適応外なので」

『誘拐反対‼』

「どっちかって言うと拉致《らち》です。条件に合いそうなの適当に見繕ったら貴方達が出てきたので。ガチャですガチャ。今のところレアですらないコモンですけど」

もっとひでぇ！　と騒ぎ立てる三馬鹿に取《と》り敢《あ》えず話が進まないので黙っててもらえます？　と女神的な圧力が増したので三人は口をつぐんだ。

「世界の剪定《せんてい》がここの住人――――人が分かりやすい概念で神の役割なのです。その業務は多岐にわたりまして、その一つに保守メンテナンスがあるんですよ。まだ寿命には遠く、しかし何の因果か停滞してしまった世界に新しい風を吹き込んだりするんですね」

中級限定神というのは魂ズの日本語翻訳での概念であり、意訳らしい。彼女の言葉や認識ではまた異なるそうだ。

「今回の場合、定期メンテナンス作業でして、異物を世界に放り込んで攪拌《かくはん》させるのがその内容になります。言うなら、貴方達はその攪拌機みたいなものです。今までなら、わざわざこんな事を告げる必要もなく適当に放り込むだけで済んでいたんですけれど………」

何でも昨今では天界でも人権意識や法令遵守が厳しいらしく、特に別世界からの魂の使用はかなり慎重な運用を求められるとのことだった。それは魔王や邪神を倒せ系の依頼や技術革新で世界を進歩させろ的な依頼は当然、ただ違う世界に放り投げるだけの撹拌作業にさえ伴うとのことで、この邂逅《かいこう》はその一環だそうだ。

「ぶっちゃけこの作業説明に関しては有名無実だったんですが、最近やがて同僚になるであろう周回勇者が最高管理神様から監督官に任命されてコレがまた厳しくてですね……」

げんなりするリフィールに、三馬鹿はちょっと同情した。

「神の世界でもコンプラか……」

「世知辛いな……」

「っていうか周回勇者って」

「文字通り何回も世界を救った勇者です。有能は有能なんですけれど、ちょっと偏屈な人で――」

そこまで言ってリフィールはばっと背後を振り返ったり気配を探る仕草をしてから青い顔で。

「――あの人の話はやめましょう。噂《うわさ》をすれば影ってやつです。折角最近初級限定から昇神したのに難癖つけられて降格してたまるものですか」

どれだけ怖がってるんだ、と三馬鹿は突っ込もうと思ったが女神圧が高まったので黙った。

「で、貴方達を異世界に放り込みますよ。後はご自由に生きてくださいねってお話だけなんです」

「質問！　それを話すってことは記憶を持ったまま行けるんですか？」

「はい。言うならば、記憶が撹拌機の撹拌体ですね。転生前の記憶がないと意味がないんです」

「質問！　スキルとか特殊能力はくれないんですか？　後、見た目とかキャラクリエイト的なものは？」

「ゲームじゃないですから無いです。いや、スキル的なのはあるはあるんですがそういうのは何かしてくれ系転生の時ですね。ただ、今回送る世界は魔力中心の世界ですので、記憶――――というか自我を最初から持っている状態ならチートですよ。あの世界の魔力は子供の頃から鍛えれば鍛えるほど強くなるので。後はアイディア次第ですね」

「質問！　じゃぁ、せめて生まれとかそういうのは⁉」

「それはある程度調整できますよ。生きてもらわないと手間なので、よっぽどの要望がなければ大体裕福な家庭に転生させます。後、せめて男女ぐらいは選ばせてあげます」

「質問！　拒否したら？」

「先程も言いましたが拒否権はないです。それでもギャーギャー騒いで面倒になったら、漂白した後で輪廻にポイします。ガチャを引き直すのも面倒ですが、そちらの方が手間がないので」


その辺の傲慢《ごうまん》さは神だなー、と三馬鹿は思った後で『作戦タイム！』と叫んでヒソヒソと何事か相談を始めた。と言っても、リフィールには丸聞こえだが。だがまぁ、そのぐらいの小狡《こずる》さは見逃そうと判断した。アレも駄目コレも駄目ではまたぞろギャースカとうるさかろうと考えたのだ。

しばし待って、三馬鹿は女神に要望を伝える。それを一つ一つ聞いて、コンプラに抵触しなかったのでリフィールは叶《かな》えることにした。

「では、貴方方の次の人生に幸が多からんことを願ってますよ」

かくて、魂ズは新たな世界へと転生していった。

●CASE：1　ジオグリフの場合

一人称『私』の魂は、ジオグリフ・トライアードに転生した。

レオネスタ帝国辺境伯、ラドクリフ・トライアードの三男として生まれた彼は、若くして魔導の天才であった――――というのが他者からの評価だ。無論、実際には違う。

中級限定神リフィールに聞いた『あの世界の魔力は子供の頃から鍛えれば鍛えるほど強くなる』という言葉を実践したのである。生まれてすぐに魔力の流れを感覚で掴《つか》んだ彼は、どうせ乳幼児の頃は暇だろうと考えて鍛錬に没頭した。おそらくは筋肉のように破壊と再生を繰り返せば強くなるのだろうと当たりをつけ、ただただ愚直に。

結果として、五歳を迎える頃には宮廷魔導士に匹敵する超魔力《バカ》を手に入れていた。

だが、彼はここで考える。

「…………………あれ？　このまま行ったらお家騒動コース？」

『私』――――いや、ジオグリフは辺境伯の三男。継承権はあるが、少々遠い。というか領地運営をしたくない。転生前はストラテジー系やシミュレーション系のゲームを程々に嗜《たしな》む中年であった彼は、一瞬だけその気になって、しかし考え直したのだ。

あれはゲームであり、市民は物を言わない。その癖ある程度の学はある設定で、メタ的にはシステムだから指示しただけで町は回るのだ。

翻ってこの異世界はどうか。

基本構造が中世だ。だから色々不満はあるが、それはまぁいい。だが彼が望む領地運営――文明的で文化的な領地を作ろうとすると、まず人に教育を施さねばならない。読み書きは当然のこと、道徳から何から現代人に必要な全部をだ。それは流石《さすが》に面倒くさい。

「現実はシ◯シティみたいには行かないよなぁ……。今の所、この国は戦争はしてないけれど、世界全体は信長の◯望シリーズみたいな乱世だし」

そんな中で、超魔力を持った子供が生まれる。きっと将来は凄《すさ》まじい戦力となるだろう。だけど三男。継承権が遠く、さりとて他家に出すよりは抱え込みたい。では一番強い柵《しがらみ》は何かといえば、当然当主である。

しかし、既に嫡男である長男がいる。年齢は十で、貴種《サラブレッド》を煮詰めただけあって多方面に有能だ。

両者を並べた時に、甲乙つけがたい。

実際、父であるラドクリフは迷いを抱いている。貴族の世襲を慣習で考えれば長男に継がせるのが当然だ。だが、将来的な能力は間違いなく三男の方が上になる。領主としての能力は魔力や戦闘力で決まる訳では無いが、ここは辺境だ。帝国の端っこ――畢竟《ひっきょう》、戦争が一番近い場所だ。実際に大戦とならなくても小競り合いはしょっちゅうある。

そんな中で、大魔術士が領主になれば周辺国に睨《にら》みを利かせられるだろう。治安はぐっと良くなるはずだ。

もしも長男が不出来ならば迷いなくその手を取っていたが、長男であるミドクリフも後継者として教育を受けてきただけあって有能だ。天才とまでは行かないが、間違いなく同年代ではトップクラス。性格も歳《とし》に似合わず落ち着いていて、それでいて他者を思いやる優しさを貴族らしくないが身に着けている。

「ミド兄様のことだから、多分反対しないんだよなぁ…………」

聡《さと》い長兄の事だ。多分そちらの方が家の為《ため》になると判断すれば、自身の派閥すら切り捨てるだろう。是が非でも支配者になりたいのならばこれ幸いとばかりにジオグリフもそれに乗っかる。

だが。

「でも悪いけど、折角異世界転生したのだから僕は自由に生きたいのさ。――――約束もあることだしね」

かくしてジオグリフは自分が自由に生きるための行動選択をする。

と言っても難しい話ではない。末弟らしい奔放さで長男と、ついでに次男との仲を良好にしたのである。元々そんなに反目し合ってはいなかったが、三兄弟として一分の隙も無いぐらいに関係を築かねばならなかった。家臣派閥に付け入られても困るからだ。

その上で、ジオグリフは将来的には修行を兼ねて冒険者になりたいと言い出した。実際の目的は別にあるのだが、明確に後継者レースから降りる行動を取ったのだ。更には。

「この辺境は色々火種があるところですから、いつか領主になった兄様にも必ず危機がやってくるでしょう。その時に、颯爽《さっそう》と駆けつけ助けられるような大魔術士になっておきたいのですよ」

などと健気《けなげ》な弟ムーブをしたものだからさぁ大変。パパは感銘を受け、ママは号泣し、兄様は感涙し、次兄は憧《あこが》れを抱いた。以降、トライアード家はジオグリフに甘々になる。

魔導書が欲しいと言えばパパとママが伝手《つて》をフル活用して方々から収集し、魔導具を作るのに素材が欲しいと言えば長兄と次兄が騎士団を率いて魔獣狩りに向かった。

無論、ジオグリフも恩を受けるだけなのは気が引けるので色々とやった。

領地運営の相談を父からされれば「そう言えば本で読みましたけれど」と前世知識を活用し、母やメイドに甘味という贈り物を欠かさず、長兄には「戦いは数だよ兄貴！」と告げて将来的に領民数を増やす方策を渡し、道に迷う次兄には元がおっさんであることからさり気なく導《しるべ》を示す。

結論から言って、ちょっとやり過ぎた。

十年後、十五歳の誕生日直前で帝都に向かって旅立とうとするジオグリフに家族総出で涙のお別れである。ママと兄弟二人は号泣して引き止め、普段は厳しいパパですら涙目である。

そんな彼等を背に、ジオグリフは鼻歌交じりに旅立つ。

「ふふふーん、ふふふふーん――……………うーん、ヤ〇トは三文字だからジオグリフだと語呂《ごろ》が悪いな。愛称もジオの二文字だし」

このとあるアニソンの替え歌や長兄に行った助言からも分かるように、この男――SFオタである。

●CASE：2　マリアーネの場合

一人称『ボク』の魂は、マリアーネ・ロマネットに転生した。名前から察せるように女性への転生である。手違いではなく本人が希望した。まさかのTSである。

レオネスタ帝国の大商会会長、リード・ロマネットの孫娘である彼女は、若くして発明の天才であった――――というのが他者からの評価だ。無論、実際には違う。

ジオグリフと同じく、子供の頃から鍛えれば魔力は強化できると聞いたのである程度鍛えていたマリアーネは、色々と動ける幼児期になると異世界に絶望する。

「なにこれくっさ」

当然である。何しろ中世だ。みんな大好き中世ヨーロッパファンタジー。しかして実際は衛生観念など無く、調べれば分かるが大変に不衛生だ。まして人の多い帝都に住んでいる以上、どうしてもそうなる。人に夢と書いて儚《はかな》いと読むが、異世界に期待を寄せた彼――――もとい、彼女は夢をぶち壊された。臭気で目が覚めるという、特大の不快感で。

こりゃぁアカン、となった彼女は魔力鍛錬を早々に切り上げた。やるべきことが出来たのだ。せめて自分の周辺ぐらいは環境改善しないと、と。

とは言え、金もなく、実績もなく、動ける体すらろくすっぽない幼児に出来ることなどたかが知れている。どうしたものかと考えていると、すぐに閃《ひらめ》いた。先人の知恵を使えば良いのだ。即《すなわ》ち、現代知識チートである。

世の中は面白いもので、そこに需要があればたとえニッチであろうと情報が生えてくる。ネットという広大な森に生えるきのこ《情報》のようなものなので、本来ならば見つけにくいものだがそこはインターネット。検索エンジンに掛ければあら不思議。必要なきのこ《情報》を即発見できるのである。

彼女は生前、この手のきのこ狩り《ネットサーフィン》を無作為に行うのが好きで、そんな中で一冊の本に出会った。曰《いわ》く、いざという時に後悔しないために、今読んでおきたい一冊。

その中の、科学チートの項目にあったのは石鹸《せっけん》。そう、石鹸を作るのだ。この世界に石鹸は既にあるが、原始的で獣脂を使うので臭い。しかも固形じゃない軟石鹸。そんな中、臭くないどころかいい匂いがする固形石鹸が出現したらどうなるか。

売れる。それも上流階級に。消耗品なので人が絶滅しない限り永久に。

だから作った。家のメイドにお願いして原料や機材を取り寄せ、チマチマ自室で。そして完成した物を母に披露した。その先進的な石鹸に母はいたく感激し、自らの父の下へと石鹸を片手に乗り込んだ。

そう。彼女の父、そしてマリアーネの祖父――レオネスタ帝国のロマネット大商会会長、リード・ロマネットの下に。生き馬の目を抜く商人の世界で個人商から大商会にまで一代で大きくした手腕を持つ老人だ。これは売れると即時に判断して、孫からその製法を聞き出そうとした。

だが、マリアーネはただの幼児ではない。元は商社勤めのおっさんだ。そう易易《やすやす》と金の生《な》る木を渡しはしない。ただ、頑迷にしては駄目だ。子供のように駄々をこねたのでは、その先へと繋《つな》がらない。

だから交渉した。

「おじいちゃま。せっけんがうれたぶんだけおかねをください」

銀髪緑眼の美幼女、そして孫娘の上目遣いである。これは攻撃力が高い。しかし、リードも激動の人生を送ってきた男である。そうそう簡単に――――。

「わかったよマリー。お前は賢いなあー。そして可愛《かわい》いとかウチの孫はひょっとして天使かな？」

相好を崩し、頷《うなず》いた。

まさかのライセンス契約締結である。ロイヤリティは現代の相場ではまずありえない四十パーセント。これが上流階級に流行《はや》ったら庶民向けの廉価版を出して、そっちは十パーセントで良いとした。問題があるとすれば、現存する石鹸を売っている勢力だが、そこは大商会としての権能と上流階級への根回しで容赦なく駆逐。廃業に嘆く人手は交渉後に接収したので、そこまで恨まれなかった。大商人ならではのバランス感覚である。

さて、そんなこんなで大資本を手に入れたマリアーネは、それを使ってさらなる商品開発を行った。衛生観念から始まったので、トイレから芳香剤、香水、シャンプー、リンスと繋がり、どうせここまで来たんだからと段々と美容や服飾方面に走っていく。途中で手が足りなくなったので鍛えた魔力を利用して召喚術をマスター。人手を増やし自分のアトリエまで建てた。彼女の愛称がマリーなので色々と危うい。

お陰で十二を数える頃には富裕層とは言え平民なのに貴族に交じって社交界へ出ても疎まれるこ

と無く、むしろ美容や服飾に関心のある女性陣に囲まれること多数。

きゃっきゃうふふと女性と戯れる彼女の胸の内は――――。

（あぁ、百合《ゆり》の園サイコー………）

この元男、百合厨《ちゅう》であった。

仲睦《なかむつ》まじい百合の間に男が入るな！　と荒らしをする原理主義者の類である。き○らジャンプが好きなのである。登場人物のお父さんすら竿役《さお》になりそうで嫌だと公言していた。生前からそんな美少女の園を眺めるのが好きだったのである。何ならその中に入りたかったのである。だが悲しいかな。男、それも中年のおっさんであるが故に割って入ることは百合豚の信念として許せず、つーか現実だとそんな環境に近づいただけで通報されて事案だよねと諦《あきら》めていた。

そんな中で降って湧いたこの転生。彼はリフィールの『キャラクリエイト的なものは無いですが、男女ぐらいは選ばせてあげます』とのセリフに閃いたのだ。そう、閃いちゃったのである。

百合の中に入りたいのなら、女になれば良いんじゃね？　と。

かくして『ボク自身が女になる事だ』を本気で実行した元彼は、念願叶って百合物語に登場しても問題のない女性となった。

（取り敢えず約束まで後三年。資金貯《た》めて、拠点作って、動きやすい環境ぐらいは整えてあげますかね。――――なぁにあの百合百合しいカッポー………！　おほー‼）

尚《なお》、残念ながらこの世界では豚を出荷してくれるネット民はいない。

●CASE：3　レイターの場合

一人称『俺』の魂は、レイターに転生した。

レオネスタ帝国の地方村の村長、ホウロウの次男坊である彼は、若くして近接戦闘の天才であった――――というのが他者からの評価だ。無論、実際には違う。

ジオグリフやマリアーネと同じく、乳幼児期に魔力鍛錬に勤《いそ》しんだ彼ではあるが、立って動けるようになって不満を覚えた。

「おっせぇ」

何しろ体の動きが鈍い。幼児なので筋力がろくすっぽないのだ。当然ではあるものの、それにしても思い通りに動かない。それが何よりも苦痛だった。前世はトラックドライバーであった彼は、スペックもそうだが何よりも操作性に拘《こだわ》る。思い通り、狙った通りに動かないのが気に入らないのだ。

というか、車の運転は大型であれ乗用車であれ狙い通りに動かないと容易《たやす》く事故る。

だから不要なアシストはいらなかったし、それに頼る程度の低いドライバーに眉《まゆ》を顰《ひそ》めていた。

プロだからとなんでも出来るわけではない。慣性や停止距離の関係上、危険を感じても即その場で止まれるはずもなく、だから運転中は常に予測する。職業ドライバーはそれを理解して気を遣っている。

運転しているのに、それを底辺と見下す他の一般ドライバーはどうだ。同じ公道を使っているのに、スマホは使うわちょっとの隙間に強引に割り込むわ脇見はするわ煽《あお》るわ飲酒するわ無法状態ではないかと。

楽をするな。集中しろ。予測しろ。車の流れに逆らうな。思った通りに車体を動かせるように練習しろ。その鉄の塊は制御を失えば容易く他者を殺せるものだと自覚しろ。それだけでだいぶ事故率下がると一種独善的な考えをする彼は、故にこそ自分の体が思い通りに動かないことに苛立《いらだ》った。

この世界に自動車はない。

だが、そこで培った体であれ物であれ上手く扱うという概念は彼に染み付いていた。だから色々考えた結果、彼は魔力を上手《うま》く使うことにした。体に魔力を纏《まと》わせて、かつて見た映画にあったようなパワードスーツのように補助的な運用をしてみたのだ。

結果、三歳児とは思えないほどの機動力を手に入れた。

魔力をバネのようにして足裏に展開し解き放つと、二十メートル程上空へと飛んだ。

比喩《ひゆ》でも揶揄《やゆ》でもない。冗談抜きでぶっ飛んだ。最初にやった時は死ぬかと思った。実際、近場に偶然にも杉の木がなければ、そしてとっさの判断で幹に蝉《せみ》が如《ごと》くしがみつかねば、そのまま落下死していた。子供の体だから一メートルぐらい飛べたら良いかな、と考えていたらこのザマである。

危険予知《KY》が足りないと猛省した。

だが、要点は理解した。後はこれを上手く使って思い通りに動かすだけだと練習を開始。六歳を数える頃には一人で森に入っては魔獣を狩って食卓に肉を提供していた。最初は渋っていた家族も、異常なまでの身体能力を誇るレイターを前に段々感覚が麻痺《まひ》してきたのか、それとも提供される肉に味を占めたのか何も言わなくなった。レイターが生まれた村は今にも潰《つぶ》れそうな寒村ではないが、それでもそこまで裕福ではないのだ。子供でも使えるならば立派な労働力なのである。

そんな頃、一人の老戦士が村を訪ねてきた。

冒険者として長年各国を巡っていた狼《おおかみ》獣人の男で、引退して終《つい》の住処《すみか》を探していたらしい。以前、依頼で立ち寄ったこの村が滅んだ故郷に似ているらしく、定住を希望してきた。村長であるレイターの父はこれを快く了承した。冒険者の知見は有用であるし、老いたとは言え戦闘能力も健在。何よりそれを他者に教えられるならば、村の防衛力に貢献も出来るだろうとの判断だ。

レイターも歓迎した。それはもう熱烈に。その狼獣人がちょっと引くぐらい。レイターは男が好きなわけではない。そうではないが――。

（ケ・モ・ミ・ミ・キ・タ――!!）

ケモナーであったのだ。

老いた男の獣人だ。その老獣人は見目麗しい訳では無いし、そもそも七歳であるレイターには性欲もまだ無い。あるのは前世から引き継いだ性癖だけだ。

獣の耳と尻尾《しっぽ》がついている。これはテンションが上がる。この世界には獣人がいる。それだけで胸が熱くなった。

断っておくが本来、これはケモナーがはしゃぐような獣度《ケモ》ではない。人に耳と尻尾だけのオーソドックスなライトタイプ《ケモ度1》なのだ。ガチ勢からはライトケモナーめと冷笑か叱責を受けるだろう。ケモナーを語るなら顔面からケモノであるケモ度2からにしろニワカがと。

だがレイターはそれでもいいと思った。

実際に耳と尻尾がついていて、それが作り物ではなく血が通っているのだ。動くのだ。ふさふさしているのだ。となれば感動せざるを得ない。興奮せざるを得ない。モフモフせざるを得ない。それにケモミミタイプがいるということは、もっとケモ度が高い存在もいるかもしれないということだ。いや、おそらくいる。四足歩行のケモレベルも十分ありえる。これは夢が広がりんぐ、と胸中で小躍りした。

かくして煩悩まみれのケモナーは希望を持った。

その日以降、レイターはその老人――ガドについて回る。最初の頃はちょっと、いやかなりドン引きしていたガドも、見た目は子供のレイターのキラキラした瞳《ひとみ》に絆《ほだ》されて相手をするようになる。決して本人が鼻息荒くやらせてくれと懇願したのでさせてみた尻尾のブラッシングが気持ちよかったからではない。

その内に彼の魔力を用いた異常な身体能力に気づき、自身の経験を叩《たた》き込《こ》むようになって――師弟関係となった。

やがてモフモフパラダイスを作ることを目標にしたレイターは、獣人は強さこそ求められるので強いやつがモテると聞き、徹底的に体を鍛えることにした。集めるモフモフにオスだろうがメスだろうが関係ない。群れのアルファになるためにはまず強くなるのだ、と。欲望全開の彼ではあるが、ある種執念のような行動に感心したガドは、自身が持つ戦闘技術を全てレイターに叩き込むことにした。

筋力こそ全盛期よりだいぶ落ちているガドだが、その分技術は磨き続けたのだ。技の冴《さ》えはむしろ研ぎ澄まされている。金等級の冒険者、その技術全てを吸収するのにかかった時間は七年。これを長いと考えるか短いと考えるかは人による。

レイターは長いと考え、ガドは短いと考えた。

「っし。じゃぁそろそろ約束を果たしに行くかね」

レイターは武者修行をしてくる、と家族と師に告げて村を出た。餞別《せんべつ》は家族から道中の食料とレイターが狩った魔獣の素材を換金した路銀。師であるガドからは、冒険者時代に使っていた遺失装具《アーティファクト》。

「待ってろモフモフ……‼」

そしてケモナーは、意気揚々と帝都へ向かって歩き始めた。

第二章　そして三馬鹿は出会った

レオネスタ帝国、その首都である帝都レオネスタにも歓楽街は当然ある。

何しろ国家の首都だ。人の往来は尋常ではなく、そこを生活基盤にしている人間もまた多い。故にこそ、首都というのはどこも経済の中心地として機能する。そして人が集まる場所だからこそ、欲望を発散する場所というのが必要なのである。もしもどこも禁止にしていれば、欲望を発散する機会を求める人々が暴発し治安は凄《すさ》まじく悪くなるだろう。

歓楽街というのは、言うならば必要悪なのである。

さて、そんな歓楽街の目と鼻の先に冒険者ギルドがあった。理由は単純、日雇い労働者とも言える冒険者は宵越しの銭は持たない――――訳でもないが、結構散財する。最早《もはや》どちらが先かは分かったものではないが、この施設の隣接具合は計算されて作られていた。

時刻は夕方、そろそろ日が沈もうかという頃。今日の仕事を終えた冒険者達が歓楽街へと繰り出そうとする波を眺める少年が一人いた。

金の髪に碧眼《へきがん》。どこか眠たげな憂いを帯びた表情の少年だ。冒険者ギルドの建屋の外壁に背を預け、人波を腕を組んで眺める彼の姿はすっと通った鼻梁《びりょう》も相まって非常に目立つ。道行く女性がドキッとするぐらいには。

それでも安易に声を掛けられないのは、彼の服装か。黒に金糸の見るからに仕立ての良さそうな上下に、黒のローブ。そしてそのローブには家紋まで入っているとなれば、貴族家の縁者であることは疑いようがない。この場に紋章鑑定士がいたならば、トライアード家の紋章だと気づいたことだろう。

殿上人、とまでは言わないが貴族には侮辱罪を己《おの》が判断で独自行使するだけの法権力がある。触らぬ神に祟《たた》り無し、と考えて見て見ぬ振りをするのも仕方がないだろう。

(――――参ったな。日にちと場所は今日とここで合ってるはずだが………合言葉言って変な顔されるのも恥ずかしいってことに今更気づいた)

少年――――ジオグリフにとってはむしろ話しかけて欲しかった。引っ込み思案ではないし、それなりにコミュニケーション能力はあるが、とは言え初見の人間に合言葉を投げかけて返ってこなければどう接すれば良いのか全く考えていなかったのである。

そう、リフィール神との邂逅《かいこう》の際、彼等《ら》は一つの仕掛けというか約束をした。各々十五歳の誕生日に、レオネスタ帝国首都の冒険者ギルドで落ち合おうと。故に生まれも三人揃《そろ》ってレオネスタ帝国になるようにリフィール神に要望したのである。

その際の合言葉も決めているが、その場のテンションに任せて決めてしまったためにちょっと恥ずかしいのだ。それこそ山！　川！　とか簡単なものにしとけばよかったと今更後悔している。

(どうしようかな。もう半日待ってるし、また明日にしようか………)

そんな風にジオグリフが悩んでいると。

「やっと着いた。ここが帝都の冒険者ギルドか」

ギルドの入り口に同い年ぐらいの少年が現れた。赤毛に鳶色《とびいろ》の瞳。体つきは自分よりも大きいが、顔の幼さを見るに歳《とし》が近い。身につけているものも平民の旅装で、目立つのは右腕にした鈍色《にびいろ》のバングルぐらいか。

どこにでもいるような旅人の少年。だがジオグリフには、何か感じるものがあった。だから意を決して声を掛けてみる。

「なぁ」

「お？　何だよ」

「あのさ………」

ぶっきらぼうに返してくる少年に、ジオグリフは少々気圧《けお》されながらも意を決した。恥ずかしさで顔が赤くなっているが、口を開き、えぇいままよ、と詠唱を開始する。

「俺を引き抜きたければ………！」

すると少年は一瞬だけキョトンとした後、ニヤリと笑って。

「一億持ってこい！」

合言葉にしていた獣神の名言が返ってきた。

それを聞いてジオグリフは安堵《あんど》のあまりくずおれた。

「よ、良かった………！　間違ってたら確実に黒歴史だった………！　何言ってんだ？　って顔されたら立ち直れない所だった………！」

「何だよ、お前だってノリノリだったろ？」

「決めた時はテンションがおかしかったんだよ…………」

ゲラゲラ笑う赤毛の少年――レイターはげっそりするジオグリフの肩をバンバン叩く。

「だからって何でラ◯ガー？　とは思いましてよ、私《わたくし》も」

と、二人に向かって鈴の音のような声が掛かった。二人が振り返れば、少女が一人いた。長い銀髪に、意志の強そうな緑眼。ワインレッドを基調としたドレスに身を包んだ肢体は、芳醇《ほうじゅん》な色気こそ無いが、青い果実を彷彿《ほうふつ》とさせる魅力があった。レイターが彼女に視線を向けてふぅん、と鼻を鳴らして。

「プロレスが好きなんだよ。――で、それを知ってるってことは、だ」

「はい。『ボク』ですわ」

少女――マリアーネは頷《うなず》いた。

「本気で女性になってる…………」

「リフィール神にそう頼んだのは知ってたが、マジか…………」

絶句する二人に、彼女はふふん、と得意げにしなを作って。

「惚《ほ》れては駄目ですよ？」

『無い無い。中身おっさんで百合《ゆり》豚の美少女とか無いわー』

無い無い無いと顔文字でも幻視しそうな勢いで片手を振った。その反応に不満なのか、マリアーネは唇を尖《とが》らせる。

「あの当時、バ美肉《びにく》というジャンルもあるのですけれどね」

「俺の世代だと男の娘《こ》とかネットで女のフリをする奴が精々かな」

「僕もそうかな。後は漢女《おとめ》系とか？」

「差別ですわ！」

「面倒くさいヤツムーブすんなよ」

「と言うか、一体いつからいたのさ？」

「実は結構前からいましたわ」

しれっと告げるマリアーネに、ジオグリフは絶句した。

「話しかけてよ！　僕半日ここにいたんだけど⁉」

「知ってますわ。斜向《はすむ》かいのカフェでウロウロしてた貴方《あなた》を眺めていましたもの」

「話しかけてやれよ………」

レイターの非難に、しかしマリアーネは眉《まゆ》をひそめる。

「だってあの合言葉は冷静に考えるとどうなんですの？　もし間違ってたら恥ずかしくて死ねますわよ？」

「ああ、そりゃまぁ………だから僕も躊躇《ためら》ってたし」

「なんだよ～。いいじゃねぇかライ◯ー。カッケーだろ？」

「まぁ、ともかくですわ。予定通り合流できましたわね」

「そうだね。色々と話したいことはあるけれど………」

「おう――――まずは成人式だな！　飲み行こうぜ‼」

かくて三馬鹿は、この世界での十五の誕生日――――早い話、成人の日に再会したのであった。

●

「では我々の新しい人生、その門出を祝いまして――――」

『かんぱ――――――い‼』

かこん、と木のコップを鳴らして三人は本日何回目かの乾杯をした。

そう。何回目か、である。三馬鹿の顔は既に赤らんでいて完全に出来上がっていた。念の為《ため》に繰り返すがこの世界の成人年齢は十五歳なので飲酒も合法なのだ。

あの後、酒場に繰り出そうとした三人だが今後の話もついでにしようか、という流れになった折、マリアーネが「でしたら私が用意していた拠点でやりませんこと？　お酒とツマミはストックしてあります」と告げた。異世界の酒場にも興味はあるが、明日からのこともあるしと思ったジオグリフとレイターは二つ返事で頷いた。

お持ち帰り出来る料理を大量に買い込んだ三人はマリアーネの拠点――――帝都のど真ん中だというのにかなり大きな屋敷――――に辿《たど》り着《つ》き、酒盛りを始めた。それから既に三時間。へべれけではないがいい感じにアルコールが回って気分良くなっていた。

「いやしっかし、お前よくこんなデカい家持てたな。しかも首都でだろ？」

「去年の誕生日の際に、お祖父《じい》様がお祝いにくれたのですわ。正直持て余していましたけれど、三人で冒険者活動するなら良い拠点になるかなと思って、手入れはしてましたの」

「凄まじい太っ腹だね。流石《さすが》天下のロマネット大商会」

「まぁ、前世知識で発明した物の儲《もう》けは殆《ほとん》ど家に納めていますからね。これぐらいしないと居心地が悪いんでしょう」

「ロマネット大商会の石鹸《せっけん》は俺の村でも流通してるからなぁ……。そりゃ儲かるか」

「辺境にだって普及してるよ。十年ぐらい前に母上が夜会で知って持ち込んでからは爆発的に広がったのを覚えてる」

正直その段階でひょっとしてどっちかが知識チート始めたのかな？　と疑っていたジオグリフである。とは言え、縛りプレイをしているわけではないし核兵器でも作って世界を滅茶苦茶《めちゃくちゃ》にしない限りは別に良いかなと放置していた。

「貴族の先生は辺境伯の家だっけ？」

「トライアード辺境伯と言えば、武門で鳴らす家柄ですけど」

「あぁ家はそうだけど、僕はどっちかと言うと魔術が面白かったからそっちに特化したよ。出来ないとは言わないけど武術はそこそこかな。魔力無しの技術だけでやりあえば、多分兄様達の方が強い。とは言え、マリーのところより金回りが良いわけじゃないよ」

「そうなんか？　お貴族様ってんだから贅沢《ぜいたく》しまくれたんじゃ？」

「そりゃ平民よりはね。だけど国境線に領地があると小競り合いが後を絶たないし、ならず者もちょくちょく入ってくるから治安維持にかなり金を使うんだ。特に領軍の維持費はとんでもないよ。領地持ちの貴族はまともに運営していたらレイが思っているよりは贅沢できないさ」

「異世界でも軍隊は金食い虫か」

「そうそう」

酒が入ってお互いに人となりを知り始めた段階で、自然とお互いを愛称で呼び始めた三人は「金が無いのは首が無いのと一緒は異世界でも変わらんか」と世知辛い世の理《ことわり》に辟易《へきえき》した。

「レイは帝国西部の村でしたわね？」

「ああ、長閑《のどか》だけが取り柄のふつーの農村だな。前世の故郷も田舎の農家だったから馴染《なじ》むのは早かったが、機械化に慣れてると正直農作業はしんどかったわ。コンバインとまでは言わねぇが、せめて軽トラぐらいは欲しかった」

「そっちは知識チートしなかったんだ？」

「やろうとも思ったが、そこまで専門知識がなかったのもあるわ。前世も次男で実家継がねぇから高校も普通の公立行ったし。ＪＡやホムセンが無いと材料だって揃わねぇ。機材一つ作るのも一苦労だ。例えばお前らだって肥料の概念は知ってるだろうが、区分とか成分表とか種類は分かんねぇだろ？」

レイターの問いに二人はあー、と天を仰いだ。

確かに物語では動物の糞《ふん》や死骸《しがい》や腐葉土をどうこうする話は出てくる。だが、有機堆肥《たいひ》料や科学肥料の区分だったりその作製法や効能までは描かれない。種類があるのだから当然作物によって使い分けるのだが、どれがどれだったかの覚えがない。

そもそも前世でも一次産業には享受するぐらいしか関わりがなかったジオグリフとマリアーネには精々畝だとか塩水選別だとかちょっとしたことぐらいしか覚えがなく、その程度はこの世界の農業が既に自力で辿り着いているらしい。

「体を鍛えておきたいのもあったし、だから俺は専ら狩り専門だったよ。お陰でいい師匠にも巡り会えたしな」

「師匠？」

「ああ、ガドっていう狼《おおかみ》獣人の爺《じい》さんでな。金等級の冒険者だった」

「金等級って、冒険者の中でも上位クラスじゃないですか。最上級の白金が歴史書に載るような英雄クラスって事を考えると、実質の最上位ですよ。よくそんな方が近くにいましたわね」

「まぁな。師匠からギルド宛《あて》へ紹介状も貰《もら》ったから、明日はスムーズに登録できると思うぜ」

「では明日、いよいよ冒険者登録ですか」

「テンプレとかあるかなぁ？」

「それを含めて楽しむって決めただろ？」

レイの言葉に、違いないと二人は苦笑した。

リフィール神との邂逅《かいこう》の際、三匹はお互いの希望を相談していた。色々とやりたいことはそれぞれにあるが冒険者をやってみたい、そして異世界を楽しみたいという二点で共通認識を得た。だったら出会うまでにそれぞれ準備をしてパーティを組まないか、と提案したのだ。

折角それなりに蓄えた知識や経験を持って新たな人生を始められるのだから、全力で享楽的に生きるために――――十五歳の誕生日、帝都の冒険者ギルドで獣神の名言を合言葉にとその場のノリと勢いで決めちゃったのである。

そして――――。

「まぁ、明日は明日の風が吹くってな。今日の所は、だ。まずは貴族の……………いやさ、面倒だから『先生』、ご一献――――と言いつつ……………ジオくんのーちょっと良いとこ見てみたーい‼」

「はい、イッキ、イッキ！」

「しょうがないにゃぁ……………いいよ。――――飲みニケーションで鍛えたおっさんの肝臓を舐《な》めるなよ？」

「やだージオ△《さんカッケー》ー！――――じゃぁ二番！マリアーネ、歌いまーす‼」

「いいぞ百合豚ぁ！って言うと罵倒《ばとう》してるみたいだな。じゃぁ姫男子で『姫』だ！いいぞ姫！俺も乗っかってやる！三番！トラック野郎、脱ぎまーす‼」

『御立派ァ！でも見苦しいから桶《おけ》もってこ――――い‼』

転生者だけの宴会で、ゲラゲラ笑う三馬鹿の夜は更けていく。

尚《なお》、この翌日酷《ひど》い二日酔いに三馬鹿が襲われたのは言うまでもない。

帝都の冒険者ギルドの受付嬢であるカルラは、朝の依頼受付をこなした後に大きく伸びをして一息ついた。冒険者達の熱い視線を一身に受ける胸部装甲《おっぱい》がゆさりと揺れる。その様子を目撃した出発準備中の冒険者達の視線も上下する。

女性冒険者もそれなりにはいるが、荒くれ仕事をしているだけあって気が強い女性が多いのが冒険者業界だ。生死を共にする場合もあるから、愛情よりも友情――要は仲間意識が先に育ってしまって恋愛感情に至らないことも多い。それ以外で最も関わるのがギルドの受付嬢だ。まして年頃かつ魅力的な容姿の受付嬢となればファンも生まれる。

今年で十八を数えるカルラは勤続三年目になる。もう新人と呼べる歳《とし》ではなく、ギルドの事務仕事でも主力と数えて良い。仕事も慣れて、生活も安定している。後はそろそろ結婚適齢期も中盤に差し掛かりつつあるので彼氏が欲しいかなというのが目下の悩みか。

平民なので幼少期に許嫁《いいなずけ》が出来て十五になったら即結婚するような慌ただしさはないが、後二年もすればアンタもそろそろと言われ始める頃だ。

故に焦ってはいないがカルラもお相手を探しているのだ。できればいつ死ぬか分からない冒険者は嫌だなぁ、と思いつつかといって職場以外にろくすっぽ出会いもない現状の中、日々の忙しさにかまけて行動もできず今に至る。依頼主で偶《たま》に貴族の関係者がいるから玉《たま》の輿《こし》狙えないかしら、と今日も高望みをしていると。

「す、すみ…………ません…………………」

「冒険者、登録…………」

「お願い、しまおろろろろ…………」

「ひっ………」

カウンター越しにゾンビの群れが現れた。

思わず悲鳴を上げかけるカルラだが、よくよく見ればゾンビではなかった。幽鬼のような陰鬱《いんうつ》さと独特な臭気を漂わせているがちゃんと人だ。陰鬱さの元凶はげっそりした顔で、漂っているのは腐臭ではなくアルコール臭と胃液臭。それぞれ手には桶を持っており時々耐えられなくなって虹《にじ》の放水作業を行っている。

三馬鹿《ジオ・マリー・レイ》である。

再会のテンションとこの世界での成人によるアルコール解禁イベントが合わさってはっちゃけた結果、深夜まで飲みまくって潰《つぶ》れた。まぁそれは自己責任でいいのだが、如何《いか》に前世で酒豪であっても今世では肉体そのものが違うのだ。しかも長年の飲みニケーションで鍛えた肝臓ではなくまっさらキレイな内臓である。

当然、分解能力は未知数。

そんな事に気づかないまま酒量限界を突っ走った結果のこの現状。

「うぇっぷ………」

「き、きぼぢわるい………」

「あー………駄目だ………吐くおぉろおろろ………」

早い話が、二日酔いである。

「あ、あのぉ………ご気分が優れないなら一度帰ったらどうです………?」

おずおずと、臭いからその桶の中身溢《こぼ》す前に立ち去ってくれないかなこいつら、と思ったカルラは割と容赦ない提案をした。

「え、ええ………流石に今日は、登録だけしたら退散します………」

「だから………アルコール抜けてからにしましょうと言ったのですわ………」

「う、動いて汗掻《か》いたら抜けるだろ、と思ったんだよ………」

新成人あるあるな一種の恒例行事ではあるが、それに巻き込まれるカルラは堪《たま》ったものではない。

「え、えーと、では登録用紙出しますので、お名前と年齢、拠点にしている住所と得意にしている技術を記入願います。代筆はいりますか?」

『あ、だいじょぶっス………』

追い詰められすぎてキャラの維持すら出来ない三馬鹿は震える手で羽根ペンを握る。

「くっ………鎮まれ、僕の右腕………!」

「こ、このままでは私、ゲロインの仲間入りに………!」

「東海道《とうかいどう》一のバッカスと呼ばれたこの俺が情けない………!」

追い詰められても意外と個性が残っている三馬鹿がどうにか必要事項を書き終えると、カルラは冒険者ギルドのシステムや受けられる支援、階級の説明をする。だが、頭をガンガンと血の脈動とともに殴られている三馬鹿には全く入ってこない情報であった。

「紹介状はお持ちですか？　お持ちであれば、簡単な実技試験を受けられます。その結果と能力を考慮して青銅からスタートも出来ますが」

「あ………それは、俺の師匠が………」

レイターが懐から封書を取り出す。カルラはそれを受け取って。

「では、レイター様だけですが、試験を受けられますか？」

「え？　三人じゃだめなん………？」

「えぇ、一枚につき一人の紹介ですから。ジオグリフ様とマリアーネ様は………」

「持ってないですね………」

「持っていませんわ………」

「なので、レイター様のみになります」

それに対しレイターはそっかぁとしばし黙した後、カルラから封書を返してもらった。

「じゃぁ、いいや………。三人で冒険者するって決めたから………」

「レイ………遠慮しなくていいんだぞろろろろ………」

「そうですわ………ここは私達に任せて先へ行けおろろろろ………」

「馬鹿野郎………！　俺達は仲間だろ？　だから登録する時も昇級する時も、そして吐く時も一緒だろろろろ………！」

そんな寸劇どうでもいいから早く帰ってくれないかなこの酔っぱらい共ゲロ臭い、とカルラがジト目で圧を掛けているとそれに気づいたか三馬鹿は身を小さくして。

『取《と》り敢《あ》えず今日の所は帰ります………』

「はい、そうしてください」

こうして、ゾンビ達は桶の中身をちょっと溢しつつ冒険者ギルドを後にした。

尚、あまりに臭過ぎたためか新人に絡むベテラン冒険者というテンプレイベントは発生しなかった。

第三章　三馬鹿の実力

ゴブリン、と呼ばれる魔物がいる。

あるいは小鬼とも称される最下級の魔物だ。人間の成人男性よりは弱い筋力に、並の子供くらいの小さい体躯《たいく》。原始的な武器は扱うが、人のように知恵があるわけではない。駆け出しの冒険者であっても苦戦することはなく、せいぜい道中の雑魚扱いされる魔物である。

だが、それは一匹を相手取った場合に限る。

一個体が脆弱《ぜいじゃく》な場合、当該生物は基本的に群れる習性がある。当然、ゴブリンも同じように一つのコロニーを形成して秩序を持ち、数の暴力で人に対抗する。更には繁殖力が旺盛《おうせい》で他種族の雌を借り腹として扱い、半年もすれば数が倍になると言われている。

そして今、彼等《ら》のコロニーである洞窟《どうくつ》に侵入者が現れた。数は三人。内一人は人間のメス。人間の中で冒険者と呼ばれる存在だ。ゴブリン達はそれを察知すると迎撃に打って出る。狭い洞窟、地の利はこちらに在り、数でも勝る。油断をせねば冒険者相手でも問題ない。ただの村人が好奇心で侵入したのならば、今夜の飯か孕《はら》み袋だ――――そう思っていた時期が、彼等にもあった。

「るるりらるりら皆殺しー、おーれは陽気な殺戮《さつりく》者ーっとくらぁ」

「何ですの？　それ」

「トラ○ガン」

「人間台風《ヒューマノイドタイフーン》かい。まぁ、確かにゴブリンにとっては台風みたいなものかな、僕達」

三馬鹿である。

平和なゴブリンのコロニー《洞窟》に三匹の群れがやってきて、哀れ罪の無くはないゴブリンさん達は特に慈悲は無くしめやかに駆逐されていく。

冒険者活動を始めた三馬鹿は、一週間程採集依頼をこなした後で、満を持して討伐系依頼を請け負った。帝都に近い村の周辺に数匹のゴブリンが出たのでそれを退治、そして念の為《ため》周辺の調査をしてくれとの話だった。台所に出現する黒光りする例の虫の如《ごと》く、一匹いたら三十匹はいると思えと格言にもなるゴブリンである。近くにコロニーでも出来ていたら事だとの判断だった。

そして対象の村に着いた三匹は依頼主との会話もそこそこにゴブリンの痕跡《こんせき》を発見。レイターが猟師をやっていたので追跡はお手の物。早々にコロニーを発見した。しかも足跡の数から見て結構大規模。通常、この手の依頼で洞窟タイプのコロニーを発見した場合仕掛けずに報告するのが是とされる。村落タイプと違ってゴブリンの総数が把握できないためだ。まだ出来たてで二、三十しかいないならば駆け出しでも苦労するかもしれないがどうにかなろう。だが、これが蟻《あり》の巣のように張り巡らされていて、そこかしこにゴブリンがいれば一パーティでは難しい。

狭い洞窟であるために長物の武器の取り回しが厳しく、地の利はゴブリンに在り、そして何より数で劣る。

普通ならば突撃などしない。そう、普通ならば。

特殊なスキルなど神に貰《もら》っていなくても、培った経験と知識を引き継ぐだけでも十分チートであると体現する三馬鹿は普通ではなかった。

「――――解凍《デコード》」

まるで黒き三日月のような歪《いびつ》な形状をした大杖《たいじょう》を手にしたジオグリフが呟《つぶや》いた直後、彼の周辺に十五本の雷の矢が出現したかと思えば、それこそ雷光の速度で洞窟内を奔《はし》って複数のゴブリンを貫いた。じゅ、と肉の焦げる臭いがして貫かれたゴブリン達がバタバタと倒れていく。

「うーん、やっぱりいいですわね。それ」

「戦闘中に詠唱しないでいいってのは楽でいいな」

「まぁ事前に唱えているんだけどね。下手に無詠唱使えると捕まるし、この世界」

この世界での魔力を使った法理――――即《すなわ》ち、『魔法』における体系には詠唱が必須《ひっす》だ。

過去には無詠唱も研究されたそうだが、習得難易度よりも運用に苦慮して破棄された。詠唱しなくて良い――――取りも直さず魔力を束ねるだけで魔術が出るということは、夢の中でも使えてしまうのだ。実際、過去に無詠唱体得者が睡眠中に何の夢を見たのか戦略級魔術をぶっぱして都市が半壊したことがある。

以降、詠唱破棄や短縮は研究されているが、無詠唱は禁忌として封印されている。

実はジオグリフも使おうと思えば使えると自覚しているが、そういった面倒さを回避するために一線を越えていない。とは言え、魔術士の詠唱は戦闘中には致命的だ。故に、詠唱破棄や短縮方向に舵《かじ》を切って――――そして別方向の閃《ひらめ》きに至った。

あれ？　魔術って発動前に圧縮すれば待機状態で収納魔術に格納できない？　と。

この世界の住人では思い至らないPC的発想。圧縮ファイルをフォルダに格納しておいて、必要なタイミングで解凍《デコード》指示を出して使う。

即ち――――Ｚｉｐでくれ。

そのままだとアレなので弾倉詠唱《ストック》と名付けたこの技術は、ジオグリフの普段使いする切り札の一つだ。平時に詠唱しておいて、それを収納魔術で専用の亜空間に格納。戦闘時になったら任意に解凍《デコード》指示を出して発動。これにより、一小節どころか『解凍《デコード》』の一単語で任意の魔術の取り出しから解凍までを行う。

これのメリットは速度だけではない。収納魔術の限界まで入るし、ジオグリフの鍛えに鍛えた超《バカ》魔力の影響でどこまで入るか本人も把握してない。その上、詠唱時に魔力は使っているが、解凍《デコード》作業ではほぼ使わない。だから、今も全く彼の魔力は消費していないのだ。平均的な魔術士ならば、先程の斉射で息切れぐらいはしているというのに。

そして何より待機は無期限。魔術を扱えるようになってから暇さえあれば唱え続けた無数の魔術が、彼の収納魔術の中には星の数ほど格納されている。

「もうコイツ一人でいいんじゃないかな？」

「あれですわね、一人旅団。しかもネタじゃなくてマジでやれちゃうやつですわ」

「人をそんな魔王みたいに扱わないでくれるかな？　それにほら、こうやって接近されると自分も味方も巻き込まれるかもしれないから」

呆《あき》れているレイターとマリアーネの背後に、ゴブリンが迫っていた。

●

「――――全く、しょうがねぇなぁ」

呆れ混じりの呟きと同時に魔力を纏《まと》ったレイターの思考と体が加速する。棍棒《こんぼう》片手に迫ってくる一匹のゴブリンに直蹴《ちょくけ》りを一発見舞って距離を離し、右手首に装着したバングルに魔力を通わせる。すると鈍色《にびいろ》のバングルが淡い輝きを放って、軟体動物のように蠢《うごめ》いたかと思うと、即座に小剣へと形を変えた。

それを手に、レイターは蹴り離したゴブリンへと肉薄。足裏に展開した魔力渦をバネのように弾《はじ》かせた踏み込みは、常人が認識できる速度ではない。そして振るわれる一刀も魔力による強化を行っている。何ら抵抗感すら無く、ゴブリンの首がスパンと斬り飛ぶ。

レイターはその踏み込みの慣性を残したまま更に跳躍した。その際、閉所空間というのが彼に味方する。すぐさま天井へと行き着き、それがそのまま足場となる。ピンボールのように跳ね回り、すれ違いざまにゴブリン達の首を次々と落としていくその様は――――。

「エイ◯マンかサ◯ボーグ009かスク◯イドで世代が分かれますわね」

「最近、こういうスピード能力特化のキャラってあんまり見ないよね」

ジオグリフとマリアーネに懐かしの作品を彷彿《ほうふつ》とさせた。

「どっちかって言うと格ゲーから思いついたんだけどな。昔はよくゲーセン通いしてたし」

気づけば目につくゴブリン達を残らず首無し死体にしたレイターが、軽く呼吸を整えながら戻ってきた。手にした小剣が、再びバングルへと戻る。

「まぁ、だからこの遺失装具《アーティファクト》と相性がいいんだけどよ」

「いい武器ですわね。質量保存の法則をガン無視してますけど」

「魔力とかいうトンデモがある世界で物理法則考えてもなぁ。因《ちな》みに師匠は魔力の関係でグレイブといくつかの武器しか使えなかったらしいが、俺はガキの頃に結構鍛えてたから思い通りに動かせるぞ。こんな風に」

レイターが自慢気に言うと、バングルが再び光を放って刀になったり長剣になったり槍《やり》になったり弓になったりと自在に変形した。先程小剣を選択したのは、狭い洞窟内だからだ。

聖武典《リグ・ヴエーダ》。

旧文明と思わしき遺跡型ダンジョンから、レイターの師であるガドが駆け出し冒険者時代に持ち帰ったものだ。一般的に、そうした遺跡産の武具は遺失装具《アーティファクト》と呼ばれる。

聖武典《リグ・ヴエーダ》が持つ特性は液体金属――――と思われる。というのも、元の持ち主であるガド自身、魔力を通せばグレイブになる便利な道具、としか認識していなかったからだ。これを譲り受けたレイターが色々こねくり回した結果、前世での液体金属のようなものだろうと判断した。通した魔力によって化学反応――――というのもおかしな表現だが――――を起こし、使用者の望む姿を取る。

基本的に内気功のように魔力を身体能力に振るレイターにとっては、とてもありがたい武器であった。更に、少し変わった運用も出来る。

「後は、だ」

レイターがもう一度魔力を通すと、バングルが光を放ってぽとりと落ちた。地面でなにやらグネグネ動いたかと思えば。

「あらかわいい」

「おぉ、何とSFちっくな！　素晴らしい‼」

指先サイズに小さくデフォルメされたメタリックな蜘蛛《くも》へと姿を変えた。ハエトリグモのような見た目のそれは、前足をフリフリとこちらに振って挨拶《あいさつ》している。マリアーネはちんまい姿にそんな感想を漏らし、ジオグリフに至ってはタチ◯マ！　タ◯コマじゃないかコレ――――！　と大興奮している。SFオタは面倒くさいのだ。

「斥候代わりだな。ちょっとやそっとじゃ壊れないし、壊れても液体に戻るだけだから、魔力を辿《たど》って使用者の下に帰ってくる」

どうやら意識が繋《つな》がっているらしく、彼等の前世で言うドローンのような運用が可能とのことだ。クモが洞窟の奥へと走っていきレイターが目を瞑《つぶ》って意識を集中していると、視界が切り替わる。

クモの視点だ。

しばらくそのまま進んでいくと、少し大きな広間へと出た。その先に、何匹かのゴブリン。それから――――。

「ふむ。奥にトロール一匹とその他大勢って所か。ここ、ゴブリンだけじゃなかったのか」

「乗っ取ったのか用心棒かは分からないけれど、トロールかぁ。普通の駆け出しなら詰んでたね」

「じゃぁ、後は私が片付けてもよろしいですわね？」

「どうぞ」

「姫の好きなようにしな」

にまにま笑うマリアーネが名乗りを上げると、二人は肩を竦《すく》めた。

●

マリアーネ・ロマネットをそのまま見た時、老若男女問わず振り返らずにはいられない程の美少女である。

白磁のようなきめ細かい肌。キラキラと輝く長い銀髪。宝石のような緑眼。体つきこそ未《いま》だ年頃の少女のそれだが、やや早熟な色気を持っていた。身に纏うものもワンピースにストールとどう考えても冒険者の格好ではない。

佇《たたず》まいから見て、深窓の令嬢という言葉がしっくりと来る。つば広の帽子でも被《かぶ》って、花畑か浜辺にでもいたほうが似合っていただろう。決してゴブリンが住まう洞窟《どうくつ》にいて良いような少女ではない。

ジオグリフにしてもレイターにしても、見た目だけなら好みだ。銀髪美少女っていいよね！　と何も知らなければ興奮していたことだろう。

しかし、彼等は知っている。

この二次元にでもいそうな美少女は――――。

『だが男だ』

「失礼な。生まれる前に工事完了済みですわ」

洞窟の最奥、その入り口で扇子を片手にマリアーネは心外だとばかりに二人をジト目で掣肘《せいちゅう》した。

「いやけどさ、中身がおっさんと考えると…………」

「いや、うん。見てくれはいいんだけどね…………」

「それはお互い様ですわ。貴方《あなた》達だって今まで子供のなりを上手《うま》く使ってたでしょう？　どっかの名探偵みたいに」

『う…………』

確かに子供の立場を良いことに、あれれ～おかしいぞ～的な事はやった。子供が大人にまともに意見しても取り合ってもらえないからだ。実績を重ねて信用を得るまでは、何度も偶然を装ったものだ。

どうにも形勢が悪いと考えたか、ジオグリフとレイターは最奥の広間、その中心で起こっている事態に視線を向ける。

「それにしても、このサバト感…………」

「うーむ、詠唱も百鬼夜行だったが…………」

トロールを中心にゴブリンが円陣を組むようにしているのだが、問題はその外周部だ。彼等を取り囲むように獣の軍勢がいた。影で出来た獣の軍勢である。犬、猫、鳥、熊、鹿、猪《いのしし》、馬、鼠《ねずみ》、猿、等々ここはどこの動物園だと突っ込みたくなるほど賑《にぎ》やかな混成軍がゴブリン達を取り囲んでいた。

いや、喰っていた。

それもただ食欲を満たすための食べ方ではない。耳を啄《ついば》み、腕を食い千切り、足を齧《かじ》る。まるで嬲《なぶ》るような追い詰め方に、ジオグリフとレイターはドン引きである。恐怖の表情を浮かべるゴブリン達に対し、混成軍はゴブリンよりも醜悪な笑い声を上げていたりする。

控えめに言ってどっちが悪役か分からない。

「ふふん。手が足りないから最初はゴーレムを召喚したんですけれど、よくよく考えたら別に他の魔獣でも行けると思ったんですの。そしたら色々と契約できて、今では七十二体もの魔獣と契約しておりますわ」

「ソロモンかな？」

あれ実は獣の形をしてるだけで中身悪魔じゃないだろうな？　とジオグリフが疑ったが、確かめようがない。しかもここでツッコミ役の一人であるレイターが自身の性癖に抗《あらが》えなくなってマリアーネの足元で待機している影の猫に視線を移していた。

「でもいいよなー、モフモフ…………。なぁ、俺も触っていいか？」

「どうぞ？」

飼い主の許可が出ると、猫が仕方ないなぁ、といったのそりとした所作でレイターに近づいて丸くなった。それに相好を崩したケモナーは手を伸ばして撫《な》で始めた。性格に似合わず、優しい手付きである。

「おぉ、影なのにモフモフしてる…………いいなぁ猫…………。なぁ、召喚の契約って俺も出来るかな？」

「適性と魔力を持っていて、それで召喚した魔獣を屈服させられれば可能ですわ。レイの場合、内側に使っているだけで魔力量自体は豊富ですので大抵の魔獣は従えられるかと」

「マジか。じゃあ狼《おおかみ》！　デカいやつが良い！　黙れ小僧！　って言って欲しい！」

「あー確かに、あの大きい山犬って、こう、全身でダイブしてみたくなるよね…………」

「私はジオの弾倉《ストック》詠唱でしたっけ？　覚えてみたいですわ。戦力はありますけれど、私個人はそこまででもないですし」

「いいよ。僕はレイの身体強化覚えたいかな。火力でゴリ押しは出来るけど、至近距離まで詰められると自爆が怖くて手が限られちゃうから」

「おー、いいぞー。チート能力ないし、鍛えられる所は鍛えておかねぇとな」

この三馬鹿、実は既にこの世界の基準ではヤベー強さに片足突っ込んでいるのだが、分かりやすいチート能力が無いためか自己強化に余念がなかった。

「────あら、もうごちそうさまですの？　じゃぁ、お帰りなさい」

そんな風に三馬鹿が今後の方針を話し合っていると、影の獣達がぞろぞろとマリアーネの前に整列して伏せていた。その支配者に対する礼儀は、最早主《もはやあるじ》に対する臣下のそれである。マリアーネが帰還の許可を出すと、獣達は自身の影に沈むようにして消えていった。

「それじゃぁ、我々も帰るとしますか」

それを見送って、ジオグリフも帰還を提案して――――はたとレイターが気づく。

「――――ところで、トロールの討伐証明ってどうするんだっけ？」

『――――あ』

広間の中央にはトロールは当然、ゴブリン達の残骸《ざんがい》すら無く、ただ血糊《ちのり》が広がるだけであった。

第四章　爆誕、シリアスブレイカーズ

最初のゴブリン退治から一週間。三馬鹿は毎日毎日討伐依頼をこなし、今日も今日とてゴブリンをスレイして拠点に帰ってきた。そしてエールを呷《あお》って一息。

「飽きた」

「飽きたねぇ」

「飽きましたわ」

三馬鹿は早くも現状に飽きていた。この連中、精神年齢は既に五十前後のはずなのに全く堪《こら》え性がない。

「来る日も来る日もゴブリンオークゴブリンゴブリンゴブリンオークゴブリンたまにトロール…………討伐系依頼って何でこんなんばっかなんですの？」

「帝都周辺だからしょうがねぇっちゃしょうがねぇが」

「どういう…………あぁ、そっか人口密度」

「流石《さすが》領主の息子。そういうこった。珍しいのはこんな人里には来ねぇ。来るのは繁殖力旺盛《おうせい》で数が溢《あふ》れて元の群れからはみ出す種族だけだ。俺の田舎だってそれに加えて獣系がちょいちょい出るぐらいだったしな。バジリスクとかバイコーンとかガルーダとかそんぐらいのレアな魔獣が出たら大騒ぎになるレベルだ。況《いわん》や都会となればってやつさ」

レイターの説明にジオグリフはそうだよねぇと頷《うなず》き、マリアーネは心底がっかりだと嘆息する。

「冒険者になったらドラゴンを狩ろうと思ってましたのに」

「まぁ、どっちにしてもその手の依頼を受けるには僕達の等級が足らないけどねぇ」

「今は地道にってこったな。ドラゴンやら何やらは実績積んだ後の楽しみにしておこうぜ」

「仕方ありませんわね………」

堪え性はないが、だからといってギルドの秩序を壊す気はないようだ。積み上げるのもまた侘《わ》び寂びかなと短気なくせに達観しているような部分がある。

これに関してレイターとマリアーネは気にしていないが、ジオグリフはSFオタらしく独自に考察して肉体年齢に精神年齢が引っ張られた結果だろうと考えていた。おそらく、青年期になればそれなりに整合性が取れるはずだと。

閑話休題。

「でもですわ、そろそろ潤いが欲しいと思いませんこと?」

「それは確かに」

「酒は前の世界が良かった。娯楽も同じく。となれば――――」

三馬鹿はうん、と一つ頷いて。

「発明か」

「モフモフだな」

「女ですわ………！」

己の趣味に直走《ひたはし》った。

『………えー』

互いの趣味という性癖は分かり切っていたが、あんまりに直截《ちょくせつ》な物言いにドン引きした。特にマリアーネの発言にはジオグリフもレイターも白い目を向けた。

「何ですのその反応。発明とモフモフって………まさか異世界に来て美少女物色しませんの？　もげてますの？」

「ついてるけど。魔導科学的なもので搭乗型ゴーレム作るのは男の子のロマンかなって。後は、空飛ぶ船」

「ついてるがよ。獣人がいる世界だぜ？　会話ができる獣だっているだろうし、喋《しゃべ》れなくたってモフモフは癒やされるぞ」

「では、男の夢のメイドロボを作るか、獣人ハーレムでも作ればいいでしょう？」

「いやまぁそうなんだけどさー」

「その見てくれで言われると………ねぇ？」

「こんな見た目でも乳尻《しり》太もも大好きですのよ？」

何でコイツ見た目美少女なのに行動原理が平成初期のスケベ野郎キャラなのだ、とジオグリフとレイターは天を仰ぐ。

「と言うか姫、将来どうすんの？　立場が立場だ。まさか女にかまけて生涯独身ってわけにはいかねぇだろ？」

「別に問題ありませんわ。――――兄に全部押し付ける予定ですので」

「マリー、兄弟いたんだ」

それは初耳、とジオグリフが呟《つぶや》くと彼女は大きく吐息を漏らす。

「兄が一人と弟が一人ですけどね。――――どうして姉妹じゃないのかとリフィール神を呪いましたわ」

むしろ空気を読んだんじゃなかろうか、と馬鹿二人は思った。こんな百合《ゆり》豚に姉やら妹やらが生まれてしまうと軒並み性癖歪《ゆが》められそうだ、と。

「それより女ですわ女！　美少女によるテコ入れ！　それが今、我々に必要な潤いですわ‼」

そんな二人の胸中など知ったこっちゃない馬鹿は、とても美少女の見た目で言って良い台詞《せりふ》ではない事を宣《のたま》う。

「まぁ、パーティメンバー増加は良いと思うぜ」

「正直、攻撃力過多というか火力偏重だからね、ウチ。脳筋じゃあるまいし」

「冒険者活動を隠《かく》れ蓑《みの》にするんじゃありませんわ！　このムッツリ共！　もっと欲望に素直になりなさいな！」

『お前は欲望に露骨すぎるだろ』

ジオグリフとレイターからの突っ込みを受けながらもムッツリよりオープンスケベの方が笑える分マシですわ！　とマリアーネは抗議する。

とは言え、だ。三人は冒険者なのだ。加入させる以上は、戦力として数えたい。そして現状のバランスを見ると、非常に偏りがある。

ジオグリフ、魔術特化型なので後衛。

レイター、近接特化型なので前衛。

マリアーネ、手数と下僕の関係でどちらも可能なのだが本人がそれほど強くないために、他の二人が守りやすい中衛。

一見バランスが取れているように見えるこの三人。実は軒並み攻撃にしか向いていないという超攻撃偏重パーティだったりする。防御？　なにそれおいしいの？　とばかりに殴ることしか考えていないスキル構成が三人。防御とか回復とか全く考えていないので、やられる前にやれが座右の銘である。これがＭＭＯＲＰＧなら地雷パーティの誹《そし》りを受けかねない舐《な》めた構成であった。

だから増員には二人して賛成なのだが、折角ならと色気も出す。すると、途端に選択肢が狭まるのだ。

「欲望を出そうにも俺の場合、欲しいのは獣人じゃん？　もしくは喋れるぐらいに知性備えた獣」

「まぁレイはケモナーですものね」

「それで戦闘も熟《こな》すとなると、大体前衛なんだよなぁ――――レイド戦でもするまいに、これ以上要るか？　前衛」

「むぅ。獣人は種族的に魔力の放出能力が低いですからね。代わりに内向きへの魔力操作が得意ですから確かに前衛職が多いですが」

「欲しいのは後衛職なんだよねぇ。できれば回復術使えるの。それで潤いとなると………やっぱりエルフが良いなぁ………」

ポツリと呟いたジオグリフの言葉に二人が反応する。メイドロボだけに心を捧《ささ》げているわけではないようでほっとしたのもある。

「お？　何だ先生ぇ、アンタも亜人萌《も》えかい？」

「エルフスキーですの？」

「あはは。僕、古いオタクなのでファンタジーと言えば指輪の物語か呪われた島なんだよ。だからちょっとエルフには憧《あこが》れがあってね。ＳＦならアンドロイドだけど」

「どうする？　この世界のエルフが平和なオークの村にヒャッハーするようなエルフだったら」

「アマゾネスタイプでしたら嫌ですわね………。スケベエルフもいいですけどやっぱり姫騎士エルフでクッコロしてもらわないと」

「どうして君達のエルフ観は薄い本寄りなの？」

因《ちな》みに、この世界にもエルフやドワーフなどといった定番亜人種もいるようで、それなりに人間族との交流があるようだ。どうも数千年前の邪神戦争と呼ばれる大戦争時に共に闘ったかららしいが、それを知っているのは実家の書庫に引き籠《こ》もるようにして育ったジオグリフぐらいである。

だから他二人の認識は前世のままで、しかも流行には敏感な方ではあるが昔の作品はそこまででもないので、エルフ観が少々偏っている。一方のジオグリフはＳＦオタであるため、発表されるＳＦ作品が少ない時期は昔の作品を漁《あさ》っていたりして、そしてオールドオタクらしい原理主義者であるために源流を求める。結果、エルフへの認識が指輪な物語だったり呪われた島なのだ。

それはともかく。

「でも実際増やすにはどうすんだ？　ギルドで一応募集はできるようだが、帝都だから亜人種は少ねぇし。こういう時定番なのは奴隷を漁るもんだが………」

『あー………』

レイターの言葉に、ジオグリフとマリアーネは遠い目をした。

「何だよ」

「この世界にも奴隷制度はあるんだけれど、ねぇ………」

「悪いことは言わないから止《や》めておいたほうが良いですわ」

どうもこの二人、奴隷市場にはそれなりに通じていたらしい。

ジオグリフは領主の息子であるため、教育の一環として。

マリアーネは大商会の孫娘であるため、市場調査と誤魔化して私欲を満たすため。

しかし二人が目にしたのは、ちょっと目を覆いたくなるような現実であった。

そもそもここは異世界。時代的には中世。人権的なものは言うに及ばない訳であるが、ならば当然衛生管理もそれに準じている。というか、想像よりも酷《ひど》かった。元の世界でも奴隷船に隙間も無く詰められていたのだが、それと変わらない扱いなのだ。一人一つの牢屋《ろうや》などと無駄なことはしない。タコ部屋を通り越して最早《もはや》すし詰め。ジオグリフとマリアーネはインドネシアやメキシコの刑務所を思い出したぐらいだ。

単純な労働者としての奴隷はそれで良く、それ以外の奴隷となるとまた別の付加価値が出てくるので多少はマシになるが、そうすると金額に反映されてくる。特に魔法が使えたり、見目麗しいとその傾向が顕著になり一気に値段が青天井化する。彼等《ら》が求める後衛職――それも補助に向いていて、且つ美少女ともなると最早一つの国宝級のレア度だ。大貴族ですらおいそれと手が出せなくなるらしい。

「つまり程度が低いか、くっそ高いかの二極化してると」

「まぁ、タコ部屋に突っ込まれてるのをガチャ感覚で探せば見つかるかもしれないけど、そこまで労力掛けるほどじゃないんだよね。十把《じっぱ》一絡《ひとから》げだし、だから時々違法も交じってるみたい。そんなの掴《つか》まされた日にはこっちにも飛び火しかねないし」

「だったら冒険者に興味がある平民のぎゃんかわ女の子見つけて連れてきて、戦力的に鍛えた方が楽だし早いし安全ですわ」

「なるほどなぁ。しかし姫よ、だったらお前のダチ連れてくりゃ良いんじゃねぇの？　確かシャコウカイとかいう集会に参加してんだろ？」

「レイが言うとなんだかゾッキーの集会にしか聞こえないなぁ」

「まぁ、確かに見目麗しい貴族令嬢は多いのですけれど、彼女達に冒険者をやる余裕はありませんわ」

ここでも中世の価値観が現実を突きつけてくる。

何しろ平民ですら二十歳を超えたあたりで行き遅れを囁《ささや》かれる程である。況や血を繋《つな》ぎ家を守る役割を持たされている貴族の子女ともなれば十歳程度で婚約、十五歳の成人と同時に許嫁《いいなずけ》と結婚、翌年には出産という超ハイペース人生スケジュールが割と普通なのである。何のＲＴＡだと突っ込みたくなるほど早い。

当然、この価値観が蔓延《はびこ》っている社交界に於《お》いて、冒険者などやっている暇はない。特に家同士の力関係や、生まれた世代の男女層によっては競争率が爆上がりしたりと良縁に恵まれない少女はその傾向が顕著になる。

端的に言えば、ガツガツしているのである。

少年は別に歳《とし》を食ってからでも良いし、何なら本当に愛したい女は側室にするわと割とゆっくり構えているが、少女となるとそうも行かないのだ。婚活以外に精を出せるご令嬢は既に婚約済みか、さもなければマリアーネのような異端児だけである。そして婚約済みの彼女達が、わざわざ危険の伴う冒険者などやろうはずもない。危険に自ら飛び込んだ結果、物理的にも比喩《ひゆ》的にもキズモノになってしまえば本気で一生を棒に振りかねないのだ。

「やんごとなき方々の婚活事情……ガッツリ肉食系だよね。兄様の時も凄《すご》かったよ」

「何だよ先生ぇ、お前もそうじゃないの？」

「所詮《しょせん》三男坊だし、冒険者になることは子供の頃から言ってたからね。許嫁すらいないよ。まだ家名は残ってるし、家の許可が無いと結婚もできないんだ。――だから今生ではまだ童貞」

へへっと卑屈な笑いをするジオグリフの肩に、レイターは優しげな表情でぽんと手を乗せて。

「――一緒に娼館《しょうかん》でも行くか？　いい店知ってるぜ？」

「異種族をレビューするのもいいね…………！」

「ずるいですわ！　私はどうするんですの⁉」

「そりゃお前、今生は女なんだから待ってるか女用風俗行けば良い…………あぁ、そうか」

女性用の風俗というのは、前世でも結構古くからある。日本でも歴史を遡《さかのぼ》ると実は江戸時代からあったほどだ。だが、ホストは当然男性である。しかし百合豚としては女の子に相手をしてもらいたいわけで、となると男性用風俗に行かねばならないのだが、まずこの見た目では相手にされないだろう。何なら従業員として勧誘されかねない。

これに関して、彼女は断固として拒否したい。元男だから、とかそういう理由も多分にある。だが、それが性的であれ純愛であれ本質的に彼女は美しい関係性を嗜好《しこう》している。なので美少女同士がイチャイチャしていたり組んず解《ほぐ》れつしていたりするのも大好物であるし、今生で美しくなった自分がその役どころを担うのも吝《やぶさ》かではない。

しかし、である。

「一応聞くけど、女性間の風俗は無いの？」

「無いからずるいと言ってるんですわ‼」

中世仕様のこの世界では同性愛は地下に潜るもので、需要がなければ供給もないものなのだ。

尚《なお》、日本でのレズビアン風俗の開業は諸説あるが一九六六年頃と歴史を鑑みれば極最近である。

●

　ああだこうだとメンバーの増員が決まらない中でも日々は進んでいき、三馬鹿がいつものようにゴブリンの討伐依頼を片付け、結果を報告しに冒険者ギルドに顔を出したある日の夕刻。

　受付嬢のカルラからこんな話を持ちかけられた。

「調査、ですか？」

「ええ。青銅等級試験も兼ねた指名依頼になります」

　等級試験、と言われて三人は顔を見合わせる。

　現状、三馬鹿は黒鉄等級。冒険者のランクとしては最下位だ。この上に青銅、赤銅、銀、白銀、金、白金と上がっていく。そのランクに付随して受けられる依頼の内容の制限が緩和されていき、同時に報酬も割増されていくので、等級が上がることは悪いことではない。

　だが、唐突とも言える申し出に疑問に思ったレイターが首を傾《かし》げる。

「試験用、ねぇ。もうランクアップなんか？　俺等」

「どう考えても黒鉄の戦績じゃないですよ、あなた方は」

　何しろ冒険者登録してからまだ二週間とちょっとである。

　駆け出しも駆け出し、何ならまだ採集依頼とか街の下水掃除依頼とか、そういう安くて嫌がられる仕事をしていなければならないぐらいだ。とは言え、採集依頼は初週にこなして飽きて、下水掃除に関してはマリアーネの実家であるロマネット大商会が新しい上下水道を国から委託されて数年前に敷設――――提案したのは実はマリアーネ自身であったり――――したこともあって、『お嬢様にそんな事させられません』と突っぱねられた。と言うか冒険者ギルドにロマネット大商会から猛抗議が入った。無論、裏からだが。

これに関して冒険者ギルド側も、家名からもしやと思っていた部分もあって三馬鹿の素性を改めて調査した。ジオグリフに至っては辺境伯の三男とは言え実子である。冒険者に身分は関係無いが、その背景の影響力まで無いとは誰も言えないのである。唯一気安く扱えるのは平民であるレイターであるが、彼も後日、実績的には白金と変わらないとされている金等級冒険者は『迅雷《ガド》』の弟子と発覚している。

全員が全員、背景がやべー連中だと事ここに至って気づいた冒険者ギルドは、カルラを通じて彼等の仕事を討伐依頼へと誘導するようにした。さっさと実績積ませてランクアップさせるためだ。

レイターは別にしても、ジオグリフとマリアーネは実家が実家である。冒険者としてある程度の実績を手に入れるか、もしくは飽きたら辞めるだろうとの判断だ。続いても実家から声が掛かればそちらに行くだろうから、冒険者生命としてはそう長くはない、と考えたのだ。そうでなくても、依頼の幅が広がれば帝都に留《とど》まらないで旅にも出るだろう。そうすれば、帝都の支部ギルドの胃にも優しいと。

「まぁ、ちょっと飽きが来てるのは確かですからありがたいですけれども」

「ははは…………飽き、ですか…………」

とは言え、ここで冒険者ギルドの見通しの甘さが判明する。

この三人、どういう訳か超優秀なのである。通常、黒鉄時代の冒険者は皆が駆け出しだ。ギルド創設当時は冒険者は自由が信条なのだから好きにやれ、と比較的野放しだった体制だが、昨今ではある程度ギルド側から補助を行っている。

例えば採集、討伐を含む実地調査などの依頼は、初回に限りギルド斡旋《あっせん》の冒険者からサポートを無償で受けられる。最初の依頼で失敗するのは良いが、それで命を落としてはギルドとしても人的資源を失うことになるからだ。そこである程度のノウハウを伝授する――――というのが通例であった。所謂《いわゆる》チュートリアルミッションである。

無論、三人もその説明を受けていたが、馬鹿共は二日酔いでそれどころではなかったので記憶からすっぱり抜け落ちていた。これは先は長くないかなぁ、と思っていたカルラであったが、実際には真逆の現象が起こる。

毎日毎日ゴブリンやらオークやらを里単位で殲滅《せんめつ》してはその証《あかし》である討伐部位を大量にギルドへ持ち込んでいた。

この背景がやべー奴《やつ》等、実力もそれなりに備わっていたのである。因みに、それなりという他評部分とその実態にかなりの齟齬《そご》があることを、未《いま》だ冒険者ギルドは認識していない。

「ええと、依頼内容は帝都から南西、フェレスク大森林にある開拓村の調査になります。一週間程前から連絡が途絶えているんです」

「馬車で飛ばせば三日と掛からん距離だな。それで連絡が途絶えているってのは？」

「物資輸送隊を定期的に送っているんですが、隊が帰ってこないんです。最後に送ったのは一週間前になります」

「賊に襲われたってことは無いんですの？」

「冒険者の護衛は当然、大森林の開拓ですから国も関わっています。帝国軍の一部隊も訓練がてら護衛の任に就いていたんですよ」

「それが帰ってこないと……これ、少々黒鉄パーティの手に余るのでは？」

ジオグリフの疑問にカルラが頷《うなず》いた。

「えぇ、ですからメインはあなた方ではなく、銀等級パーティの『霹靂《へきれき》』の補佐という形です。調査結果次第で、その内容を持ってあなた方は先に帰還という形になります。内容次第では、帝国軍が出張ります」

「斥候がてらの先遣隊ということですのね。…………帝国軍がよく承認しましたわね」

「葛藤《かっとう》はあったようです。ですが、まぁ…………」

「軍内部の政治ですね」

「どういうこった？」

レイターが首を傾げると、ジオグリフが肩を竦《すく》めた。よくある話だ、と。

「仲間の安否を気にしてすぐに援軍を向かわせるべきだって現場主義の派閥と、栄えある帝国軍が任務失敗などありえないから今は待つべしと面子《メンツ》を気にする貴族系派閥の争いだよ。喧々囂々《けんけんごうごう》、にっちもさっちも行かないからその折衷案で、まずは冒険者に調べさせようってなったのさ」

「よくお分かりで…………」

「辺境伯の三男坊ですから」

貴族麾下《きか》の家臣団ですら外敵がいない状況だと派閥を作る。各貴族から送り込まれたり、実力で平民から成り上がったりする軍人が多々いる帝国軍など派閥の坩堝《るつぼ》であろう。人が三人いれば派閥を作ると言われるのだから、集団になれば何をか言わんや、である。

「そういうことでして、明日の早朝から向かって頂きたいんです、が…………」

「歯切れが悪いですわね」

「正直、ジオグリフ様もおっしゃられた通りいくら補佐でも黒鉄には手に余る依頼だと思っています。断っても試験が先送りになるだけですし、代わりのパーティにも当てがありますので受けないことも選択肢に入れてください」

「ほぉ…………受付嬢としちゃ面白い判断だな？」

カルラは勿論《もちろん》この帝都支部の意向を知ってはいるが、今回の依頼はミスチョイスだと思っている。それに、ここ二週間ほどこの三馬鹿と関わってきて、当初の酔いどれ共の印象から随分マシにはなった。

「貴重なんですよ、若くて判断を誤らない冒険者は。依頼達成率は十割、怪我《けが》一つしない、背景にも信があるとなると特に」

「あら、随分と信用されてますのね？　私達」

「客観的事実に基づいた信用です。ですから、もう少し育つまでは大事にしておきたいと思ってますよ」

実際、冒険者の多くが黒鉄時代に何らかの失敗をする。その原因は自他諸々《もろもろ》ではあるが、大抵は判断を誤ったというものだ。成人直後に酒量を誤った馬鹿共だから酷い目にあうかなと予測したカルラであったが、その予想は大きく裏切られた。それも良い方に。

この三人の実力を直接見た訳では無いが、それ以上に要点を外さないのだ。ゴブリンの討伐依頼一つにも、そこから考えられる想定、討伐時の影響など細々と報告してくる。実際、オークを討伐した後で他の魔物が来ると予言めいた忠告をした数日後にカッティングバイパーと呼ばれる蛇型の魔物が出現した。難易度的には銀等級が一パーティか、赤銅等級が二パーティ必要なぐらいだ。

そういった経緯から、カルラはこの三馬鹿には一定の信を置いていた。

「で、どうすんだ？　まぁ、先生のことだから受けるんだろうが」

「決定をしてくださいな、リーダー？」

「何で僕がリーダーになってるのさ」

「そりゃ家柄も頭の出来も丁度いいからさ。俺は前に出てぶん殴るのが仕事だし、姫は配下の制御が忙しい」

「後方で弾幕を張りつつ戦況を俯瞰《ふかん》して、ここぞという時に超火力ぶっぱできる人がリーダーを張る方が得策ですわね」

「――――色々面倒になって如何《いか》にもそれっぽい理由で押し付けたね…………？」

もっともらしい理由に半眼になったジオグリフだが、二人はどこ吹く風で口笛なんぞ吹いている。

「――――はぁ。分かりました。依頼を受けます。明日の早朝、どこに集合すればいいですか？」

ややあって観念したジオグリフは、依頼について詳細を詰めていった。その最後に、カルラに声を掛けられた。

「あぁ、それとそろそろパーティ名を決めてください」

パーティ名、と三人は一瞬きょとん、とした後でぽんと手を打つ。そう言えばまだ決めていなかったと。

「――――どうする？　ネタに振って『ジオと愉快な仲間たち』とか？」

「どうして僕の名前をつけるのさ」

「リーダーだからですわ。嫌なら折角ですし敢《あ》えて『宵闇の烏《ミッドナイト・レイヴン》』とか厨二《ちゅうに》っぽくしてみますか？」

「つけた直後は良いだろうが、後で振り返って悶絶《もんぜつ》するぜ、それ………」

三人額を寄せ合って、ああでもないこうでもないと意見を出すが中々決まらない。

「どうしようか、いい名前はぱっと浮かばないや。リトルバ◯ターズとか超◯和バスターズとかサブカルネタは幾つか浮かぶけど」

「俺もサンニンジャー的な戦隊モノなら幾らでも行けるけど、オリジナルって難しいぞ」

「私もニチアサアニメなら浮かびますけど、野郎二人抱えてプリ◯ュアはどうかと思――――そう言えば当時、男子プリ◯ュアがスポットではなくメインで出ましたのでこれ行ける流れでは？」

『やめれ』

「シリアスが続かない子達ね………」

言っている内容こそ分からないが、何となくネタに走っていることぐらいは察したカルラがぼそっと呟《つぶや》くと三人はカッと目を見開いて。

『それだっ！』

「え？」

びしっ！　とカルラを指差した。またしょーもないことを思いついたらしい。

「いいですわね。シリアスが続かない。もしくはぶっ壊す」

「真面目に真面目やるのは趣味じゃねぇしな。どうせなら、真面目に不真面目だ」

「ふざけた名前の方が気楽に活動できるよね。嫌になったら変えればいいし」

「えっと……………？」

そして三馬鹿は名乗りを上げた。

『パーティ名は…………シリアスブレイカーズ！』

かくして後に、『帝国が恥じる最強のパーティ』とか『地力のあるボンクラーズ』とか『冒険者ギルド帝国支部の理不尽トリオ』とか『トラブルメーカーズ』とか『秘密にしておきたかった秘密兵器』とか数々の迷声を得ることになる問題児パーティがここに爆誕してしまった。

ドヤ顔で名乗る馬鹿共を白い目で眺めるカルラは『信用するのちょっと早まったかもしれないわね…………』と胸中で嘆いた。

第五章　シリアスさんとか言う前フリ

銀等級パーティ『霹靂』は犬獣人戦士のアラン、神官戦士のラルク、魔術士のミラで構成される三人組のパーティだ。

三人共同じ村出身の幼馴染《おさななじみ》グループで、冒険者としては三年目だそうだ。先頃銀等級に昇格した事でそろそろ活動範囲を国外にも広げようかと路銀を稼いでいる中、ギルドから声がかかったらしい。

今回の調査依頼の発行元が国、それも比較的急ぎということもあって報酬も良いために軽い気持ちで引き受け――――。

「ちっ」

「おいおいアラン。舌打ちするなって」

「うっせぇなラルク。気に入らねぇもんは気に入らねぇんだよ」

その途中、馬車の中でリーダーのラルクは相棒の不機嫌さに辟易《へきえき》としていた。普段からこんなに気難しくは無いのだが、現在は非常に良くない状況だ。無論、黒鉄等級のお守りを押し付けられたからではない。自分達もそうした時代はあったのだし、獣人の本能がそうさせるのか、むしろアランは目下への面倒見が良いぐらいだ。

彼が不機嫌な理由は唯《ただ》一つ。

「あら、冒険者なら使えるものは何でも使うべきではなくて？　そうですわよね？　お姉様」

「う、うん。そうだけれど…………何か距離近くない？」

「良いじゃないですか女同士ですし。えぇ、女同士ですし…………‼」

何と言うか、異物《マリアーネ》と想《おも》い人であるミラとの距離が異様に近いのだ。女性同士と加味してもなんだか不穏になるぐらいの距離感である。最初は微笑《ほほえ》ましく見ていたアランも、段々とイライラが募ってしまって、さりとて異性が近寄っているわけではないので実力行使に出るわけにも行かずとフラストレーションを溜《た》めていた。

無論、マリアーネからしてみれば女という立場と馬車の中という地の利を活《い》かして己の欲望を発散しているに過ぎない。

このミラという少女、当年取って十八歳ではあるのだが、本人曰《いわ》くドワーフの血が入っているらしく体つきが少々————言葉を包まずに言えば幼い。十歳前後ぐらいの身長に、しかし人間の血もあるせいか出る所はそれなりに出ているので所謂ロリ巨乳と言える体形になっている。

身も蓋《ふた》もない結論を言えば、ルックスが百合《ゆり》豚にぶっ刺さった。

「おいコラ我儘《わがまま》娘、ミラに触るんじゃゃ…………抱きつくな！」

「あーら嫉妬《しっと》ですの？　見苦しいこと。それに女の子同士ですしコレぐらいのスキンシップは普通ですわ」

「そ、そうかなぁ…………あ、ちょっとマリアーネちゃん！　くすぐったいよぉ！」

「すう――――ハスハスハスハスハス…………！　あーいい匂い…………！」

「離れねぇかこの変態‼」

「やーんお姉様！　むくつけき男に襲われてしまいますわぁ‼」

「アラン？　――――めっ」

「ぐ、ぅ………」

「ぐ・う・の・音！　私初めてリアルで聞きましてよ‼」

ゲラゲラ笑いながら煽《あお》るマリアーネが有頂天極まっている。

百合豚としてルックスドストライクなミラと美少女化している自分の絡みを俯瞰視点で見て、いい感じに嗜好《しこう》を満たしているのだが、それ以上にミラとアランの関係性を楽しんでいた。

この二人、幼馴染であり互いのことを憎からず思っているがじれじれと進まぬ関係性であるようだ。一目でそれを見抜いたマリアーネは、同性という立場を利用してからかっているのである。幼馴染で、互いに想い合っていて、でもまだ恋人じゃない。なんて美味《おい》しい、もとい、美しい関係性なんでしょう！　と思った彼女は一粒で二度美味しいとばかりに楽しんでいた。

それを横目で見つつ、これはこれで親睦《しんぼく》を深めていると考えよう、とさじを投げたラルクは御者の方へ顔を出した。

「悪いな、御者までやってもらって」

「気にすんなってパイセン。乗り物転がすのは俺の性に合ってんだよ」

御者台に座っているのはレイターとジオグリフだ。前世ではトラックドライバーだったレイターが手綱を握り、ジオグリフが地図を広げてナビしている。

「それより、ウチのが申し訳ないラルクさん。どうもここ最近、欲求不満だったらしくて」

「あぁ…………でも何と言うか、いいよな女の子同士ってさ…………」

『おっとぉ…………？』

ひょっとしてこの世界でも百合豚が発生するのでは？　と訝《いぶか》しむ二人に、ラルクは話を振った。

「ともあれ、コレだけ速度の出る馬と馬車を出してくれて助かった。…………正直、間に合わないとは思うがな」

「まぁ、でしょうね」

「こんだけ飛ばしても二日は掛かる。おそらく何かあってからは丸っと十日、だからなぁ」

今二パーティが乗っている馬車はロマネット大商会の新型（マリアーネによる知識チート適用済みで板バネが導入されている）で、馬も彼女が召喚術で出した馬型の魔物である。例の影の魔物が厳《いか》ついピカピカの馬車を牽《ひ》いているのだから、見た目からしてもう魔王の馬車である。通りすがりの商隊に声を掛けられることはなく、盗賊などの襲撃にも遭わない。

通り過ぎる人々の悲鳴などを考慮しなければ、非常にスムーズな旅路である。

「まぁ元々が調査依頼だ。被害状況と、後は生き残りを数名でも助けられたら御の字だろう」

「実際、こういうことはよくあるもんなんか？」

「確かに村がならず者に襲われることは、帝都周辺でも少なからずある。だが珍しい。それに今回は新兵交じりの小隊とは言え、正規軍も同道した輸送隊も出入りしている。俺が賊なら、まず狙わん」

「一時的な収入とその後の面倒臭さが釣り合ってませんしね………。そのまま国外に逃げているならまだ良いでしょう。被害者は可哀想《かわいそう》ではありますが、そこは我々の仕事ではありませんし。問題は――――」

「魔物だな」

「ああ、開拓村とはいえ、一つの村、そして正規兵と冒険者をまるごと始末出来る魔物――――単独か群れかは不明だが、そんなのがいた場合だ」

レイターの言葉に、ラルクが頷《うなず》く。

人間は確かに弱い。だが無力でもなければ無知でもない。いくら魔物に襲われたからと言って、伝令役すら出せないほどというのは考えにくい。その伝令役ももしもの時を考えて数人、別方向から向かわせるのが定石だ。それがただの一人も到達していないというのはあまりに不自然だろう。

考えられるのは二つ。伝令役の役割を知っていたか、もしくはそれすら飲み込むほどの大群だったか。いずれにしても、難局が予想される。

「お前らが使えることは聞いているが、無理はするなよ」

「命あっての物種とは言うからな。ま、ヤバくなったらケツ捲《まく》るさ。俺は先生の判断に従うぜ」

「まぁ死なない程度に頑張りますよ。元々が調査依頼、そして僕達の役割は伝令役ですから」

それを慮《おもんぱか》ってのラルクの発言だったが、二人は気負うこともなく肩をすくめるだけだ。

「流石《さすが》に名のある所の出だな。理解のある判断で助かる」

「僕達をご存知《ぞんじ》で？」

「有名だぞ、お前ら。ジオグリフは辺境伯の三男坊、マリアーネはロマネット大商会会長の孫娘、レイターは迅雷《ガド》の弟子。これだけでもただもんじゃないのは分かる。ま、アランみたいのはいるが…………ありゃミラ取られて嫉妬してるだけだし」

「どっから漏れたんだ、その情報」

「そりゃ冒険者ギルドから」

「個人情報保護法――――は、あるわけ無いか…………」

「まぁ、俺らも別に隠しているわけじゃないしなぁ」

「後、ゲロリスト」

『待って』

唐突に黒歴史を開陳されて二人は声を重ねた。

「いや、初登録でゲロ撒《ま》き散《ち》らしながら来たんだろ？　俺はその場に居合わせなかったが、次の日の朝ギルドに来たらまだゲロ臭くて何でだって周りに聞いたのさ」

『誠にごめんなさい』

形勢不利と見て二人は即座に頭を下げた。

「まぁ、そんなに悪いことじゃないさ。冒険者ギルドがある程度の情報を広めるのは、その冒険者がどういう出自でどういう能力を持っているかをあらかじめある程度周知させるためだからな。知っていれば、下手に絡むことも無くなる。特にジオグリフはな」

「まぁ、確かに。冒険者は出自を問わないですが、個人に柵《しがらみ》がないとは言えませんしね」

ジオグリフ自身は特に侮辱されても何も思わない。前世での経験もあるので、『あーはいはい良かったでちゅねー』とスルーする技術もある。だが、個人としてはともかく家名であるトライアード家を侮蔑《ぶべつ》されると引き下がれなくなるのだ。

転生した直後は特に気にしていなかったのだが、この世界の文明度は中世、そして国政が封建社会そのものなのだ。命ではなく名を惜しめを地で行っている。まして貴族は国そのものと言える皇室からその地位を賜るもので、それを馬鹿にされるということは皇室に弓を引くのと同義である。ではそれを放置するのは、皇室に対する侮辱ではないかと論理が飛躍されて本来被害者である貴族家にも疑いの目が向かってしまう。それを否定するために、貴族家は己の家名を貶《おとし》めた人間を全力で処断するのだ。

まぁ、パワーバランスの関係で実際はそこまで行かないことも結構あるのだが、貴族の実子はその可能性を常に意識することを教育されている。そろそろ実家も長兄に引き継がれてジオグリフの継承権は更に薄くなるが、三親等内の親族である自分がその問題を引き起こして放置すれば実家に累が及びかねない。だから冒険者ギルドのこの配慮はジオグリフにとっては有り難かったのだ。

「で？　実際に会った感想は？」

「若いが、歳《とし》不相応な落ち着きがある。勘だが、出来ること出来ないことを既にしっかり分けてるだろう？」

レイターの問いにラルクはそう告げた。内実《転生》を知っている訳では無いだろうが、よく見ていると二人は苦笑。

「それから────」

そして彼は背後に視線を向け。

「あぁ、もう！　お姉様ちっちゃくて可愛《かわい》い！　好き‼」

「もう、しょうがないなぁ。よしよし。後、ちっちゃいは余計だよ？」

「いい加減ミラから離れろこの変態！」

「うっさいですわこの駄犬！　お姉様にめっされたんですから嬉《うれ》ションして這《は》いつくばってなさい‼」

「んだとこのアマ‼」

「助けてお姉様ぁっ‼」

「アラン？　────めっ」

「うぐぅ………！」

「うぐぅとかどこのたいやき少女ですの？」

未《いま》だ続くじゃれ合いに、うんと一つ頷いて。

「────噂《うわさ》通り、奇人変人の集まりか」

『アレと一緒にすんな‼』

その独白のような呟《つぶや》きにジオグリフとレイターは魂の限りに突っ込んだ。

正直、似たりよったりである。

そんな道中を二日程進み、一行は開拓村へと辿《たど》り着《つ》いた。だがそこにあったのは、村は村でも廃村と呼んでも差し支えがない程無惨な瓦礫《がれき》の山であった。唯一それを否定するのは、破材になった建材が真新しいことぐらいだ。

その余りの酷《ひど》さにラルクが顔をしかめる。

「――――これは…………思ったより酷いな」

「野盗の類じゃないですね。魔獣…………それも随分大型だ」

「大型なんてもんじゃねぇよ先生。熊とかそんぐらいの獣にゃ無理だぜコレ。こいつぁ怪獣レベルだ」

吐息混じりのジオグリフに、倒壊した家屋に触れながらレイターが補足する。

「おかしいな」

「どうしたの？　アラン」

「血の臭いはする。だが、村の大きさにしては少ない」

犬獣人の特性を活かして天を仰ぎながら周囲の臭いを嗅《か》ぐアランの言葉に、一行ははたと気づく。

確かに、家屋は倒壊しており、あらゆるものが派手に壊されてはいるのだが血の跡が少ない。

開拓村と呼ばれてはいるが、帝国軍人が護衛で出入りしていることから分かるように帝国が関わっている事業だ。少数精鋭ではない。それなりに人数はいたはずだし、村の敷地面積から考えても二、三百人は動員されていたはず。襲撃を受けたにしては、人的被害の痕跡《こんせき》が確かに少ない。

「――――ふむ。人を食べた、にしてはその痕跡も無いですわね」

「もう少し調査してみよう」

リーダーであるラルクの言葉に皆が頷き、それぞれに村の調査を開始した。

「どう見る？」

ややあってそれぞれの所感を述べるべく集合した一行で、最初に手を挙げたのはレイターだ。彼はケモナーらしくアランと一緒に行動していた。この連中、こんな時でも自らの性癖に素直である。

「じゃぁ俺から。まず、被害は間違いなく魔獣、それも群れによるものだ。傷跡の大きさから考えて、三十メートル近いのも交じってる。そんでもって、アランパイセンの鼻を信用するなら、だ」

「トカゲの臭い、そして大きさを加味すれば――――竜種だ」

「大きめのワイバーンって線もあるな。いずれにしても、新米交じりの兵隊じゃどうにもならんかったろうが」

二人の意見に、ラルクは頷いた。

「それを相手取るなら、冒険者でも金等級パーティが複数欲しいな…………」

次に手を挙げたのはマリアーネだ。彼女もまた、百合豚らしくミラにくっついて調査していた。やはりこの連中、自らの欲望に自重などしない。

「周囲を探索してみましたが、やっぱり襲われたにしては血の量が少ないですわ」

「ご遺体も無いし、食べ残しも覚悟してたけど見つからなかったよ」

「住民が避難した、と考えるのが妥当か」

血の跡はあった。だが、極めて少ない。被害自体は出たが、そこまでもなかった――――と考えたいが、ここに誰も残っていないことを考えると、撃退は出来なかったのだろう。ならば喰《く》われたのは殿《しんがり》に残った少数といった所か、とジオグリフは考察してアランに水を向ける。

「問題はどこに逃げたかですね。アランさんの鼻ではどうですか？」

「時間が経《た》ってるからな………村の中心は血とトカゲの臭いが濃かったからまだ残ってるが」

「じゃぁ、俺がちょっと村の外周の方を探してみるわ。足跡一つでも残ってりゃ追跡できるし。先生、姫、ちょいと手伝ってくれ。居残ってる魔物がいねぇとも限らねぇからな」

そう言ってレイターはジオグリフとマリアーネを伴って村の外周へと歩を進めながら口を開いた。

「なぁ、先生、どう見る？」

「不思議なのは、家畜が残っていたんだよね。死んでたけど、殺されたと言うよりは餓死だった」

「やっぱりですの？　突発的な遭遇なら腹を満たすために食べていますものね」

「だよなぁ、俺もそこが引っかかったんだわ」

飼われていたであろう鶏や牛などの家畜の類はいた。だが、三人の言う通り死因が自然死であったのだ。野良の竜種が出たならば、真っ先ではなくても人がいなくなった後で食べるであろうものが、まるで手付かず。

となると犯人が竜種だとしても、もう一つの想像が鎌首をもたげてくる。

「…………姫、召喚術もそうだが、テイマー的な連中ってドラゴン従えさせられるのか？」

「場合によりけり、でしょうか。上位の宮廷魔術士並みの魔力があれば亜竜ぐらいは行けるでしょう。苦労はすると思いますが。ただ、そうすると…………」

「目立つよね。ともすれば既に国家の監視下に置かれてると思う。在野にいないとも限らないけれど…………」

「そんな人間がホイホイ手の内晒《さら》して危険なことするとは思えんわな…………」

「やるなら皆殺しだね。目撃者は残せない。僕なら少なくとも入念に計画してからだ」

「そう考えると開拓村という環境はベストですわ。周囲に目は少ないでしょうし。そこで下手を打って、逃してしまった…………？」

「だけどこの血の少なさはどうなんだろう。これじゃぁ、初手で見破られていたようなものだ。そして村人たちは接敵する前に逃げた。残ったのは殿だけ。だから被害自体は少なかった。ああ、後は村人全員が攫《さら》われたっていう考えもあるにはあるけど」

「それっぽくはなってきたな。後は痕跡が見つかれば絞れ――――おっと」

幾つか考察をポンポンと交わしていると、森の入口でレイターが立ち止まり、その場にしゃがみ込んだ。

「見つけたぜ」

その先に、数多くの足跡を見つけて。

「レイター。そりゃ危険過ぎるぜ」

「まぁ、アニキの言いたいことは分かるが、どの道俺は残ることになるだろ？　じゃぁ、一緒だ一緒」

「だがなぁ…………」

「信じてくれよアニキ。こっちもそこまでガキじゃねぇ。強いとまでは言わねぇが、弱くもねぇさ」

「むぅ…………」

再度合流した一行は、今後の方針を決めるべく互いに意見を出し合って大凡《おおよそ》二極化した。

と言っても、強硬に同道の反対を示しているのはアランだけだ。リーダーであるラルクは今の所中立、ミラは賛成の意を示しており、二人は議論そっちのけで少々早めの昼飯の準備をしている。

ジオグリフとマリアーネはそんな激論を端から眺めていた。

「二人共意外と冷静ですわね」

「レイター、ケモナーだからね…………。獣人のアランさんには当たりが優しいんだよ。だからアランさんも強くは言えない。やっぱり獣人と相性は良いみたいだね」

最初はけんもほろろに拒絶したアランも、レイターの説得に絆《ほだ》されつつある。

生き方から口調、態度まで古き良き時代のトラック野郎であるレイターは陽気だが気が強く口も悪い。同じような良く言えば豪快、悪く言えば雑な人間には大体気に入られるので、比較的その日暮らしの冒険者との相性がいい。加えて獣人であると口調は変わらないが非常に柔らかくなるので、相手も強く言い出せなくなる。

「はいはい。議論は色々あるけれど、ご飯が出来たよー」

「取《と》り敢《あ》えず食べようか。ここから先は、いつ食べられるかわからないから」

煮詰まってきた議論を中断して、馬車から食料を取り出し料理していたミラとラルクが声をかける。それぞれにスープの入った器と黒パン、干し肉を受け取って車座になる。

「で、リーダー。どうするつもりだ」

「うーん。手は欲しいのは確かだ。アラン、匂いでの追跡は難しいんだろう?」

「……………まぁ、な」

ラルクの言葉に、アランは渋々頷《うなず》いた。ここで見栄《みえ》を張らない辺りが銀等級の冒険者なのだろう。過信で身を滅ぼすだけなら笑い話にもなるが、それで仲間を巻き込んでは死んでも死にきれない。

実際、開拓村の匂いは騒動の中心だった為《ため》かまだ残っていたが、ここから離れると途端に薄くなる。おそらくは小雨か霧でも出て、少し洗い流されているとアランは判断している。

「獣人の鼻は信用できますが、山に近い森ですしね。一週間もあれば一日くらいは雨も降ったでしょう。既に消えている可能性は高い」

「その点、レイの追跡ならまだ行けるでしょう?」

ジオグリフとマリアーネの言葉にレイターは干し肉を噛《か》みちぎりながら頷いた。

「足跡から細かい枝の倒し方、木の幹の傷の付き方や苔《こけ》の削れ方………調べる方法は色々持ってるぜ。猟師やってたからな。つーか村から出た痕跡はもう見つけてるし、逃げた方向も大凡分かってるからそう外すことはねぇな」

「………よくよく考えると、猟師って人相手にも通用しますの？」

「むかーしジョエル・ラ○バートを良く見ててな。アレを罠に落とし込んだ」

『ああ、ザ・マン○ント』

昔、というイントネーションで前世の話だと気づいた二人は手を打った。

トラックドライバーの拘束時間の長さの理由に荷下ろし待ちがある。これは規制緩和以降、荷主が殿様商売しているのが最たる理由なのだが、まぁ詳しいことは業界人の愚痴になるので割愛するとして、その待ち時間の最中に何をやっているかと言えば寝ているか暇つぶしだ。

とは言え、寝ると言っても全員が全員目を瞑《つぶ》れば三秒で眠れる特異体質でもあるまいし、目が冴《さ》えて眠れない時もある。昔は雑誌や漫画を持ち込んだりしたものだが、最近はスマホもあれば携帯ゲーム機もある。何ならノートPCやタブレットを持ち込み、テザリングやポケットWi-Fiなどでネット環境を整えていたりする。レイターもその口で、暇があれば動画サイトを眺めていた。

そんな中で、ディスカバリーなチャンネルと出会う。カニ漁したり、ゴールドをラッシュしたり、サバイバルしたりとアウトドア派なレイターは定年したら田舎に戻って暮らすのも悪くねぇなと考えていたのである。その中に特殊部隊出身の元軍人が、土地勘を持っている警察や軍隊から最小限の装備で逃げるというガチで鬼ごっこな番組を見つけてよく見ていたのだ。

「その人はすごい人なの？」

「ああ、心の師匠さ。アレを追っかけるのに比べたら人数の多い、ただ逃げただけの村人追っかけるなんて訳ぁねぇ」

ミラの問いにレイターは神妙な顔をするので、ラルクは戸惑いながら頷き残る二人にも水を向ける。

「よく分からんが、そうか………。だが、他の二人は………」

「行きますよ？　このまま報告しようにも情報不足ですし」

「馬車も一つだけですわ。順々に出発させるわけにも行かないのなら、ある程度の確定情報を入手するまでは一緒にいたほうが良いと思いますの」

ジオグリフとマリアーネも同道を望んでいる。むしろ、ちょっと気がかりがあるのだ。

「先輩達はどうですか？　勝てない相手だった場合」

「状況次第だが、逃げる」

「――――生き残りを放置しても？」

「ああ。現状戦力では勝ち目がないなら、俺達の命、そして情報が最優先だ。たとえ避難民達を見捨てることになっても逃げる」

いっそ冷酷とも言える判断に、しかし三馬鹿は満足そうに頷いた。

「不服ってわけでもなさそうだな？」

「いえ、当然でしょう」

「むしろ正解ですわ」

「勝てねぇ相手に挑むのは良いが、後を考えるとなぁ」

彼等《ら》がもしも見た目通りの年齢であれば、あるいは義憤に駆られてラルクの判断を否定していたかもしれない。だが、前世を引き継いだ結果既に半世紀近い経験値がある。挫折《ざせつ》や諦観《ていかん》は腐る程してきたし、自信過剰な人間に巻き込まれて酷い目にあった経験も多数。その後の始末までさせられているのだから、身の程を弁《わきま》えない人間には従えないし関わり合いたくないのだ。

その言葉を信じたラルクは判断を下す。

「――――分かった。全員で行こう」

「いいの？」

「どの道レイターが主導しないと追跡もままならん。他の二人をここに残しても、即時連絡する手段がなければそのまま遊ばせてるだけだ。なら、戦力を増やしたほうがまだいい」

「しかたねぇな………」

リーダーの決定には渋々であるが従うアランに、ラルクは心中で胸を撫《な》で下《お》ろしてスープを飲み干す。

「飯を食い終わったら行こう」

尚《なお》、『霹靂《へきれき》』の勝てない相手と三馬鹿の勝てない相手の認識にだいぶ開きがあることは、この時点ではまだ誰も気づいていていない。

●

フェレスク大森林の西方、ニヤカンド山の麓《ふもと》には巨人の通り道と呼ばれる大峡谷がある。その中間地点、丁度鼠返《ねずみがえ》しのような構造の窪《くぼ》みに、いくつかの建造物があった。

というのもここは元は山越えルートの要衝で、獣人の里へと続く道の中継地点として今も機能していることから、ある程度の拠点としての備えや要員も詰めていた。本来は精々十数人の許容値に、今は二百人に迫る人間がテントを広げたりしてさながら難民キャンプの様相を呈している。

いや、まさしく難民そのものだ。彼等は、帝国の開拓村の住人なのだから。

着の身着のままでこそ無かったが、荷物は最小限、そしてある襲撃者達の追撃を躱《かわ》しながらの逃避行。その際に失った人員も、怪我《けが》した人間もいる。皆が皆憔悴《しょうすい》しており、いつ終わるかも分からないこの絶望的な状況に気力だけで抗《あらが》っていた。自棄《やけ》を起こさないだけ不思議なぐらいだ。

その理由の一つが、ここにあった。

「ありがとう、ラティア殿…………」

「気にすること無いわ。今はもう少し眠ってなさい」

「ああ…………この恩は、いずれ必ず…………」

難民キャンプ、そのテントの一角で治療に勤《いそ》しむ旅装姿の女性がいた。長い金髪に碧眼《へきがん》、それが人間であれば誰もが一目を置く美しい容姿——そして一番の特徴は、彼女の耳が穂先のように長いこと。俗に、エルフと呼称される種族の女性だ。

ラティア・ファ・スウィン。

フェレスク大森林の奥地に住まうエルフ族の出で、一族の要請を受けて開拓村に出向していた女性だ。彼女も例に漏れず襲撃者達から這々《ほうほう》の体で難民たちと逃げ出し、今はここで回復術士として活動している。

（――――今日で一週間か………）

胸中で嘆息して、窪みの外に視線をやる。

夜空の黒を彩るようにして、淡い虹《にじ》のような壁が外界を遮断していた。結界魔法による障壁だ。それを窪みの蓋《ふた》のように運用してラティアを含めた難民を閉じ込めていた。無論、彼等とて好き好んで閉じ込められているわけではない。

壁の先に、件《くだん》の襲撃者達――――竜の群れがいた。

比喩《ひゆ》でも揶揄《やゆ》でもない。翼こそ持っていない地竜種だが、体高四メートル、全長七メートルに迫る最強種の一角が群れをなして障壁の前を陣取っている。結界に阻まれているために動きこそ見せないが、今もじっとこちらの様子を窺《うかが》っている。

およそ一週間前のことだ。

開拓村周辺の森に突如として地竜の群れが出現した。最初に発見したのは木々の間伐を指導していたラティア率いる外回り組だ。木々をなぎ倒すようにして暴れる地竜達に、ラティアはそのまま人員を率いて村へと知らせに走った。折よく帝国軍輸送隊が来ていたので、方針を話し合っていると地竜の群れが開拓村へと迫っていると報告が入る。

不思議なことは山程ある。そもそもフェレスク大森林に地竜は生息していないのだ。彼等が好むのは草原で、はぐれならいざしらず何故《なぜ》あれ程の数がいるのか、そして何故あれ程暴れているのか――不明な点はいくつも散見されるが、理由を探っている時間は残されていなかった。

結局、帝国軍輸送隊を殿に開拓村を放棄。最も近い獣人の里へと身を寄せるべく村人達は移動を始めて、しかし地竜の行進に追いつかれる。その際に逃げ込んだのがこの拠点だ。

そして唯一の出入り口である部分を、結界魔法の使い手である狐《きつね》獣人が封じた。

「………どう？　カズハ」

ラティアは結界の中心部のテントに顔を出すと、その中にいた人物へと声を掛ける。

狐獣人の少女だ。長い薄橙《うすだいだい》色《いろ》の髪を先で結い、身に纏《まと》っているのは神職のもの。ラティアには馴染《なじ》みがないが、それが女神官――巫女《みこ》を示すというのは知っている。人との相違は大きな耳が頭から生えていることと、同じように大きな尻尾《しっぽ》が生えていることぐらいだ。正座している彼女の膝《ひざ》には、同じ狐人族の少女が横になって寝ていた。

カズハ、と呼ばれた彼女は小さく首を横に振った。

「申し訳ありません。明日の朝には、もう………」

「そう………。いいえ、貴方《あなた》達は十分頑張ったわ。まさか一週間も耐えるだなんて思わなかったもの」

お世辞でもなく本心だ。そもそも地竜を相手にする場合、たとえ一匹でも白銀等級の冒険者パーティが複数は必要になる。それが逃走時にざっとラティアが確認した時には最低でも四十近くいたのだ。並の軍隊なら師団規模を持ってこなければどうにもならないほどの、最早《もはや》厄災である。

そんな中、少ない被害でここに逃げ込み、籠城《ろうじょう》戦へと移行できたのは僥倖《ぎょうこう》とも言えた。食料の関係はどうにか切り詰めるにしても、保《も》って数日と考えていたが、この狐獣人の姉妹が有能だったのもあって今日まで持ちこたえたのだ。

「すまない…………我々が不甲斐《ふがい》なかったばかりに」

テントの片隅に身を横たえていた騎士姿の男性が、声を絞り出すようにして口を開いた。

輸送隊の隊長であるガステン・リーバーだ。壮年の男で、尖《とが》った口髭《くちひげ》が印象的な人物だ。ここまでひたすら殿を務め続け、部下を失い、自身も重傷を負いながらも可能な限り避難民達を守り続けた。ラティアという優秀な回復術の使い手がいたからこそ生き長らえたが、もしもいなければ今も生死の境を彷徨《さまよ》っていたことだろう。

今は明日の決戦に備えて体を休めているのだが、それだけでは中々寝付けず作戦の打ち合わせをカズハとしていたのだ。

「相手が地竜の群れだもの。仕方ないわ」

「せめて伝令が帝都に辿《たど》り着《つ》ければ良いのだが…………」

「別方向に逃げて、囮《おとり》まで使ったのに食いつかなかったわね。その癖、宵闇に紛れても感知されるだなんて」

不思議なことに、各方面にバラけさせた伝令も全滅した。いや、正確にはその様子を見たわけではないのだが、彼等が進んだ方向で悲鳴が上がったり、突如として獲物に気づいたかのように追跡を始める地竜が出たりしたのだ。

人の足と体力で、地竜の走破性能を超えるのは難しい。おそらくは全滅だろう、と皆は思っていた。

「ねーさま………」

「大丈夫、大丈夫よサクラ………もう少し寝てなさい。数時間後には替わってもらうから」

気の滅入《めい》る話ばかりしていると、カズハの膝で寝ていた少女――サクラが目を覚ました。年の頃なら十にも満たないぐらいか。名前の由来にでもなったのか、カズハは彼女の桃色の髪を撫でてもう一度寝るように促す。

「うん………」

目を擦《こす》りつつ、再びサクラは眠りへと落ちた。

この難民キャンプが未だに地竜の餌になっていない理由の一つに、彼女の存在がある。カズハも優秀な結界術の使い手なのだが、だからといって四六時中結界を張っていることも出来ない。一日二日はどうにか頑張れるだろうが、おそらく三日は保たない。だが、同じ結界術を得意とする妹のサクラがいた。そこで二人で交替で結界の維持をローテーションすることにしたのだ。

しかし。

どうにか魔力と気力をやりくりして、この一週間を乗り切った。

「いずれにせよ、明日には結界は保たなくなります」

サクラの頭を撫でつつ、カズハはそう白状した。取り繕っても仕方がない。明日が決戦になる。

「治療の方はどうでしょう？」

「一応、全員動けるまでには回復したわ。専門じゃないから、戦線復帰できるのは八割までだけれど」

「十分だ。――――我々が時間を稼ぐ。避難民を連れて逃げ…………いや、あるいはバラけたほうが生存率が良いかもしれん。少なくとも、貴女《あなた》達は逃げ切れるだろう」

この一週間、彼等も無為に過ごしたわけではない。傷ついた兵士達を癒やし、どうにか戦線復帰できるように整えた。長くはないが、後一当て、上手《うま》くすれば二当てぐらいは時間が稼げるだろう。その間に避難民を逃がす。

「援護は任せて」

「しかし、エルフである貴女は」

「確かに、お役目として私はここにいるわ。人間達が森を切り開きすぎないようにね。正直、最初は気の進まないお役目だったけれど」

ラティアは元々、フェレスク大森林に住まうエルフの一族だ。殆《ほとん》ど自由民ではあるが、建前上は帝国臣民でもある。だから帝国の開拓に手を貸すことになったのだ。

「だけど今回の話は人間から持ち上がったのよ。そしてエルフにそれを請うたの。森を尊重したのよ。その判断は正しく、そしてこの国の今代の皇帝は賢明だとエルフは判断したわ。義を外さぬ相手に、エルフは不義が出来ないの」

「我々獣人もです。里の近くにみだりに村を作れば、生活用水から交易から競合してしまうと計画段階時に帝国から気を遣われました。経済圏なるものに里も組み入れたいと。それで新しい村の建設地への派遣を命じられたのです」

帝国の力を以《もっ》てすればもっと大上段に事を進めても押し切れる。少なくとも、前皇帝ならばそのようにしていたはずだ。だが現皇帝はそれを望まず、あくまで融和の道を採った。

義に生きるエルフ族はそれに応え、恩を忘れぬ獣人族は報いる為に動いたのである。

「…………すまない」

「言いっこなしよ。殺された兵士達も、逃げずに良く戦ったわ」

「はい。怯《おび》えても竦《すく》んでも、決して背を向けなかった。勇敢な戦士達です」

「感謝する…………」

輸送隊の半数は既に命を落としている。中には今年入ってきたばかりの新米もいる。というよりは、輸送隊自体が軍人として慣らしを兼ねている部分もあって大半が新人だ。その実地を兼ねた行軍訓練で地竜に当たるとは何とも運がない。

「では明日、難民達を逃がす手伝いを願っても良いだろうか」

「ええ。あ、でもこの子は駄目よ？」

「そのために夜番に回すのですからね」

そう言う彼女達の視線はサクラへ向いた。ガステンとて、可能な限り彼女を戦闘に巻き込みたくない。

「分かっている。こんなに小さいのに、なんとも強い子だ。いずれうちの子にも見習ってほしいぐらいさ」

「貴方、家族は？」

「ああ、帝都にいる。家内と、生まれたばかりの息子がな」

「貴方こそ逃げるべきでは？」

「そうしたいのは山々だ。だが、与えられた地位には見合った責任が伴うものさ。それを投げ出すことは、今までの自分さえも否定することだ。何より、それで生き残っても家族に顔向けできない。せめて息子が独り立ちするまでは、カッコいいパパでありたいのだよ」

　白い歯を見せるガステンに、ラティアとカズハは苦笑した。

「馬鹿ね」

「ああ、家内にもよく言われる」

「でも男前ですよ」

「知ってるさ。だからこんな不細工でも美人の嫁さんを捕まえられたんだ。生きて帰ったら、目一杯家族サービスしないとな」

　避難最後の夜が更けていく。

　夜明けまで、もう少し。

第六章　舞い降りる三馬鹿

森に残った痕跡《こんせき》はあからさまなものが多かった。大勢の足跡もそうなのだが、それに続くようにして木々がなぎ倒されていたのだ。こりゃ細かい追跡スキルとかいらんわな、とレイターは苦笑していた。

とは言え、笑える事態ではない。こうも簡単に木々をなぎ倒せる巨体。まるで森を切り開いていくような痕跡を考えるに群れ。そして竜種とあらば大体の想像はついていたが――――。

「おいおいおいおいおい…………とんでもねぇぞ、コレ…………」

「ラルク、駄目だよ…………こんなの、勝てっこないよ…………」

巨人の通り道、と呼ばれる峡谷に居並ぶ地竜の群れにアランとミラが言葉を失っていた。数は百を超えているだろう。

地を這《は》うドラゴン、と言えば鰐《わに》を大きくしたような造形が思い浮かぶだろうが、実際にはトリケラトプスやサイなどに近い立って走る生き物だ。ただ、大きさは小さいものでも体高は四メートルを超え、全長は七メートルに及ぶ。ヘラジカを超えて最早《もはや》小屋レベルである。そして一際大きい群れのボスと思わしき地竜は更に大きく、高さ三十メートル、全長は六十メートルと大怪獣の如《ごと》き大きさであった。

そして彼等《ら》が睨《にら》むその先に、障壁を挟んで複数の人がいた。よく見ると、帝国軍人も確認できる。

間違いなく、開拓村の生き残りだろう。

だが、ラルクは苦渋の決断を下さねばならない。この戦力で地竜の相手は無理だからだ。

救えない。助けられない。折角生き残っていた彼等を見捨てなければならない。

命欲しさではない、と言うほど彼に高潔さはないが、ここで蛮勇を奮っても死体が増えるだけ――――で留《とど》まればまだ救いがある。真に恐るべきはその後だ。ここで自分達を含めた人間全てで腹を満たした地竜はどこへ行くか。当然、次の獲物を求めるだろう。単に他の野生動物を狙うだけならばいいが、狩りの成功経験があるのだから、当然その選択肢に人間が入ってくる。

つまり、他の村を襲撃し始める。

これに対して帝国も本腰を入れるだろうが、軍というのは基本的に鈍重だ。動き出せば止まらないし、その質量に比例して威力も大きくなるものだが、反面初動が鈍い。地竜討伐に動き出すまで、一体どれほどの村が犠牲になるか分かったものではないのだ。

だがここで撤退し、情報を持ち帰ればその初動を幾分か早めることができる。彼等を見捨てることで、その後に続く犠牲者を減らす――――合理性を鑑みれば、それが一番の選択だ。その為《ため》に泥を被《かぶ》るのは、リーダーである自分だとラルクは考えた。

「ああ、撤退――――」

そして苦渋の決断を口にしようとした所で、ゲラゲラといつものように笑う馬鹿が三つ。

「ひゃあー。地竜の群れかぁ。竜の肉ってウメェって聞くよな。そこんとこどうよ貴族の先生」

「焼いてよし、煮てよし、骨は出汁《だし》まで取れるし捨てるとこないよ。昔、夜中に突然ラーメン食べたくなって材料にしたら背徳感も合わさって超美味《うま》かったんだ、コレが」

「味が軍鶏《しゃも》っぽくて濃厚なんですのよね。コラーゲンもたっぷりで美肌効果グンバツですわ。それに鱗《うろこ》や角や爪、目玉や内臓なんかも高く売れますのよ。錬金術の素材に使えるのでいくつか欲しいですわね」

三馬鹿である。

これだけの地竜の群れを見て恐れるどころか倒す気満々である。というか、もう地竜を食材としてしか見ていない。

『は…………？』

余りの認識の違いに絶句する『霹靂《へきれき》』の面々は恐る恐る問いかける。

「お、おいお前ら、何言ってんだ？　地竜だぞ？」

「地竜《おにく》ですよね？」

「大猟ですわね？」

「それも群れだよ？」

「勝ち目がない相手には逃げるって言ってたじゃねぇか！」

「単なる狩りだが？」

しかし三馬鹿とは悲しいほど認識がすれ違う。

「それに見てくださいよ、彼等、やる気ですよ」

その間にも状況が進行しているようで、避難民と地竜の間にあった障壁が解かれようとしていた。避難民側が意を決した顔をしていることから、これ以上の籠城《ろうじょう》は無理だと判断し、乾坤一擲《けんこんいってき》の賭《か》けに出たのだろう。

「おぉ！　モフモフだ！　モフモフもいるじゃねぇか‼」

「あらやだ、ちっちゃい子もいますわ。ぷるぷる震えて可愛《かわい》らしい」

『えぇ………………』

今から起こるのは間違いなく地竜の群れによる虐殺《食事》だが、三馬鹿は全く気にした様子もなくのほほんとしている。とは言え、彼等は別に人が喰《く》われるさまを笑ってみていられるような悪趣味な性癖を持ち合わせているわけでは無い。

「ふむ………どうも認識の違いがありますね。地竜なら別に魔術通りますし問題ないですよ」

「師匠が昔、この聖武典《リグ・ヴェーダ》使って赤竜斬ったらしいから地竜ぐらい別に行けるな」

「私の軍団は凶暴ですわ」

「ま、そんな訳でアレくらいならどうとでもなるんですよ」

単純に、地竜を勝てない相手として見ていないだけだ。

「いや、しかしだな………………」

それでも尚渋《なおしぶ》るラルクに、そろそろ助けに入らんとまずいなと判断した三馬鹿は一歩足を踏み出す。

「――――私達は昔、それぞれに色々柵《しがらみ》があったんですよ。仕事だとか、性癖だとか、生き方とか」

前世の話だ。

夢破れ、忙しさにかまけて日々に埋没し、世間からは爪弾《つまはじ》き。

「けどもう、そんな面倒臭いのに嫌気が差してさぁ」

しかしそんな世の中で生きるには、誰が決めたかも分からないルール《常識》を迎合しなければならなかった。

「冒険者になったからには、自由人の名の下に好きにやると決めましたの」

だが転生し、性善説や温《ぬる》い倫理観で雁字搦《がんじがら》めにされた日本の法や価値観から解き放たれた。

「昔の偉い人は言いました」

力こそが正義、という生物の本質は世界を超えても変わらない。むしろそれを気兼ねなく振るっても認められる世界なのだから、その責を背負える限りは好き勝手にしてもいいのだ。

「鬱《うつ》展開はクラッシュするものってな」

当然、力を振るう相手は選ぶが、ゲラゲラ笑ってこの世界を楽しむために容赦などしない。

「ならば壊しましょう、潰《つぶ》しましょう、蹂躙《じゅうりん》しましょう。私達の邪魔をするもの全ての理不尽《シリアス》を、更なる理不尽《ネタ》を以《もっ》て」

鬱屈《うっくつ》した前世の分まで楽しんでやるのだ。少なくとも目の前の気分の悪くなる話《シリアス》ぐらいは笑顔で破壊してやる。

「そう、我々は――――」

何故《なぜ》なら彼等は――――。

『シリアスブレイカーズだから！』

声を揃《そろ》えて宣言した彼等は、とてもイイ笑顔をしていた。

「解凍《デコード》！」

直後、ジオグリフの魔法で三馬鹿は宙を舞う。

●

結界が解かれていくのをカズハは見た。再展開はしない。これから始まるのは、命を懸けた鬼ごっこだ。避難民達は力尽きるまで獣人の里へと向かって走る。

「総員、構えろ！」

『おぉおおぉおおぉおおっ‼』

それで生き残れるかは分からないが、その時間を帝国軍人達が稼いでくれる。だが、彼等が満身《まんしん》創痍《そうい》なのはカズハも分かっていた。だから彼女もラティアも残って時間稼ぎをする。せめて妹と避難民達が、一人でも多く故郷に辿《たど》り着《つ》くように。

説得には苦労した。何しろ幼いサクラでも分かるぐらいには、ここでの殿《しんがり》は決死隊だ。それでも最も生存率の高い方法はこれだ。

圧倒的な存在感を放つ地竜達を前に、体が震える。直前まで凛々《りり》しい姉を演じたのだ。今だけは弱音を許して欲しい、と思ってカズハは小さく呟《つぶや》く。

「誰か――――助けて…………！」

「あいよ」

まるでその呼び掛けに応えるように、馬鹿が空から降ってきた。

●

声と共に鈍色《にびいろ》の大槍《おおやり》が降ってきて、先頭にいた地竜の頭部を貫き大地に縫い付けた。即死である。如何《いか》に竜族が生命力旺盛《おうせい》とは言え、脳を破壊されて生きている程に摂理に反した存在ではない。いきなり仲間が瞬殺されて、地竜達は浮足立っていた。ついでにいきなり地竜がぶっ殺されたので突撃する直前だった帝国軍人達も一緒に動揺していた。

その隙を狙っていた訳では無いが、カズハの眼《め》の前に赤毛の少年が現れた。彼女の見間違えでなければ、上から降ってきたのだ。実はジオグリフの風魔術による突入《人間砲弾》であったりする。

「下がってな。後はこっちで引き受ける」

その赤毛の少年――――レイターはカズハに背を向けたままそんな事を告げるが、カズハとて戦力の一人なのだ。素直には頷《うなず》けない。

「し、しかし………」

「膝《ひざ》ぁ笑ってんじゃねぇか。ま、よく頑張ったよ、お前さん」

「あ………」

しかしレイターはニカリと笑みをカズハへと向け、その頭を撫《な》でる。

「――後は、俺等に任せとけ」

「は、い……」

半ば呆然《ぼうぜん》と頷く彼女に背を向けて、レイターが右手を掲げると地竜に突き刺さった大槍が液体のようにドロッと溶けたかと思えば宙を奔《はし》ってその手に戻ってきた。そして今度は大剣となって、その聖武典《リグ・ヴエーダ》を手に彼は敵陣へと単身で斬り込み始める。

さて、傍目《はため》から見れば初対面の狐獣人美少女《カズハ》相手にニコポナデポを決めて、とてもヒロイックな登場を果たしたレイターであるが――。

（お・き・つ・ね・さま――が、モッフモフ！　あ、モッフモフ！　ケモ度低いけど、モッフモフ‼　後でそのモフモフ尻尾《しっぽ》ブラッシングさせてくれよー⁉　あぁ～心がぴょんぴょんするんじゃあ――‼）

大剣を振るってイイ笑顔で地竜を屠《ほふ》るケモナーの胸中は、こんなものである。

●

一方のジオグリフは空から爆撃する予定であったのだが、帝国軍人達の後方で思わぬ人物を見つけてつい降り立ってしまった。

（エルフ⁉　エルフじゃないか‼）

ラティア《エルフ》である。

精霊術と回復術も使えて、メイン武装は弓である彼女は後衛にうってつけであり側面警戒要員としての役割を持たされていた。すとん、と彼女の前に降り立ったジオグリフは考える。

(落ち着け………落ち着くんだ僕………人間は警戒されるはずだ。僕は数々の読み物《ファンタジー》にてそれを知っている。亜人にとって人間は警戒対象、もしくは侮蔑《ぶべつ》対象。初手から気軽に接しては危険だ。まずは紳士的に、そう、ジェントルだ。ジオグリフ、お前はジェントルになるのだ………!)

急に戦闘に乱入して無双を始めたレイターの様子も見ていたラティアからしてみれば、この人も彼の仲間なのかしらと若干警戒している。素性を知らないので手放しでは喜べないのだ。

故に彼は紳士的な行動を心がけるため、ばさぁっとマントを翻して彼女にゆっくりと話しかけた。

「────無事かね。エルフの君よ」

紳士というか、厨二《ちゅうに》病がそこにいた。この男、ロマンに出会って正体を失っている。

「え────?　ええ……貴方《あなた》は………」

「申し遅れたな。余はジオグリフ・トライアード。黒鉄級冒険者だ。開拓村の調査を受けたのだが────」

「あ、危ない！」

戸惑うラティアに自己紹介をするジオグリフだが、そんなこと知らんわとばかりに横合いからレイターを無視して回り込んだ地竜が突っ込んできた。

「解凍《デコード》。────全く、無粋な。三下風情が我々の会話の邪魔をするな」

「え…………？」

しかし僅《わず》か一言で魔術を展開、瞬時に具現した地竜と同じ大きさの大雷槍《だいらいそう》が放たれて次の瞬間には消し飛ばされた。文字通り塵《ちり》になって風に溶けたのだ。短縮しなければ数分の詠唱を必要とする上級魔術を単語一つで行使したジオグリフに、ラティアは絶句。

しかし当の本人と来たら「やべ、肉にするのに消し飛ばしちゃった。まぁいいか他にも一杯いるし。そんなことよりエルフさんエルフさん」と呟いている。

「それで、連絡が途絶えた開拓村の調査を受けた我々は、君達の痕跡《こんせき》を見つけて追いかけてきたのだ。まさかこのような状況になっているとは――解凍《デコード》」

そして居住まいを正して再び説明を始めようとするジオグリフに、空気を読めない地竜さんが突っ込んでは解凍《デコード》の一言で屠られていく。

「むぅ、しつこいぞ。彼我の力量差が分からんのかね？　竜種と言ってもそれでは獣と変わらんではないか。これではエルフのお嬢さんとの楽しい会話すらままならん。仕方があるまい――解凍《デコード》」

いい加減邪魔になってきてイラッとしたジオグリフは、空に数百もの魔術を一言で展開する。睨《ね》めつける双眸《そうぼう》が顔に影を作り、浮かべる笑みが三日月へ。最早グラスゴースマイルのそれへと変化して彼は謳《うた》うように朗々と宣言する。

「貴様らは震えてではなく、藁《わら》のように――疾《と》く死ね」

後に、黒歴史増産モード《魔王》と呼ばれる人格の爆誕であった。

そしてマリアーネはと言うと、避難民達の方へと降り立っていた。視線は幼い獣人———サクラへと向けられている。

（あぁ、こうして見ると獣人も良いものですわね…………。なんて愛らしい…………）

性愛ではなく、単純に獣人幼女かわよで済んでいるのは前世の記憶故か。何しろ現代日本で独身のおっさんが幼女に近寄れば、たとえそれが正しい行いであっても即《すなわ》ち事案だ。親戚《しんせき》でも状況次第で疑われるぐらいには厳しい世の中であった。見てくれが悪いと通報速度が加速するほどにルッキズム《容姿差別》が酷《ひど》い。その癖開き直って困っている子供や女性を知ったこっちゃないと見捨てたり見て見ぬふりすると最低だとか叩《たた》かれるのだ。何とも世知辛い。おっさんにはいくら厳しくてもいいという風潮は如何《いかが》なものかと『ボク』であった頃はよく思ったものだ。

しかし、今のマリアーネは女性である。近寄っても合法。合法なのだ。

つまり幼女を愛《め》でても通報されない…………！　おねロリは最高だと思います!!　と彼女は内心思いながらマリアーネは安心させるように笑みを浮かべる。見てくれだけは美少女の微笑《ほほえ》みであるから尚質《たち》が悪い。

「もう大丈夫ですわ。後はむくつけき野郎共がなんとかしますので———あら？」

『ひっ！』

と、そこで空気を読めない地竜さんが一匹、避難民達へと突撃してきたが。

「処分なさい、サレオス」

マリアーネの一言で、彼女の影から巨大な鰐《わに》が顎《あご》を広げたまま飛び出してきて、ばくん、と地竜を飲み込んだ。小屋サイズの地竜を、丸呑《まるの》みしたのである。喉《のど》で潰しているのか、バキバキメキメキと異様な音が響く。最早どっちが竜だか分かりゃしない。

これには避難民達も唖然《あぜん》。しかしそんな彼等を見ることなくマリアーネはジオグリフとレイターに抗議の声を上げる。

「もう！　ジオ！　レイ！　お零《こぼ》しは許されませんわよ⁉　そんなトカゲ、ちゃっちゃと片付けなさいな！」

「姫だけずりぃぞ！　俺だってモフモフと戯れたいのに！」

「一人だけ働かないとか酷いではないか！　君も戦い給《たま》え！　ハリーハリー‼」

「やれやれ、美少女使いの荒い野郎共ですわねぇ………………」

しかし返ってきたのは至極尤《もっと》もな抗議であったので、仕方無しにマリアーネも参戦する。

「────百鬼夜行」

詠唱直後、ぞるり、と彼女の足下から七十二の影の獣達が出現する。手のひらサイズの鼠《ねずみ》から、地竜を一口で丸呑みできる鰐までその種類は多種多様であった。

「お食事の時間ですわ。お行きなさい」

ぎゃーぎゃーわんわんにゃーにゃーと五月蝿《うるさ》いことこの上ないし、どっちが悪役か分からないようなビジュアルなので避難民達も悲鳴を上げて凍りついているが、彼女は気にした様子もなく指示を出した。

「あ、ちゃんと素材は残すんですのよー?」

はーい、と影の獣達はそれぞれの返事をして地竜の群れへと突撃していった。

●

地竜と呼ばれる竜が存在する。

亜竜種に属する翼を持たない竜であり、また亜竜であることから知性も動物と大差ない。多少の賢さはあるが、あくまで動物の範疇《はんちゅう》を出ることはなく、当然人の言葉を話すことはない。これが真竜種となると人を遥《はる》かに超える知性を見せ、人語を介して人と関わることもあるのだが、そこは割愛する。

竜の階位としては飛竜と並んでいて、最下位《竜人種》よりマシ程度である。だが、ビリを回避した程度という認識はあくまで竜種の中だから通用する。これが生物の枠まで拡大すれば、地竜の強さは途端に上位層にまで押し上がるのだ。

まず巨大な体躯《たいく》はそれだけで生物として上位であるし、それに伴う重量と筋力は即ち破壊力に繋《つな》がる。そして体を用いた攻撃が多いことから当然、頑健になって凄《すさ》まじいほどのタフさも見せる。

竜種であることから外皮も強靭《きょうじん》な鱗《うろこ》によって守られており、頭部に備えた二本角や岩すら砕く牙《きば》と顎はあらゆる下位生物をものともしない。

現代人に分かりやすく、そして結論から言えば地竜とは意志を持つ重機そのものである。

剣や槍などを装備しただけの人間が、装甲板でガチガチに固められた自我搭載型のユンボやダンプに挑むとして如何にして勝つか。地の利を活《い》かすか、重火器を用いるかだ。だが、地の利を活かすには相応の準備が必要となり今回は適さない。となれば重火器を用いるべきで、この世界で言う重火器は即ち魔法である。

とは言えそこは竜種。その鱗は魔法耐性を備えていることが多く、地竜もある程度の魔法を無効化する。これをぶち抜くには高魔力を込めた魔法か、長尺詠唱を必要とする上位魔法を用いるしか無い。

地竜は強い。そもそも生き物としての基礎スペックが違いすぎるのだ。とは言え勝てなくはない。魔導士を主軸とした編成を組んで、複数人で対抗すれば脆弱《ぜいじゃく》な人間でも勝機はある――というのがこの世界での一般認識だ。

因《ちな》みに、これらの対策は一匹だった場合の話だ。では今回のように地竜が百を超える群れだった場合はどうするか。

基本的に詰みである。

対抗するには最低でも軍団規模の軍が必要で、それとて入念に準備した上でないと戦略的な意味での全滅を覚悟しなければならないだろう。台風や津波などの災害とさして変わりなく、戦う力を持たない一般人に出来ることは精々それが通り過ぎるのをじっと待つことのみ。それほどまでに脅威であるのだ、地竜の群れというのは。

　脅威である――――はず、なのだが。

「あーらよ地竜一丁！　――――あー、さっきラーメンの話したからか、久しぶりにラーメン食いたくなってきたわ…………」

　レイターが聖武典《リグ・ヴエーダ》に馬鹿みたいな量の魔力を塗布《エンチャント》し切れ味を上げて、地竜を次々とまるで豆腐のように斬断せしめる。最早戦いと言うより通り魔か辻《つじ》斬りだなぁ、と避難民達は思った。

「くっくっくっく…………ふはははははは…………はぁーはっはっはっは！　解凍解凍解凍《デコードデコードデコード》！　さぁ踊れ地を這《は》うトカゲよ！　余に無様なダンスを披露してみせよ‼」

　ロマン《エルフ》に出会って正体を失った《厨二病化》ジオグリフは、魔術で宙に浮かびながら手持ちの術式を速射砲が如く地竜にブチ込んで爆撃している。その妙に堂に入った構えや振る舞い《三段笑い》から何だか魔王のようだ、と避難民達は思った。

「何か野郎共がはっちゃけてますわねー。ジオとか後で素面《しらふ》に戻ったら恥ずかしくて寝込むんじゃありません？　――――あら？　今度は地竜の目玉ですの？　貴重な素材ですわねー」

　マリアーネはそんな二人を眺めながら、配下である影の獣達に無傷の素材を集めさせて検品していた。地竜の内臓やら何やらをニマニマご満悦な笑みで眺めているので魔女のようだ、と避難民達は思った。

　地竜の脅威ってなんだっけ？　と避難民達がこの世の不可思議に直面して、背景を宇宙にして瞳《ひとみ》のハイライトを失っていると地竜達は程なく三馬鹿の手によって狩り尽くされた。

そして最後に残ったのは一等巨大な地竜――群れのボスである。全長六十メートルを超えるその地竜は最早タワマンサイズなのであるが、そんな巨大な地竜さんは目の前の理不尽に理解が及ばずプルプル震えるばかりである。

ほんの数分前まで圧倒的優位にあった自分が、何でこうも窮地に立たされているのかと考えが追いつかず、しかしどうにもまずい状況なのは理解したようで即座に回頭、ドタドタと地震でも起こしているような騒々しさで撤収を図るが――。

「ふむ。逃げる気かね？　全くこれだから美学も矜持《きょうじ》もない魔物は見苦しい。竜としての誇りがないのならば、人前に姿を現すべきではないだろうに。――マリー、手を貸せ」

「さっきからその妙に背筋がぞわぞわする喋《しゃべ》りは気になりますが、よくってよ」

「ではさっさと仕留めるとしよう――解凍《デコード》」

三馬鹿が食材を見逃すはずもなかった。ジオグリフの言葉とともに、強烈な重圧が地竜に降り注ぐ。上級に分類される重力魔法なのだが、地竜さんはそんなこと知るはずもなく、突然自分の体が支えられないほど重くなって大地に這いつくばる。

「もう、埃《ほこり》が立ちますわ。お行儀よくしなさいな」

ジタバタ足掻《あが》いていると、今度はマリアーネの指示で影の獣達が地竜さんの体に噛《か》みついた。そして影の獣達は自身を影の鎖へと変貌《へんぼう》させて大地へ固定。まるで『ガリバー旅行記』の一幕のような体勢で地竜さんは身動きが取れなくなった。

「仕留めろ。レイ」

「応ともさ」

そしてジオグリフの指示を受けて、レイターがぷるぷる震える地竜さんへと近寄る。

「なあーに今更ブルってんだよ。力及ばず食い物にされるのは世の摂理だろ？　俺も、お前もさぁ…………！」

手にした聖武典《リグ・ヴエーダ》が輝きを放ち、天を突かんばかりに拡大、伸長した。タワマンサイズの地竜を斬るのだ。ならば同じサイズの剣が必要、とレイターは判断して剣を巨大化させたのだが――――何故か出てきたのは巨大な鮪《まぐろ》包丁であった。

重ねて言うが、鮪包丁である。どう考えても活き締めには向いていない。

それを見て、ジオグリフとマリアーネはゲラゲラ指差して笑っていた。

何でこの大事な場面で鮪包丁なんだよせめて出刃包丁か骨切り包丁だろうが、と憮然《ぶぜん》としたレイターだが、でもまぁもうぶっちゃけ戦いというよりは解体と変わらんか、と判断して諦《あきら》めた。そして怯《おび》えた瞳でこちらを見る地竜さんにイイ笑顔を向け――――。

「チェスト――――‼」

まるで断頭台が如く、振り下ろされた鮪包丁が地竜の首を容易《たやす》く刎《は》ねた。

●

その様子を眺めていた『霹靂《へきれき》』の面々は避難民と同じく言葉を失っていた。

「マジかよ、あいつら…………」

「嘘《うそ》だろ、おい…………」

「ねぇ二人共…………これ、銀等級より強いよね…………？」

ミラの自信なさげな声にラルクとアランは首を横に振って。

『地竜の群れを単独パーティで狩るとか白金等級並みだよ！　何でアイツら黒鉄等級なんかやってんだ‼』

等級詐欺かよ！　と世の理不尽を嘆いた。

第七章　三馬鹿の評価と不穏の種

地竜の群れを食材の山に変えた三馬鹿はハイタッチを交わし、互いに頷《うなず》いて避難民へと向き直る。

しかしその澄ました表情をする彼等《ら》の胸中は――――。

（エッルフさん！　エッルフさん！）

（もっふもふ！　もっふもふ！）

（ろっりろり！　ろっりろり！）

俗物の極みであった。

避難民達――――もっと言うなら彼女達の絶体絶命、その危機を救ったのだ。きっと好意を持たれたに違いない。打算と欲望に塗《まみ》れた行動の結果ではあるが、見た目だけは確かに物語に出てくる英雄が如《ごと》き大活躍であった。実際には蹴《け》散《ち》らす、という形容が生温《なまぬる》いほどに圧倒的な戦闘力を見せすぎたせいでちょっとドン引きされているのだが、そんな事は三馬鹿だから気づかない。

彼等はさぁ凱旋《がいせん》だ、とばかりに歩みだして。

「あだ！」

「いで！」

「あいたー！」

背後からその頭頂に拳骨《げんこつ》が三馬鹿へと降り注いだ。痛みに痺《しび》れる頭を擦《さす》りながら振り返ってみれば。

「お前らなぁ…………！」

『あっ…………』

こめかみを引きつらせ、仁王立ちする『霹靂』の三名がいた。

●

帝都の冒険者ギルドのある一室で、その部屋の主《ギルドマスター》である巌《いわお》のようにガタイの良い中年男性──ダスクは思いもよらない報告を朝っぱらから聞いていた。

その日もいつもの時間に妻に優しく起こされ、朝食を摂《と》って、子供と少しじゃれ合ってから職場である冒険者ギルドへと向かったのだ。遅刻、というほどではないが、ここ最近特にやんちゃ坊主になってきた息子とのじゃれ合いが思いの外長引いてしまった。一体誰に似たんだか、と呟《つぶや》けば妻に『何処《どこ》かの元金等級冒険者に似たんじゃないの？』と言われて目を逸《そ》らすことになる。若い頃に冒険者として各地を暴れ回った彼の血を色濃く継いでいるようだ。

いつ死ぬかも分からない冒険者よりも、騎士でも目指して欲しいんだがなぁと彼が父親をしながら職場へ向かえば悲鳴と歓声が入り混じった声が聞こえてきた。

なんぞなんぞと声が聞こえる解体場に赴けば、山のような地竜の死体がそこにはあった。

現役時代ですら見たこともない成果にさしものダスクも絶句して、近くにいた解体要員を問《と》い質《ただ》した。曰《いわ》く、『朝から銀等級冒険者のラルクがしょぼくれた新人達を連れてきて、その新人達がゴロゴロと地竜の死体を出している』と要点は掴《つか》んでいるのに理解が及ばない返答をした。

結局しょぼーんとしながら地竜の死体を出しては解体作業をしている少年少女達《三馬鹿》を腕組みしながら睨《にら》みつけているラルクに声を掛け、ギルドマスターの部屋へと連れてきたのだ。

そこから出てくる話の与太臭いこと与太臭いこと。

事前に地竜の死体の山を見ておらず、そしてそろそろ白銀等級に昇級してもいいぐらいには実績と信頼を積んでいる『霹靂』のリーダーの言葉でなければ鼻で笑ったことだろう。と言うか、ラルクの言葉でもコイツ頭正気か？　と喉元《のどもと》まで出掛かった。

とは言え、だ。動かぬ証拠が解体場にあった。少なくとも百を超える地竜を誰かが殺したことになる。銀等級である『霹靂』には無理だ。どうにか命からがら、一匹倒せれば御の字。それも背水の陣でもなければやらないだろう。基本的に逃げを打つはずだ。

あの後――――三馬鹿が地竜達を血祭りにあげた後、ラルクを筆頭に『霹靂』は彼等を叱った。それはもうド叱った。滅茶苦茶《めちゃくちゃ》叱った。

相手との力量差はあるし結果的には避難民が救われて良かったが、それでも言わずにはいられなかった。三馬鹿の行動は今回の仕事の目的、役割、ルール、それら全てを一切合切無視した独善的行動だからだ。結果オーライだから全部良し、と考える人間は信用ができない。もしもメインが三馬鹿で、『霹靂』がサブの立場ならそれもいいだろう。だが今回のリーダーはラルクで、彼等はその決定に従う義務があったのだ。

スタンドプレーで結果を出すからいいじゃん、という人間には仮に失敗しても取り戻せるような役どころか、単独で出来る仕事しか任せられない。チームプレイの中には絶対入れたくない。間違いなくチーム内の不和になるからだ。と言うか、そもそも社会人として信用できない。

まして三馬鹿の実力を『霹靂』はまだ知らず、それを計るための実地試験であったのだから。たまたま三馬鹿が地竜の群れを上回る力量を持っていただけで、もしもただの過信や義憤で突っ込んでいって死んでいたらそれは『霹靂』の管理責任になる。『霹靂』がやむを得ずそう指示した結果ならば望んで背負う責だが、好き勝手やられた結果ならふざけんなと叫びたくもなる。もうちょっと三馬鹿は説得なり遠距離から一匹殺して見せたりとやりようはあったのだ。テンション上がりすぎてすっかりすっ飛ばしてしまったが。

――という説教をくどくどくどくど行い、前世で社会人経験を積んでいたこともあった三馬鹿はそりゃごもっともと大人しく叱られていた。変に若者らしく反論すると熱量が上がると知っていたのもある。

誤算だったのは、そのまま地竜を回収して避難民達の護衛ではなくギルドへの報告となったことか。いや、シリアスブレイカーズの役割はあくまで補助。それも報告役だからそれも当然だった。

――つまり、エルフやら狐《きつね》っ娘《こ》やらロリっ子やらとの触れ合いなど無かった。癒やしなど、何処にも無かったのだ。

これには三馬鹿も意気消沈。しかも、帰り道はずっとラルクのお説教付きだ。冒険者は自由を旨にしているが、だからこその責任がどうたらと社会人一年目へと向けて熱血指導。既に精神年齢で言えば五十を超える三馬鹿にとっては耳が痛いやら羞恥《しゅうち》やらで辟易《へきえき》していた。だが非は自分達にあるので「まぁまぁそのくらいで。若い連中も反省しとりますし」と前世では窘《たしな》める側に回っていた言葉も使えない。反論して論破することも考えたが、間違いなく火に油を注ぐだけだろうと考え目になった。

結果、精神を摩耗してしょぼくれた三馬鹿は「ハイ、スミマセン」と壊れたロボットのように虚《うつ》ろに繰り返すしかなかった。だいぶ疲弊しているようで、今も解体場で瞳のハイライトを消したまま作業を手伝っている。

結論として――――はっちゃけた馬鹿の末路である。

閑話休題。

「一応、聞いておく。試験結果は？」

「最後の判断だけは頂けなかったが、あの戦果で不合格だったら誰も青銅なんかにはなれないな」

「地竜百十四匹に、大型地竜一匹か………」

ラルクの言葉に、ダスクは深く吐息した。大戦果も大戦果。何なら歴史書に載るレベルである。

「実際どうだった………？」

「どうもこうもない。アレは黒鉄等級の器なんかじゃない。一人だけでも最低金等級、三人揃《そろ》ったら間違いなく白金レベルだ」

「出自や実績から既に赤銅ぐらいは見込んではいたが………」

マリアーネはともかく、ジオグリフは武門で鳴らすトライアード家の出で、レイターは『迅雷《ガド》』の弟子だ。成長環境は良かっただろうし、少なくともレイターに限っては元金等級である『迅雷《ガド》』が紹介状を書くぐらいの実力は持っていると判断していた。

だが、それもあくまで常識レベルの話である。まさか地竜の群れを皆殺しにできるほどだとは思うまい。

「で、総評としては？」

「地力のあるボンクラーズ？」

「それはなんとも………」

三馬鹿共が自らの性癖や感情に流されまくってるのでラルク的には割と妥当な評価だと思っていたりする。

「取《と》り敢《あ》えずは状況が落ち着くまでは謹慎か。まぁ、色々引っ張り出されるだろうが」

「等級はどうすんだ？」

「実力は最低でも金等級だろうが、いきなり上げても周囲の角が立つ。順次上げていくとして、取り敢えずは赤銅。幾つか依頼を受けさせて段階を踏む。既に地竜のことは騒ぎになってるし、スピード昇級でもそれさえ踏まえていれば周りの不満も出ないはずだ」

あの三馬鹿に対しての方策は立った。取り敢えずはそれでいい。ちょっと、いや、かなり、いやいや驚天動地な試験結果となってしまったがまぁいい。

それ以上に深刻な問題があった。

「それで、報告を聞こうか」

「ここ、一応防音だったか」

「ふむ。ちょっと待て」

ダスクは小声で詠唱して、部屋に防音結界を念の為《ため》に張る。その上でいいぞ、とラルクに水を向けた。

「避難民達は一時的に獣人の里へ身を寄せている。疲弊が酷《ひど》かったしな」

「ミラとアランが護衛についたと言っていたな」

「後は帝国軍の一部もな」

何しろ十日も極限状況だったのだ。食料もカツカツで、とてもではないが帝都へ戻ってはこられない。一番近いのは元から避難先と見定めていた獣人の里だったので、そのまま向かわせることにしたのだ。

帝都に戻ってきたのは、元から報告の任を背負ってたシリアスブレイカーズとその監督官であるラルク、それから国への伝令役を任された帝国軍人数名だけだ。

「で、帰りしなに倒した地竜を収納魔術が使えるジオグリフが集めていたんだが、その時に妙なものを見つけた」

倒した大型地竜の頭部に埋め込まれる形で、拳《こぶし》大の宝玉が出てきたそうだ。それを見たエルフ《ラティア》が顔を顰《しか》めたらしい。

「操獣玉…………？」

「獣、と名が付いているが魔物全般を操れる魔導具らしい。それが大型地竜の中から出てきた」

本来いるはずのない森に、地竜の群れ。そしてそのボスの大型地竜から魔物を操れる魔導具。それが意味する所は――――。

「人災、か…………」

故意であれ事故であれ、今回の騒動に第三者が関わっているのは確定だろう。

「誰がやったかまでの特定には至っていない。一応、隊長のリーバー氏には口止めをされたが、ギルド長には告げてもいいと許可されている」

「代わりに異変があればすぐに国に報告しろ、しばらくは警戒しておけってことか。まぁ確かにおかしい状況だからな。――――あるとすれば、王国か」

二十年ほど前までは東のカリム王国と帝国はガッツリ戦争状態にあった。そこから小康状態になって、十六年程前にようやく停戦した。以降は冷戦状態にはなっているが、小競り合いぐらいなら今もしょっちゅうしているので動機も十分。

とは言え、だ。

「地理的には反対だし、真っ向から疑うには単純過ぎる」

ラルクの言葉にダスクは頷いた。事件があった開拓村は帝都より南西。帝国の東にある王国からしてみれば敵地深くだ。そんなところからどうやって地竜を運んだのかとかの疑問も当然だが、何よりも安直過ぎる。離間工作ではないが、冷戦状態の帝国と王国の戦争の火種を煽《あお》ろうとした第三者、と考えた方が幾分合理的なのは確かだ。

「どうもきな臭くなってきたな…………」

不穏の種を見つけ、しかし一介のギルドマスターと冒険者に過ぎないダスクとラルクの手には余る。だが何だかこの先、嫌でも関わりそうな気がしてならない彼等は、深くため息をついた。

第八章　三馬鹿の憂鬱《ゆううつ》

三馬鹿がご褒美をお預けされ、帝都に強制帰還してから一週間。

『あー…………しんどい…………』

ようやっと彼等《ら》は拠点でだらけることが出来た。

「どうよ？　この一週間」

「聴取パーティー聴取パーティー聴取パーティー…………頭がパーンしそうだよ…………。そっちは？」

「似たようなもんだ。模擬戦模擬戦パーティー模擬戦模擬戦パーティー…………癒やしが無《ね》ぇ…………モフモフ…………モフモフがほしい…………」

ぐでんぐでんになって椅子の背もたれに身を預けるレイターの問いに、同じようにテーブルに突っ伏しているジオグリフは返し、さもありなんと二人は乾いた笑みを浮かべた。

あの後のことだ。

冒険者ギルドに地竜素材を一部確保して他を卸し、換金した三馬鹿は「よっしゃご褒美貰《もら》いに行くべ」と獣人の里を目指し意気揚々と進発しようとして、ギルドから待ったが掛かった。

当然と言えば当然だ。

三馬鹿は何しろ地竜の群れが出現するという大事件、その重要参考人なのである。何ならそのまま解決しちゃった系。当然冒険者ギルドは勿論《もちろん》、国からの事情聴取も免れない。とは言え現場を目撃したのが彼等だけでなかったのも幸いして、四六時中尋問紛《まが》いな聴取があったわけではない。それぞれに聞くために時間を置いたり休憩を入れたりして、一応、配慮をしてくれてもいた。しかし同じ質問を何度も何度もする前世と変わらない聴取方法に三馬鹿は辟易としていたのも事実。

そんな合間合間に入ってくるのは、地竜の群れを全滅させた頭のおかしい馬鹿共――――もとい、若き英雄達とお近づきになりたいという打算に満ち溢《みあふ》れたパーティー《会食》や模擬戦である。

ジオグリフはリーダーということもあり聴取が多めで、そして曲がりなりにも貴族なのでパーティーのお誘いが大量にあった。実家にも影響しかねないので気楽に断ることも出来ず、仕方無しに胃痛を覚えながら参加していたのだ。

レイターの場合は平民でただのパーティメンバー《ヒラ》ということもあって聴取はそこまででも無かったが、その代わり彼の強さを報告した帝国軍人達から興味の視線を一身に集めることになり、ひたすらに騎士や兵士を相手に模擬戦を重ねていた。

「姫は――――気楽そうだな？」

同じテーブルについて優雅に紅茶なんぞしばいているマリアーネにレイターがジト目を向けると、彼女はカチャリとソーサーをテーブルに置いて。

「――――冗談じゃありませんわ…………‼」

魂のあらん限りに咆哮《ほうこう》した。

●

レイターのように軍に目をつけられず、さりとてジオグリフのようにリーダーでもないマリアーネは二人に比べると確かに幾分か暇であった。代わりにずっとパーティー三昧《ざんまい》であったが、そこはそれ。見目麗しき淑女が犇《ひし》めく環境なんぞ百合《ゆり》豚にとってはご褒美でしか無い。

当然、それ以外の厄介な男も出現するが、元々マリアーネは美容関係のお陰で社交界との関わりが多かったので躱《かわ》し方は心得ている。というか、元が男なので手玉の取り方も心得ている。見てくれだけは本当に美少女なのでコロッと騙《だま》されてくれる。

そんな訳で適当に小悪魔ムーブをカマしてその日も下半身に脳がある男共を片手間に転がして、サーチ力のある百合アイでパーティー会場を物色していると騒ぎを見つけた。

「ごめんなさいごめんなさいごめんなさい…………！」

「ふん。聖女と言っても所詮《しょせん》は平民の出ですか。これだから下賤《げせん》の者は…………」

神官用の礼服を着た青髪の少女が、ドレス姿の赤髪の少女にひたすら謝り倒している。よく見ると床には金属のカップが転がっており、中の果実酒がぶちまけられていた。その一部は貴族と思われる少女のドレスに引っかかっており、多分、神官少女の方がぶつかってしまったのだろうとマリアーネは判断した。

（ふむ…………？）

マリアーネは即座に脳内で二人の少女の照会を開始する。パーティーに来るような少女の身元など全て頭に入っている。何なら脳内で理想のカップリングを楽しんでいたぐらいだ。何とも妄想たくましい。

（あぁ、平民の少女は聖女と噂《うわさ》のリリティア・ハーバートちゃんですか。ドレスの子はウィレムス子爵家の長女、カタリナちゃんですわね）

サクッと検索を完了したマリアーネはふぅむ、と考える。

凄腕《すごうで》の回復術士であるリリティアは幼少期から神童だのと祭り上げられ、それが理由で所属していた領主家であるハーバート家へと去年養子で入った。同時期にリフィール教会（何とあの女神はこの世界の住人に認知されていた）から正式に聖女認定された彼女だが――――やはりまだ教育が追いついていないのか、それとも単なるドジなのか粗相をしてしまったようである。

怯《おび》えて平謝りしている平民のような態度を見るに前者かな、とマリアーネは当たりをつけて手助けすることにした。理由は単純、最初は仲の悪い美少女同士が段々と惹《ひ》かれ合っていく様を特等席で見たかっただけだ。

つまりこの女、百合物語のお助け友人ポジに収まろうとしたのである。クールに去るぜをやりたかっただけとも言う。

「あら、カタリナ様。それなら私もこの場には相応《ふさわ》しくないのですが」

「マ、マリアーネ様⁉　い、いえそんな事は…………！」

突然割って入ったマリアーネに動揺するカタリナだが、実は仕方がない面がある。既に帝国の政商としての地位を確立しているロマネット家は、様々な影響を考慮して叙勲こそされていない一平民であるが、その大資本は帝国相手に殴り合ってもいい勝負をすると目されているのだ。一介の子爵家では到底太刀打ちできない。

これで鼻につく行動でもして止事無《やんごと》き方々から睨《にら》まれているなら立ち回り方もあるだろうが、ロマネット家、ひいてはロマネット大商会は貴族の美容――もっと言うなら各貴族家の女性陣を支えている。美を求める女性を助け続けているマリアーネに対し各貴族家の淑女達は並々ならぬ感謝をしており、もしも彼女が助けを求めたら旦那《だんな》のケツを蹴《け》り飛ばしてでも救援に来るだろう。貴族と言えど、嫁には逆らえないのである。況《いわん》や、子爵程度の木っ端貴族などその日の内に改易されかねない。

それは当然、マリアーネ自身も把握しているので敵対する訳じゃないよと柔らかく笑みを浮かべる。

「責めている訳ではありませんのよ？　平民には平民の、貴族には貴族の違いと役割があると思いますの。彼女は今まで平民の立場と振る舞いで良かったのに、聖女として認定されてしまったから急に役割が変わってしまったのです。なのにいきなり貴族として振る舞うことなど到底不可能でしょう？　カタリナ様も生まれてからずっと貴族としての教育を受けてきて今があると思います。なのに明日から平民として振る舞えと言われても困ってしまうでしょう？」

「それは………そうですけれど………」

戸惑うカタリナの手を取ったマリアーネは、今度はリリティアの手も取って重ね合わせる。

「だから長い目で見てあげましょう？　そうすれば、きっと良いお友達になれますわ。ね？」

そしてこの天使のような笑顔である。腹の中に百合豚を飼っているとは思えない極上の笑みに、二人どころか周囲も陶然としたため息をつく。一部の人間は美少女三人のやり取りに尊さを感じて卒倒していたりする。パーティー会場にも素養のある人間がいるのかもしれない。

「マリアーネ様がそう仰《おつしや》るなら……………」

「マリアーネ、……………お姉様♡」

こうして丸く収まった――――ように見えたのだ、この時は。

よっしゃカップリング成立――――！　と内心でテンション上げすぎてリリティアの最後の呟《つぶや》きを聞き取れなかったのがマリアーネにとっての痛恨事となる。

●

「良い話じゃないか。むくつけきおっさんと腹黒いおっさんに尋問されて、特に興味のないパーティーで特に興味ない止事無き淑女に囲まれる僕よりもずっと」

「良い話じゃねーか。筋肉まみれな模擬戦をして、そんなに飯も美味《うま》くないパーティーで上流階級のお嬢さん方に珍獣みたいな目で見られてる俺よりもずっと」

「そこで済めば良い話だったのですわ。一つの、それも身分差を超えた百合ップルが完成したと……………そう、思っていたのですけれど……………」

そんな風にパーティーを終えたのだが、翌日からマリアーネの行く先々にリリティアが出現するようになる。

「マリアーネお姉様！　お買い物ですか？　奇遇ですね！　私もなんですよ！　あ、荷物お持ちしますね！」

「マリアーネお姉様！　お食事ですか⁉　偶然ですね！　私もお昼にしようと思ってたんですよ！　私もご一緒していいですか⁉」

「マリーお姉様！」

「私のマリーお姉様私のマリーお姉様マリーは私のお姉様マリーは私のお姉様私のマリーお姉様は私のマリーお姉様は私のマリーお姉様は私のマリーお姉様は私だけのマリーお姉様……………♡」

「いとしのマリーおねーさま――――‼」

と、この様に異様に懐かれてしまって段々と距離が縮まってきている。

「んだよ自慢風自慢かぁ…………？　こっちはモフモフ美少女のお預け食らってるのに」

「ずるいよねー。僕だってエルフさんって出会いがあったのに次に繋《つな》がらなかったんだよ？」

それを聞きながらうんざりした顔でレイターとジオグリフが愚痴るが、マリアーネは能面のような表情のままだ。

「本気でそう思いますか？」

理由は単純。このリリティアの言動、そしてその行き着く先は前世でサブカルに触れるどころか頭まで浸《つ》かって溺《おぼ》れているオタク達からすると簡単に予想がつくのだ。

即《すなわ》ち。

「重ねて問います。本気で、そう思いますか？」

――――クレイジーサイコシスターである。

『ざまぁ――――！』

「言うと思いましたわこの馬鹿共――――‼」

まさに策士策に溺れるを地で行こうとしている悪友に、ジオグリフとレイターはゲラゲラと笑った。

「こ、こんなはずではなかったんですの…………！　私は、私は百合ップルを編成して、それを特等席でニヨニヨ眺めたかっただけなんですの…………‼」

「手を出せばいいじゃねぇか。そうすりゃ晴れて念願の百合物語の登場人物だぜ？」

「それとも見た目が気に入らないとか？」

「いえ見た目はドストライクですわ聖女とかいうステータスも最高ですわね！」

テーブルをバンバン叩《たた》いて嘆くマリアーネに尚《なお》も腹抱えてゲラゲラ笑う二人が尋ねてみれば、彼女のリリティアに対する感触は案外悪くないようだった。

「ですがヤンデレ系は駄目です！　ヤンデレ系には致命的な弱点が…………‼」

『その心は？』

「百合の園を作れないのですわ…………！」

『あー…………』

マリアーネの言葉に、そりゃそうだ、と二人は天を仰いだ。

ただでさえ束縛系である。内部に溜《た》めて地雷系にジョブチェンジするのならまだ可愛《かわい》げがあるが、それを通り越すととんでもない攻撃性が他者へと向かう。哀しみの向こう側へ行きたくないし、集めて囲った他の美少女が刺したり刺されたりするような皆殺し編など百合豚は望んでいない。

この女が望むのは、自分あるいは特定相手に矢印を向け合う百合ップルを編成、蒐集《しゅうしゅう》して手元に置き、ただただひたすらに愛でることである。故に先の子爵令嬢×元平民聖女のカップリングも有りだと思って介入した。そうすればカップリングの元凶──もとい、恩人である自分とも仲良くしてくれるだろうと。

ところが、目論見《もくろみ》は大きく逸《そ》れてリリティアの矢印はマリアーネに向かってしまったのである。

モテる女は大変だねぇ、とジオグリフとレイターがゲラゲラ笑ってると。

「他人事《ひとごと》のように言ってますが、貴方《あなた》達も対象内ですわよ？」

水を差された、を通り越して氷を刺された。ひやっを飛び越えてぞっとした。

そう。相手は未《いま》だ進化中ではあるがクレイジーサイコシスター。想《おも》い人の周辺をチョロチョロする女性にすら攻撃性を持つのならば、男なぞ何をか言わんやだ。猿だの虫だの煙たがられるぐらいならまだ笑って付き合えるが、皆殺し編に被害者として登場したくはない。

「────レイ、ちょっと真剣に考えようか」

「────そうだな先生。俺、いくらなんでも中身おっさんの美少女の恋人と勘違いされて刺されたくはねぇわ」

その暗い未来を幻視した三人は、青い顔のまま今後の相談をあーだこーだと始める。多分転生して一番濃密で、そして真剣に紫色の脳細胞をフル回転させた。考えすぎて壊死《えし》しかけているとも言う。

三つの心を、今こそ一つに。

そう、この大事にこそ発揮すべきは日本人驚異の特異能力が一つ。

今、必殺の――――。

『――――よし、逃げよう』

面倒な問題は先送りである。

尚、人はこれを現実逃避とも言う。

●

ポカポカと心地よい日差しの中、街道を一台の馬車が軽快に走っていた。黒塗りのちょっと豪奢《ごうしゃ》な車に、黒い影の馬――――三馬鹿が手繰る馬車である。調査の時よりは速度を落として、しかしそれでも並の馬車の一・五倍ぐらいの速度を維持したまま走り続ける。

そしてそんな御者台からはリュートの二重奏と、こぶしの効いた歌声が流れてくる。

天城峠を越えていきたいという情念のこもった歌詞をニヤカンドに変えながら、手綱を握るレイターがサビを熱く歌い上げる。

「でも、越えたらアルサード共和国に行っちゃうよ」

歌い終えると同時に馬車内でリュートを弾いていたジオグリフが突っ込みを入れる。

「と言うかその歌のAメロが不穏すぎるのですが…………特に今の私の場合…………」

同じようにリュートを手にしたマリアーネが疲れたように呟くと、ジオグリフとレイターは顔を見合わせて。

『誰かに盗《と》られるぐらいならいっそのこと…………』

「ひぃっ…………！」

クレイジーサイコシスターに絶賛進化中の美少女《リリティア》の影に怯えるマリアーネに、ジオグリフとレイターは苦笑した。指さしてゲラゲラ笑いたいところだが、自分にも被害が来そうなのであんまり笑えないのである。というか、ヤンデレ相手に逃げるというのは悪手でしかないと分かっているが妙案が浮かばなかったのだ。

道中が暇なのもあって、こうして御者を持ち回りしつつカラオケ大会をしているのだが――やはり現実逃避でしかない。げに恐ろしきは元日本人の習性である。明日やろうは三馬鹿野郎とも言う。

「しかしあれだね、レイの選曲見事にトラック野郎だね」

「そういう先生も見事にSFだらけだな。むせるぜ。姫が意外と雑食だが」

「まぁ心ぴょんぴょんするのも好きですが。――ほら、私達の子供時代のオタクって、迫害されてましたでしょう?」

『あー………あったなぁ、オタクイジメ』

「私も受けましてねぇ………。高校進学を機に、メジャーどころも押さえるようにしましたわ」

昨今のオタクは案外市民権を得ているものだが、昭和の終わり頃に起こったとある連続幼女誘拐殺人事件を契機に世間は大々的にオタクバッシングに走った。犯人がその手の趣味を好んでいたのもあるのだが、まだ未成熟なジャンルであったことも手伝ってか元々それ程大人達の理解のなかったオタク文化は暗黒期に突入する。

元々オタクという言葉は「コミケに集まるような薄暗い奴等《やつ》」という侮蔑《ぶべつ》、嘲笑《ちょうしょう》をした無理解《差別主義者》な大人によって広められたものだ。事件以前にもあったオタクに対する差別感情が、この事件を契機に加熱したとも言える。あの頃はオタク相手には何やっても何言っても良い、という風潮があったのだ。

困ったのが犯人とは全く関係ない当時のオタク達だ。元よりマンガやアニメ、ゲームは幼稚なものと見下されていたのに、その上でアイツのような性犯罪者になるぞ! と親から取り上げられることも多かった。そして親がそうしているから、と子供の中でもオタクに対する差別的感情が中高生辺りで芽生えるようになり、学校でいじめられるのは大抵内向的なオタク趣味を持つ少年少女となる。

そうした経緯もあって、オタク趣味を持っていてもそれを隠すように興味のない流行の歌や特に好きでもないドラマなどを押さえて隠れ蓑《かくみの》としておく、所謂《いわゆる》隠れオタクが出現した。マリアーネに限らず、ジオグリフやレイターもその類だったらしい。

「何でも話せる親友と呼べる友達もいなかったですし、中々そういう話をする相手も………ネットぐらいにしか」

「そう考えると結構いるな」

「その作品流行《はや》った頃ってもう暗黒期抜けてオタクが市民権持ち始めてるよね」

尚、この三馬鹿がリュートなんぞを弾ける理由もひらがな四文字タイトルのバンド作品の影響である。続いたかどうかは別として、あの作品を見て一度ぐらいギターを手にしたオタクも多かろう。

「私どうにかギリギリヒキニートでは無かったですが、イジメの影響もあって子供部屋おじさんでしたからねぇ………。会社にいる間は仮面を被《かぶ》りますから一通りのコミュニケーションは出来ますが、やっぱり素面でオタ話するのには憧《あこが》れましてよ」

だから今も結構楽しいのだとマリアーネは語る。

「トラックドライバーはどうなんですの？　やっぱり孤独なんですの？」

「いんにゃ。意外と仲の良い他の社員とか何なら同業他社の連中と待ち時間とかに情報交換してたからそんなには。昔は車内は一人カラオケ会場だったが今はハンズフリーもありゃ骨伝導もあるしな」

携帯電話普及前は無線でやっていたやり取りも、今ではスマホがあるので簡単になった。代わりに電話を手にしての運転中の通話は道交法で禁止されてしまったが、ブルートゥース接続のイヤホンマイクなどがあるので簡単なやり取りには困らない。

特に長距離同士でお互いに近くを走っていると事故や渋滞などの情報共有は結構重宝する。ハマった後でラジオや電光掲示板で知ったということもあったりするし、ドライバー事由でなくとも何でも自腹を切らせる超ブラックな運送会社もあるからだ。レイターも昔、大規模な事故渋滞にハマって延着損害で自腹を切らされたことがある。今の時代では考えられないが、規制緩和の影響でそんなヤクザな会社がポコポコ雨上がりのたけのこのように増えたのだ。

あの時は会社と揉《も》めたなぁ今なら速攻労基に駆け込んで転職するが、と遠い目をしてからレイターはふと思った。

「そういや俺等ん中で一等謎なのは先生だな。前世は何やってたんだ？」

「ん？　ああ、政治家だよ」

余りにしれっとジオグリフが告げるので、一瞬だけ空白が流れた。

「────先生ってマジで先生だったんかい…………」

「じゃぁ向こうでは結構な大事になってるのでは？」

「いやどうだろ。政治家と言っても所詮《しょせん》は地方の県議会議員だからね。それこそ地方紙ぐらいには載ったと思うけど」

親もいないし親戚《しんせき》も絶縁してるけど、流石《さすが》に役職が役職だから白骨化まではなってないと思うなー、と彼は告げる。

「それにしても何だって政治家の先生に？」

「僕はね。────中学生の頃、民主主義をぶっ壊したかったんだ」

『危険思想…………‼』

　突然テロリストみたいなことを言い始めたジオグリフにレイターとマリアーネは慄《おのの》いた。

「まぁ語ると長いから割愛するけど、勉強すればするほど今のシステムに行き詰まりを感じてたんだ。民主主義は大雑把に言えばベストを目指さずにベターを狙うシステムだけど、今は狙いすぎて下振れしてるってさ。打破するには古臭い民主主義という衆愚政治から国民全体の価値観をアップデートしなければと」

「最後の単語で一気に胡散臭《うさんくさ》くなったぞオイ」

「何ででしょうね。言葉としては理解できるのに、その単語に妙な拒否感があるのは…………」

　三馬鹿の中で比較的常識人枠であった奴が一番質《たち》悪い奇人だったかもしれん…………とレイターとマリアーネは顔を見合わせる。

「けどまぁ、僕にはそこまで才能もなかった。マルクス並みに宗教臭くなってしまった今の民主主義を破壊して新しい政治体制を打ち立てようとすると、今度は世界が敵だ。というか、その前に日本の飼い主に物理的にダメ出しされる。ま、結局頭の中の構想で終わりさ。頑張ってみたけど僕も所詮は県議会議員止まりで、国政を動かすほどの地盤は作れなかった。政治家としてはまだまだな若手だったけど…………死んじゃったしね」

「成程…………そんな危険思想《厨二病》だから地竜戦の時、妙に尊大な態度でしたのね？」

　マリアーネの尋ねにジオグリフはだらだらと脂汗を流し始め、ややあってからすっと目を逸らして。

「――――記憶にございません」

『コイツやっぱり政治家だ――――‼』

「消えました。消しました。あんな黒歴史…………！　あぁそうとも！　記憶のハードディスクにドリルで穴を開けたのさ…………！」

両手で顔を覆い、二人のツッコミを無視してついでに毛布を荷駄から取り出して包《くる》まってガタガタ羞恥《しゅうち》に耐えるジオグリフに、レイターは尋ねる。

「じゃぁこの帝国の政治はどうよ？」

「色々不満はあるけれど、トップが有能な内はいいんじゃないかな。これは君主政治全般に言えることだけど、トップダウンだと良くも悪くも早いよ。実際に体感してみてよく分かった。まぁ、少なくとも今代の皇帝陛下は有能そうだったし、まだ若いから彼が生きてる間ぐらいは国内は平和じゃないかな」

ひょこん、と毛布から顔だけ出すジオグリフはそう評した。

流石に地竜の群れを退治し、更には帝国軍人や避難民まで救っているので帝国のお偉方も腰を上げざるを得なくなったのだ。

労《ねぎら》うための会食なのか、カツ丼食うか？　的な取り調べなのか分からない謁見があった。立場を考慮して、それにはジオグリフ一人が出たのだ。運が良いのか悪いのか直答する機会があって、そこでのやり取りで皇帝の人となりをある程度察した。それを基にした寸評がしばらく内々は平和、である。

「それにもう政治はいいかな。面倒だし」

「え？　どうしてですの？　前世知識使えば鉄血宰相とか超☆領主とかなれません？」

「なれてどうするのさ。その手の人間で有能ってことは、同時に血も涙もないぐらい冷血果断でもあるってことだよ。中世の価値観じゃ何処《どこ》ぞの政治家みたいに玉虫色の返答だけをするのは無能の証《あかし》だし、優しさと甘さを取り違えた政策をする領主なんか真っ先に誰かに喰《く》われる。かと言って有能たらんとして冷徹に切り捨てれば当然反発は生まれて、方方から恨まれる。そしてここは前世の日本と違って、暗殺は極めて現実的な常套手段《じょうとうしゅだん》だ。僕は、そんなのに怯《おび》えて暮らす人生はごめんだね」

「こえー…………政治の世界超こえー…………」

「やっぱ平民でいいですわー」

「その平民でも戦闘力さえあれば上流階級も迂闊《うかつ》に手を出してこないし尊敬もされるからね。抑止力じゃないけれど、一揆《いっき》打ち壊しが身近で現実味を帯びていると政治家も官僚も腐敗しにくいんだ。冗談抜きで命懸かってるから、悪事するにも命懸けなのさ。全く以《もっ》て力こそ正義。良い世界に転生したものだよ、僕達は」

「何処のＫＩＮＧの長《おさ》だよ」

「時はまさに世紀末ですの？」

三馬鹿がいつもの前世ネタでバ会話をしていると、開けた場所へと出た。

「――――お。巨人の通り道まで来たな」

「ですわね。後もう少しですか」

「エルフさん、まだいてくれると良いなぁ………」

戦闘の跡というか、流された地竜さん達の血痕《けっこん》が未だ残っている荒野じみた場所ではあるが、三馬鹿はそんなの全く気にせずに巨大渓谷の先を見据える。

『いざ、獣人の里、マホラへ！』

この三馬鹿、逃避先まで欲望に満《み》ち溢《あふ》れている。

第九章　三馬鹿探検シリーズ　～モフモフを堪能すべく、我々は獣人の里へと飛んだ！～

さて、そんな風に獣人の里へと進んだ三馬鹿一行ではあるが――。

「怪しい奴等《やつら》め！　大人しくせんか！」

「痛いですわ！　――うーん……やっぱりここは実力行使した方がいいのではないですの？」

「駄目だ駄目だ絶対駄目だ！　このモフモフ達は住処《すみか》を守ろうとしているだけなんだ！」

里の入り口で獣人の門番達に囲まれ、簀巻《すま》きで転がされていた。

さもありなんである。彼等が乗っていた馬車はちょっと、いやかなり怪しい魔王御用達《ごようたし》と呼んでも過言ではないほどに禍々《まがまが》しい馬車だ。カゲの馬――毛並みのことではなく炎のように揺らめくばんえい競馬に出てきそうな黒《こく》◯号《ごう》と言えば伝わるだろうか――が牽《ひ》く、豪奢《ごうしゃ》な馬車である。

どう見ても商人が使う馬車ではない。では貴族かと問えばそれにしては牽く馬が禍々しすぎる。取《と》り敢《あ》えず止めて、誰が乗ってるかと思えば成人を迎えた年頃の少年少女だけ。もう怪しさ満点である。これをスルーできるのならば、門番という職業は向いていないだろう。

「さて参ったね。言葉を尽くそうにも聞く耳を持たない感じだし……」

「あら？　ジオにしては珍しいですわね。力こそ正義と言ってたのに強引には行きませんの？」

正直、三馬鹿の力を以《もっ》てすればこの程度の拘束はなんてことはないし、なんなら一度叩《たた》きのめした上で話し合いも出来る。彼としては、戦場ややむを得ない事情ならいざしらず、ただ職務を全うしようとしているだけの獣人と矛を交えたくはないのだろう。

ジオグリフにしても自分に賛成するかなと思っていただけに、マリアーネは不思議そうに首を傾《かし》げた。

「――――もしもエルフさんがいたら僕が野蛮な人間だと思われるじゃないか……‼」

「先生も大概だなオイ」

「貴方《あなた》が言って良い台詞《せりふ》ではありませんのよ？　レイ」

「黙らんか！」

とっ捕まって春巻きかエビフライが如《ごと》く拘束されても個性が死なない三馬鹿に対し、門番が怒鳴るが彼等は素知らぬ顔でどこ吹く風だ。取り敢えず里の有力者の下に仲間が駆けていったようなので、そこで申し開きでもするかな、と三馬鹿が思っていると。

「何事ですか⁉」

凛《りん》とした少女の声が響いた。視線を向ければ、薄紅色《うすべにいろ》の袴《はかま》に白衣の巫女《みこ》服。桃色の狐《きつね》耳に、もふもふの尻尾《しっぽ》。三馬鹿は知っている。名前こそは知らないが――――彼女が、地竜の群れに襲われていた避難民の中にいたことを。

「いけませんカズハ様！　こんな不審な連中の前にお姿を現しては…………‼」

『あ』

巫女の狐獣人――――カズハも気づいたようで、しかし何故《なぜ》命の恩人達が簀巻きにされているか分からずに困惑していた。

●

「誠に申し訳ございませんでした…………‼」

「いえいえ。お気になさらずに」

カズハの説明により捕縛を解かれた三馬鹿は、里長の家に招かれて広間で改めて謝罪を受けていた。

「全く、乙女の柔肌に縄を打つだなんて」

「本当に、本当に申し訳ございません…………命の恩人の方々に何たる仕打ちを…………」

「ごめんなさい、おねえちゃん」

「マリー？」

「冗談ですわ。――――サクラちゃんは気にしなくていいんですのよ～？」

ちょっとからかって遊ぼうとマリアーネが悪戯《いたずら》っ気をだしたが、カズハに同道していたサクラにまで頭を下げられては流石《さすが》に限度を超えると思ったか、彼女は微笑《ほほえ》んで誤魔化した。

「あ、あの、そちらの方は…………？」

そんな一同の中で、微動だにせず正座のまま一方向をじっと見つめる男が一人。

「いーか俺、ステイ、ステイするんだ…………今ここでリビドーの限りに動けば絶対後悔する…………だからステイ、ステイ、ステイステイステイステイステイステイ…………！」

レイターである。

「頼みがあるんだけど、連れに触れないでやってくれ。死ぬほど我慢してるんだ」

「必死ですわねー」

彼が見つめる先は、カズハでもサクラでもない。

ケモナーにあるまじきスルーであるのだが、流石にこれは仕方ないとジオグリフもマリアーネも思った。そう、彼の見つめる先、里長が座る場所にソレはいた。

『では改めて、ようこそ参られた客人。妾《わらわ》はこのマホラで長《おさ》をしておるクレハである。里の者一同で歓迎しようぞ』

圧のある肉声、金毛に九尾、人の形には近いが体は当然、顔の骨格までもが狐のそれに近い獣人――里長クレハの言葉にレイターは思わず胸を押さえた。

「ぐ、ぅっ…………‼」

「こりゃレイにクリティカルヒットするよ。僕でもちょっと触ってみたいもの。ケモ度で言えば3から4ってところかな」

「まぁ、ケモナーには特効でしょう。それにしても…………うーん、すっごいモッフモフですわねえ…………」

カズハやサクラがガチケモナーからコスプレと揶揄《やゆ》される程度のケモ度ならば、四足歩行のケモ一歩手前のクレハはまさに万雷の拍手を以て崇《あが》められるレベル4に近い。大きさは人と同じぐらいであるが、二足歩行する九尾の狐が巫女服を身に纏《まと》っていると形容すれば分かりやすいだろうか。しかもちょっと大人の色香を感じるぐらいにはムチムチしている。

そんな特効生物がもっふもふの九つの尻尾をソファにして座っているのだから、ケモナーが心不全を起こしても不思議ではないのだ。

『そんなに妾が気になるのかえ？　珍しい存在だとは思うておるが』

「いやー初めて見ましたよ。聖獣化、でしたっけか」

『うむ。これで千五百年と少しは生きておる。もう数百年も生きれば神獣になるな』

「獣人の中でも特に魔力に優れた者が極稀《まれ》に成ると、ものの本で読みましたけれど――――確かに魔力量が凄《すさ》まじいですわね」

神話レベルの伝承では、元々獣人は獣神の落とし子とされている。その獣人が現世にて徳と修練を積むと、段々と獣のそれに近くなり、神獣という完全に獣となった先で天界にいる獣神に迎え入れられるそうだ。

真偽としては眉唾《まゆつば》レベルだが、実際にリフィール神を経由してこの世界に転生した三馬鹿にとっては一概にガセだと断じることは難しい。実際に神獣の一歩手前の状態の聖獣になっているクレハもいるのだから尚更《なおさら》だ。

尚、聖獣化すると能力アップは当然、寿命が遥《はる》かに延びるらしい。

『で、あるな。妾は元々帝国建国よりもずっと昔にあった獣人国の宮廷魔導士であった。内乱で国が崩壊した後は諸国漫遊がてら修行して、気づいたらこうなっておったわ』

今の帝国が建国されてから八百年ぐらいとされている。大陸の中では一番の老舗だが、それよりも前から生きている文字通りの生き字引なのだろう。帝国建国の際にもクレハが手助けしたらしい。このマホラが帝国領内でありながらも獣人だけで固まって、しかもどの貴族の紐付《ひもつ》きにならずほぼ自治状態にある理由がそれだ。

『ところでそこな客人は妾に興味あるのかえ？』

「押忍《おす》！」

「どうした急に」

「何で体育会系ですの？」

血走った目を向けながら、しかし鋼の精神で自制するレイターに興味を覚えたか、クレハが水を向けるとケモナーは声を張り上げた。外野の無粋な突っ込みなど最早《もはや》耳に入らない。

『ふぅむ。見たところ、中々の武士《もののふ》よな。良き覇気を持っておる』

「そうですよクレハ様。レイター様は地竜の群れをそれはもうバッサバッサと斬り捨てておいでしたから」

「お兄ちゃんすごかったんだよ、おかーさん‼　ずばー！　ずばー！　って‼」

カズハとサクラが身振り手振りでその活躍ぶりを伝えようとして、クレハはそうかそうか、と微笑ましいものを見る目で頬を緩めた。

『ふむ。カズハとサクラは直接救われたのであったな。――――改めて礼を言うぞ、客人。この子とサクラは妾の遠い子孫に当たる子らでな。親が早世してからは妾が代わりに面倒を見ておって、娘のようなものなのだ』

なるほど、とレイターは頷《うなず》いた。

（ムチムチメスケモママとは属性盛ってんな…………!?）

このケモナーは何処《どこ》まで業が深いのだろうか。

『何ぞ望むものはあるかえ？　妾に出来ることなら何でも、、するが』

『あっ』

そしてクレハが何か礼をしたい、と告げた際にジオグリフとマリアーネは察してしまった。

「じゃぁ、よ…………」

すっとレイターは懐に手を入れ、ソレを掴《つか》む。取り出したるはブラシ。しかしケモナーが愛用するようなブラシがただのブラシなはずがない。

厳選したマッドボアと希少種のアリアホースの毛の複合で作られた高級品。柄もトレント素材で作っており、何とニスまでこだわっている。その上、設計に前世知識をブチ込んでいるというこの世に二つと無い、まさに一点物。

それを手に、彼は告げる。

「ブラッシング、させてくれ…………！」

まるで魔王に挑む勇者のような表情のレイターにクレハはこてん、と首を傾げた。

『そんなものでよいのか？　それが礼になるのであらばよかろう』

そんなもので本当に礼になるの？　と不思議がっていたが、以下は彼女の心境の変化である。

『ふむ……中々の手並み……』

『おぉ……これは中々……』

『あぁ～……心地よい……』

『んっふぅ……♡』

『はふぅ……客人、これ以上は……あっ♡』

『――おほっ♡』

『――ッ！　あぁぁぁあああぁ～～～♡』

即堕《お》ち二コマにならなかったのは年の功だろうか。

尚、健全なブラッシングであったことは、二人の名誉のためにここに記しておく。

●

「ふぃー。堪能したぜ……。今まで我慢してた分、つい熱が入っちまった……」

『あっ……あっ……あっ……♡』

つやつやと金毛を輝かせ床に伏せてびくんびくんしているクレハと、こっちもつやつやした顔を

して指をワキワキさせるレイターを見て、ジオグリフとマリアーネは思った。

『うーん、この溢《あふ》れ出る事後感…………』

「はわ、はわわわわわ…………」

止める間もなく情交――――もとい、ブラッシングに入った二人を止めることが出来なかったカズハは両手で口元を覆《おお》って顔を真っ赤にしながら食い入るように痙攣《けいれん》する義母を見つめていた。

「おかーさん毛並みつやつや…………いいなぁ…………」

隣にいるサクラが、おそらく言葉の意味のまま羨《うらや》ましそうにするのでカズハも正気に戻る。

「ダ、ダメです！　めっですよサクラ！　貴女《あなた》にはまだ早いです…………‼」

「えー？　でもねーさま、おかーさん気持ちよさそうだったよ？　サクラもつやつやになりたい！」

その言葉を聞き届けたケモナーがぐりん、と首ごとサクラの方を向いて笑みを浮かべる。まるでサイコスリラーに出てくる犯人のような笑みである。斧《おの》でも振り回してドアを破りそう。

「そうかい？　お嬢ちゃん。じゃぁ――――俺がつやつやにしてやろう」

「ほんとっ⁉」

「はわわ…………」

妹がケモナーの毒牙《どくが》に掛かろうとしている。姉としては身を挺《てい》してでも守るべきなのだが、命の恩人を相手にそんな無礼な真似《まね》をして良いのだろうか、というか私もアレされるの怖い！　と恩義と恐怖に揺れるカズハは目をぐるぐるさせたまま身動きが取れない。

あわや幼気な少女がケモナーの毒牙に掛かろうと――――した時である。

『とうっ！』

「ぐべっ………！」

そんな鬱《うつ》展開は許すまじ、と立ち上がったジオグリフとマリアーネが愛と友情と通報のツープラトンをケモナーに炸裂《さくれつ》させて床に沈めた。（サンドイッチ式延髄斬りと顔面蹴り）

「成・敗！」

「悪は滅びた、ですわ！」

ここにお巡《まわ》りさんや憲兵はいないが、鬱クラッシャーズはいた。

「何しやがんでぃ⁉」

「何でべらんめえ口調なんですの？」

「と言うかだね、流石に幼女相手だと犯罪臭が看過できないほどだと思うんだ」

がばっと起き上がって抗議するレイターに、二人は諭してみるがケモナーはあぁ？　と怪訝《けげん》な表情を浮かべるだけだ。

「子狐をブラッシングするだけだぞ………？」

ではここで想像して欲しい。

ブラシを片手に大の男が幼気な獣人幼女を押さえつけ、その体を問答無用で撫《な》でくりまわしている様を。その男の表情ははぁはぁと息も荒く興奮しているようで、少女も最初は擽《くすぐ》ったがっていたが段々と艶《つや》っぽい声を上げ始める――――。

何処の薄い本だろう、と思い至った二人の結論はこうだ。

やっていることが健全だからと言って、見た目が健全とは限らないのである。

「何でだよ！　健全だろブラッシング‼」

『ギルティ――――！』

●

マホラの里は約千四百年前に実在した獣人の国の文化を色濃く継承している。というのも、住民の殆《ほとん》どが獣人国の末裔《まつえい》だからだ。

では獣人国――ガオガ王国とはどんな国であったのか、というのを実はジオグリフとマリアーネは調べている。ジオグリフは実家で書庫に籠《こ》もっていたから、マリアーネは流通調査の一環である商品に目をつけてその存在を知ったからだ。

結論から言って、ガオガ王国には転生者、及び転移者がいた可能性が高い。二人がそうした結論に至ったのには、幾つか理由があるが初代国王の名前が決定的だった。

ケンスケ・カドラ・サイトゥーン。

群雄割拠状態だった当時のこの地方を平定、獣人の国の初代国王に就いた人間。王座に就く際、当時の有力者から獣人の嫁を貰《もら》ってミドルネームにカドラが付いているが、どう考えてもケンスケ・サイトゥーン――サイトウケンスケにしか読めない。この時点でひょっとしてそうかな、と思った二人であるが、彼が齎《もたら》した技術や文化を調べれば調べるほどに先進的でおよそこの世界の水準ではない。リフィール神から、度々世界を攪拌《かくはん》させるために異世界人を放り込んでいると説明されていたので、おそらく間違いないだろうと確信していた。

その革新技術を用いられた中の一つに農作物がある。水田にてよく生育し、日本人の主食とも魂とも言える神すら宿る農作物――。

「米ぇっ！　久々の米ぇっ‼」

米である。

なんとマホラでは米を育てていた。夕食の際に出てきたそれにレイターは歓喜の雄叫《おたけ》びを上げた。ただでさえ肉体労働者にとっては切っても切れない相棒である。それを十五年も断っていたのだからその歓喜振りも理解できるだろう。

『ほほほ。レイター殿は米が好きなのかぇ？　ならたんとお食べ。そら、妾《わらわ》が給仕もしてやろうぞ』

「おう、あんがとな里長！」

『まぁ、里長とは他人行儀な。――クレハ、と呼んでくりゃれ』

その横でクレハがいそいそと甲斐甲斐《かいがい》しく世話をしていたりする。その様子をカズハとサクラがジト目で眺めているが「母も女であることを思い出したのだ」とばかりに素知らぬ顔で寄り添っていたりする。

「何だお前ら大人しいな⁉　米だぞ米！　もっとはしゃげよ！」

「いや知ってましたし」

「何で⁉」

「何でってそりゃ…………あー、そっか。レイの実家、平民だからか」

「基本的にお高いですし、かといって調理法が広まってるわけでもないですからねぇ」

「お前ら食ってたのかよ⁉」

ジオグリフは実家の書庫で米の記述を見つけて即座に調査に乗り出し手に入れて、マリアーネも元々は米が市場に流通していたからガオガ王国について調べることになったのだ。

だから二人は当然、知っていた。

「まぁね。高いから個人でだけど」

「夜中急にカツ丼食べたくなったので、頑張って再現しましたわ」

「ずっりー‼」

何なら丼ものからお握り、炒飯《チャーハン》に炊き込みご飯と時々食べたくなっては作って食べていたそうだ。

調理法の関係もあって人気はないし、その上高い。とは言え市場に出回っていたので、レイターも目をつけただろうと思っていたがそんなことはなかったらしい。

「決めた………!」

レイターは意気込む。

モフモフが大量にいて、米まである。ここはまさに桃源郷。ならばこそ――――。

「ここをケモナーの聖地とする！」

マホラは彼にとっての聖地となった。

ケモナーに目をつけられたとも言う。

●

カズハの朝は早い。

義母《クレハ》が家事がまるでできない人なので、この家では彼女と女中が持ち回りで炊事洗濯掃除を熟《こな》している。千五百年生きて家事一つできないのはどうなのか、と思ったカズハではあるが、どうもクレハは元々良いとこのお嬢様であったらしい。そしてそのまま魔術研究に勤《いそ》しみ、宮廷魔導士になった。ガオガ王国が崩壊した後は諸国をぶらぶらしていたらしいが、その際にも供回りがいたようで苦労はなかったらしい。聖獣化後は崇め奉られて里の長をしているから、尚更することもなかったようだ。

結果、生活能力がまるで無い里長が完成した。

とは言ってもそこは千五百歳超。蓄えた知識や知恵は一般人を遥《はる》かに凌駕《りようが》し、魔力は常に最盛期を更新している。このマホラが帝国内で一種の独立自治区としてやっていけている理由である。過去何度か帝国貴族が軍を出してマホラを制圧、領地化するために襲撃したことがあるようだが、クレハ率いるマホラ軍――と言っても人数は徒党程度――に真正面から叩《たた》きのめされたとのこと。

さてそんな知勇兼備な義母を持つカズハは、クレハの直系であり加えて弟子でもある。特に結界魔法を得意とする魔導士で、その一点に関してはクレハをして『このまま育てば大成して妾程度には結界魔法を使えるであろう』と言わしめるほどだ。カズハもそれに驕《おご》ること無く日々邁進《まいしん》している。朝早く起きて修練を行い、その後に朝餉《あさげ》の用意。それを済ませた後で、皆を呼びに行く途中の事であった。打撃音が聞こえたので覗《のぞ》いてみると、中庭に三馬鹿がいた。

「あの………おはよう、ございます………？」

「ん？　あぁ、カズハか。おはようさん」

打撃音の正体はジオグリフとマリアーネだった。二人揃《そろ》って「南斗獄《なんとごく》○拳《けん》！」やら「北斗《ほくと》○衛《えい》拳《けん》！」やらとネタに塗《まみ》れたじゃれ合いをしている。

それを眺めるように縁側に座っていたレイターにカズハがおずおずと声をかけると、彼もこちらに気づいて挨拶《あいさつ》をした。

「あの、皆さんどうされたので？」

「朝練だよ朝練。俺等の日課なんだわ」

ネタのようなじゃれ合いは、どうも格闘訓練らしい。

漫画やアニメに出てくる技など実用性がない――――というのが前世での一般的な価値観だ。まぁストイックな剣戟《けんげき》物や格闘物だと参考になるものはあるが、大抵は現実でやればネタである。白い目で見られるか、厨二《ちゅうに》病乙とからかわれるのが関の山。

ところが、である。

今、この三馬鹿が居る世界は魔力という不可思議な力が存在する異世界である。それを運用して超高速機動を可能とするレイターからしてみれば、ネタがネタで終わらないのだ。何しろ剣に魔力を纏《まと》わせて斬撃を飛ばす事が出来る。つまり、魔《ま》◯剣《けん》やアバンス◯ラッシュがリアルで出来てしまったのだ。

そこから発展して、「じゃぁ無《む》◯波《は》やかめ◯め波《は》や◯丸《がん》出来るんじゃね？」と思いついた三馬鹿がいろいろ試した結果、出来てしまった。そこから彼等の訓練は前世のサブカルネタを何処まで再現できるかに移行した。何処まで真に迫れるかは不明だが、この世界にはない知識からもたらされる異質な発想だ。これは有用な武器になると考えたのだ。

結果、朝練と称してネタの再現をするようになった。今日は格闘編であったようだ。

「勤勉なのですね」

「まぁ、チートもないしな」

チート？　と首を傾げるカズハに失言に気づいたレイターは話題を変える。

「それで、どうしたんだ？」

「あ、はい。朝餉の用意ができましたので、食堂に来て頂けますか？」

「おう、飯か。おーい、先生、姫！　飯だってよー！」

わが生涯に一片の悔いなし！　をするため、自滅用の技まで試そうとしていた馬鹿二人に死ぬぞお前らと思いつつ声をかけると二人はじゃれ合いを止めてはーい、と母屋に入ってきて――――。

「むっ」

そこでジオグリフの動きが止まった。急に真剣な顔つきをして、何処からかフレクサトーンの音が聞こえた。

「どうしましたの？　ジオ」

「この感覚――――エルフさんか…………！　――――そこ！」

言うやいなや、ジオグリフは母屋から飛び出して一目散に里の入り口へと駆けていった。

「あの男、その内エルフを狩りそうですわね…………」

「脱がし始めたら流石に他人の振りをしようぜ」

爆走する馬鹿一人の背中を眺める二人の馬鹿は、呆《あき》れたように呟《つぶや》いた。

自分のことは棚に上げる連中である。

●

ラティア・ファ・スウィンは地竜騒動の後、避難民達が傷を癒やし帝都へと旅立つ三日ほどはマホラに滞在していた。避難民達が旅立った後、彼女も報告のためにエルフの村へと戻っていたのだが、その先で村長から使命を託されて再びマホラへと訪れたのだ。

既に顔見知った門番達に通してもらい、里長クレハに会うために歩いているとある少年と再会した。

「あ、貴方は…………！」

ジオグリフである。彼はコホン、と咳払《せきばら》い一つして意気揚々と声を掛け――――。

「やぁ、エルフさ…………」

「魔王！」

「――――」

出端《でばな》をくじかれて言葉を失った。古傷を抉《えぐ》られて声を上げなかっただけマシなのかもしれない。

しかし、魔王と呼ぶラティアは目を輝かせている。ものすごいキラキラした目をジオグリフに向けている。アレ、これは案外感触悪くないのでは？　と思い至ったジオグリフは思考する。ひょっとして、彼女は魔王に憧《あこが》れているのかもしれない。心なしか頬が紅潮しているように見える。彼女の歓心を買うのに、ここで「いやいや僕は魔王じゃないですよやだなぁ」と韜晦《とうかい》するのは悪手だろう。

この間僅《わず》か〇・三秒。悩みに悩み抜いた彼の決断。それは――――。

「久しいな、エルフの君よ」

魔王プレイの実行である。無論、後に来るであろう傷痕《きずあと》から目を背けて。

「どうしてここに？」

「ふっ。余はただの人間としてはもう飽きたのだ。今は人間からの解脱を模索している」

「すごい………」

何がすごいのだろう、と心の中の前世ジオグリフさんが背中を掻《か》きむしりながら突っ込んだ。しかし今世ジオグリフさんは止まらない。

「名乗りがまだだったな」

マントをばさぁ、と翻し両手を広げ。

「────余はジオグリフ・トライアード。魂の放浪者だ」

謎のポーズと共に名乗りを上げた。

「わ、わたしはラティア。ラティア・ファ・スウィン。フォレスク大森林のファ族が、スウィン家の娘よ」

エルフさんも負けじと名乗って体を抱えるように謎のポーズを繰り出すが、美人でモデル体型なので妙に様になっている。何これかわいい、と前世と今世のジオグリフは解釈一致で協定を結んだ。

「あの時はありがとう、ジオグリフ。貴方にはちゃんとお礼を言いたかったの」

「何、気にすることはない。それでも気になるのなら、ジオ、と呼んではくれんかね？　エルフの君よ」

「そう？　じゃぁ、わたしのこともラティアって呼んでね」

ふっ、と意味ありげな微笑みを交わし和やかな空気が流れるが────。

「余はジオグリフ・トライアード！」

「魂の放浪者だ…………！」

「ぐっふぅ…………！」

追いついてきた馬鹿二人が再現を始めてジオグリフにクリティカルヒットした。

「ど、どうしたのジオ!?　大丈夫!?」

「だ、大丈夫だラティア…………少々、あぁ、少々、今出来たばかりの古傷が疼《うず》くだけで」

片膝《かたひざ》をついて苦しむジオグリフは、慌てるエルフさんを安心させるように微笑むが、馬鹿二人が

容赦するはず無く。

「ジオ、と呼んではくれんかね⁉」

「エェェェルフの君よッ！」

「がはぁっ‼」

「ジオ⁉　ジオ――――⁉」

再現の追撃を受けてジオグリフは地面に沈んだ。

尚、最後の気力を振り絞って地面に書いたダイイングメッセージには当然のようにケモナーと百《ゆ》合《り》豚と書かれていた。

第十章　三馬鹿探検シリーズ　～エルフの村の温泉を堪能すべく我々はフェレスク大森林の奥地へと向かった！～

『川が…………？』

「ええ、生活用水は温泉もあるからまだ何とかなるし、畑は作付けしたばかりだからそこまで喫緊ではないのだけど」

クレハの家に通されたラティアは、今エルフの村が置かれている状況を説明した。

どうも一週間ほど前から近くを流れる川の流入水量が目に見えて減ってきているということだった。何故《なぜ》その情報をマホラに持ってきたのかと言えば、この里に流れる川も大本を辿《たど》れば同じ水源に行き着くからだ。

ニアカンド山の雪解け水と地下水を源泉とする川は中腹あたりで三つの支流へと分かれるのだが、北をマホラ、南をエルフの里へと伸びている。因《ちな》みに、中央の支流は帝国の中央付近を流れる大河へと合流するそうだ。

ラティアが訪ねてきたのは、他の支流の調査の一環であった。

『ふむ。妙だな…………』

「マホラは問題ないのですが…………」

口元に手をやるクレハと、その横で正座をして神妙な面持ちのカズハを見てラティアは頷《うなず》いた。

マホラに入った辺りで、米の水田を見て普段通りだと思ったのだ。

「そのようね。中央の川もいつも通りだったわ。となると………」

ニヤカンド山の中腹。川が分かれた後で何かしらの問題が起こったと考えるのが自然だ。

「やっぱり川を遡上《そじょう》して調査した方がいいわね。あまり山へ行きたくは無いのだけれど、そうも言ってられないわ」

あまり気は進まない、とラティアが眉根《まゆね》を寄せる。

最初に川を遡上して調査しなかった理由がそれだ。ニヤカンド山の山麓《さんろく》から山頂はどういう訳か魔物の密度が濃く、そして強い。冒険者ギルドの狩猟目安に照らし合わせると、要金等級パーティになっているぐらいだ。不思議なことに、その凶悪な魔物達は裾野《すその》辺り、丁度フェレスク大森林との境目からは侵入して来ない。

もしも侵入してくるようなら、エルフは当然、獣人達もこんな所に住んでいられないぐらいには強い魔物が多いのだ。調査をするにしても、ラティア一人では不可能に近いし、エルフで調査団を組むにしても時間がかかる。

だから次のクレハの提案は渡りに船であった。

『なら、カズハも連れて行くと良い。あそこは魔窟《まくつ》だ。結界術は重宝するであろう？』

「それは助かるけども………いいの？」

『構わん。原因如何《いかん》によってはマホラにも降りかかる火の粉になり得るだろう。それに、いずれは妾《わらわ》の名代、代行とするためにこの子を育てておるのだ。地竜の群れに襲われた程度で曲がるような肝の小さい娘ではないぞ。なぁ？　カズハ』

「はい」

両手で握《にぎ》り拳を作って頷くカズハにラティアは微笑《ほほえ》んだ。先の地竜戦ではカズハとサクラの姉妹は大いに活躍したのだ。最終的に三馬鹿が倒したとは言え、彼等《ら》が来るまで持ちこたえさせたのは紛れもなく彼女達であった。

ラティアにとって命の恩人、という意味では狐《きつね》獣人姉妹も同様であった。

「ありがとう。あの時は貴女《あなた》とサクラに救われたから信頼してるわ。後は――――」

前衛ね、と続けようとしたところで襖《ふすま》がスパ――――ン！　と開いて乱入者が現れた。

「話は聞かせてもらった！　エルフは――――」

「一応突っ込んでおくがエルフは滅亡しねーぞ」

「この男、古傷抉っても暴走続ける辺り、本当にエルフスキーなんですのね」

三馬鹿である。

どうも盗み聞きをしていたようで、ある程度の状況を把握していた。レイターにネタの途中で突っ込まれ、言葉を失ってしまったジオグリフはこほん、と居住まいを正して。

「その様子では護衛が必要なのだろう？　ならば我々、シリアスブレイカーズが引き受けようではないか」

「まぁ、リーダーもこう言ってるし、何より………」

「温泉！　温泉あるって言いましたわね⁉　本当ですの⁉」

「え、えぇ、今は川の水量の影響で温度調節が出来ないから熱くて入れたものじゃないけれど…………」

ラティアの肯定に三馬鹿は頷いた。

マホラには米があり、それを元にした酒があった。おそらくは偉大な先人《サイトウーン》が齎《もたら》してくれたであろう技術で作られた清酒が。ツマミも勿論《もちろん》確保してある。

そして温泉。大森林の奥地の秘湯。日本文化がある程度流れているのなら、きっと露天風呂《ろてんぶろ》。いや、ここまで来れば無くても作る。

「地酒はある。しかもほとんど日本酒で味もいい」

「風呂セットは先生が収納魔法で持ってきてるよな。現地のツマミもあるだろうが、そこんとこどうよ？　姫」

「ウチの商会経由で仕入れた魚も加工して出立前にジオの収納魔術に突っ込んでおきましたわ。問題ないでしょう」

つまり、やれてしまうのだ。

社会に疲れた大人の贅沢《ぜいたく》。

即《すなわ》ち――――。

『異世界湯舟酒…………！』

この三馬鹿、最早《もはや》エルフ達の問題そっちのけで温泉旅行気分である。

●

一方その頃、帝都の冒険者ギルドでダスクは渋い顔をしていた。

ただでさえ歴戦の猛者で厳しい顔つきをしている彼がそんな表情をしていると、凶悪な犯罪者のように見えて一般職員など蛇に睨《にら》まれた蛙《かえる》のように硬直してしまう。普段から近くで接している秘書ですら、この状態の上司に話しかけたくはないと思っているぐらいだ。

「どうだ？　見つかったか？」

ギルドマスターの部屋を訪れた秘書に、ダスクは開口一番に尋ねた。

「いえ、彼等が拠点としている屋敷はもぬけの殻のようでして、一応管理人には話を伺えましたが、何処《どこ》に行ったかまでは………」

つまり空振りだったとの報告を受けて、ダスクは秘書に部屋から辞すように指示を出して一人になる。椅子の背もたれに体を預け、深く、深く吐息。

「一週間謹慎は言い渡したが、その謹慎明け直後に姿を晦《くら》ますなよ…………」

シリアスブレイカーズの事だ。

地竜の群れを屠《ほふ》ったことは今、帝国中の噂《うわさ》になっている。

まぁそれだけならば名を挙げたね良かったね、とダスクも素直に褒めていただろう。ギルド所属の冒険者が偉業を成し遂げたのだ。何なら個人的に金一封渡してもいいと思うほどの功績だ。

これが普通の冒険者ならば。

しかしながら、彼等の背後が普通の冒険者でいさせてくれない。

ジオグリフは辺境伯の三男。

マリアーネは今をときめくロマネット大商会会長の孫娘。

レイターですら『迅雷《ガド》』の弟子。

まともな背景を持った人間ですら気後れするぐらいには、威圧的なのである。

とは言えそこは人間の欲望。権力であれ武力であれ財力であれ、強い人間に惹《ひ》かれてお友達になりたいと思う輩《やから》が後を絶たない。しかし真正面から居丈高に臨めば、どんな地雷を踏むか分からない。地竜の群れ相手に勝ってしまうような連中だ。踏んでしまえば爆散は免れないだろう。

だったら裏から手を回せばいいじゃない、というのが周辺の結論で――その被害者がダスクなのである。

つまり、シリアスブレイカーズに会わせろ、紹介しろ、という問い合わせが後を絶たないのだ。

これが一般人の戯言《たわごと》なら自分で行けよと一蹴《いっしゅう》するが、ギルドマスターという立場上、無視できない立場の方々もいる。実はここ最近、三馬鹿がひっきりなしに参加させられたパーティー《会食》の数々はダスクが調整していた。

何とこの男、気づかぬ内に三馬鹿のマネージャーみたいな立ち位置になってしまったのだ。

そんな中で、シリアスブレイカーズの失踪《しっそう》――いや逃走。ご丁寧に『ちょっくらコンビニ行ってくる』という謎の言葉と点と線で出来た謎の絵を書き置きに残して。コンビニって何処だ！

とダスクが叫んだのは言うまでもない。

以降、方方から突き上げを食らっているダスクは頭を抱えて唸《うな》る。

「何処行ったあの三馬鹿…………！」

まさか逃走中の馬鹿三人が温泉旅行状態になりつつあるとは、彼も夢にも思うまい。

●

巨人の通り道と呼ばれる渓谷を、一人の少女が歩いている。

神官服を身に着けた、青い髪の少女――リリティアだ。彼女は手にした巨大な戦棍《せんこん》で地面を突いて、空を見上げると鼻を利かせるように息を大きく吸い込む。

「こっちからお姉様の匂いがする…………」

愛《いと》しの少女の匂いを嗅《か》ぎ分けた彼女は、ある方角を見据える。

「待っててくださいマリーお姉様…………！　このリリティアが――今、逢《あ》いに行きます‼」

意気揚々と歩き出す彼女の先には――マホラの里があった。

●

マホラを出立した三馬鹿とラティア、カズハの一行はエルフの村へと向かって歩いていた。

途中までは馬車だったが、巨人の通り道手前辺りからは私道のように細い道を通らねばならなかった為《ため》だ。とは言っても獣道のように鬱蒼《うっそう》とはしておらず、それなりに歩きやすい。ラティアが言うには、日が沈む頃には着くそうだ。

「くちん！　くちょん！　へ――――っぷし…………！」

「風邪かい？」

「季節の変わり目だからなぁ。気ぃつけろよ」

そんな中、マリアーネがくしゃみを三連発。のほほんと構える馬鹿二人に、ぶるり、と彼女は身を震わせる。

「いえ、風邪というか、そういう感じではない悪寒が…………！」

「オイ、先生。これはまさか…………」

「うーん…………くしゃみ三回。これはひょっとして…………」

一誹《そし》り二笑い三惚《ほ》れ四風邪というくしゃみに関する諺《ことわざ》が日本にはある。書いて字の如《ごと》く、くしゃみ一回なら誰かに誹られて、くしゃみ二回なら笑われていて、というもの。その三回目――誰かに惚れられる。単なる呪《まじな》いのようなものなのだが、一笑に付すにはこの世界は不思議が多すぎる。

そして今、マリアーネが置かれている状況で誰かに惚れられると言えば――――。

「やめてくださいまし！　やめてくださいまし！　口にすればフラグが立ってしまいますわ‼」

顔を覆っていやいやと首を振るマリアーネに、ジオグリフとレイターは遠い目をして何だか既に立ってそうだなぁと諦《あきら》めにも似た感情が胸に去来した。

「貴方達《あなた》、本当に仲が良いのね………」

そんな三馬鹿を羨《うらや》ましそうに眺めているのはラティアだ。一行を先導しつつ、ちらりとこちらを見てそんな事を口にする彼女に、ジオグリフは頬を掻《か》いて苦笑した。

「あー、うん、まぁ、幼馴染《おさななじみ》のようなものだからね」

「——それが本当の貴方なの？　ジオ」

流石《さすが》に常時魔王モードは心にしんどいので通常状態に戻っているジオグリフであるが、ラティアは何だかちょっと寂しそうな表情をする。何故あの厨二《ちゆうに》病全開の自分を気に入ったのか理解できないジオグリフではあるが、ここでの返答次第では好感度が最下層まで下落しかねないことぐらいは理解できた。

「いや、えっと、その………あれは時々出てくる裏人格とでも思って頂ければ………」

「裏人格………！　そういうのもあるのね………⁉　もう一人の自分ね………‼」

数瞬迷った後で苦し紛れに出した回答が、しかしラティアに再び刺さったらしく、目をキラキラと輝かせてジオグリフを見つめている。その曇りのない眼に彼は前世以降、久しく感じていなかった胃痛を覚えて懐を弄《まさぐ》るがこの世界に愛用していた胃薬《相棒》は無い。

「それにしても、幼馴染………ですか………」

そんな一行の様子を見て、ぽつりと寂しそうに呟《つぶや》いたカズハの言葉を拾ったマリアーネがはっとする。ぴこーん！　と豆電球でも頭に点《つ》けたその様子を鑑みるに、どうやらまた余計なことを思いついたらしい。

「――――ほら野郎共、先行って安全確保してきなさいな」

「何だよ藪《やぶ》から棒に」

「先に行くって、エルフの村の場所僕達知らないんだけど？」

「い・い・か・ら・い・き・な・さ・い！」

彼女は唐突にジオグリフとレイターを斥候に出し、それを見送ってからラティアとカズハに向き直る。

「さてさて、これで女同士になりましたわね？」

手を合わせてそんな事を宣《のたま》うマリアーネに、二人は緊張で身を硬くした。

彼女達の視点からしてみれば、自分達はマリアーネの男に寄ってくる悪い虫だと思ったのだ。これはその掣肘《せいちゅう》か、と勘ぐったのだが――――。

「最初に断っておきますけれど、私とあの馬鹿二人はそういう関係じゃありませんわよ？」

『え？』

しかし出てきたのはフリー宣言である。

まぁ確かに見ようによっては構成的に逆ハーレムみたいな状態ではあるが、中身が中身である。それは向こうも同じであろう。内実を知れば知るほど選択肢から除外される。

何が悲しくておっさん同士でくっつかにゃならんのだ、というのが三馬鹿の共通認識である。

「幼馴染というか同志というか兄弟というか…………何かこう、妙に波長が合っているだけで男女の関係ではないですし、なり得ませんの。ぶっちゃけ趣味じゃないですし」

「そ、そうなのね………」

「そ、そうなんですか………」

露骨に安堵《あんど》する二人に、マリアーネはニマニマと人の悪い笑みを浮かべる。

何しろ二人の反応と来たらエルフ耳を激しくぴこぴこさせ、普段はピンと立ってる狐耳をへにゃりとさせながらそわそわと尻尾《しっぽ》が揺れているのだ。何とも初々しい反応に、今世の少女としての部分と前世のおっさんとしての部分が握手を交わして共同声明を出すぐらいには構いたくなる。

「その反応………脈アリと見てよろしいですわね?」

「わ、わたしは別にジオのことは、その…………」

「はわわ………レ、レイター様のことは、その…………」

「私、別にジオとレイのこととは言ってませんけど」

爽《さわ》やかな笑みを浮かべてそんな事を宣うマリアーネに、カマかけられた! とラティアとカズハは顔を真っ赤にして「酷《ひど》いです」とか「ずるい」とか苦情が飛び交う。しかしマリアーネは「まぁまぁお可愛《かわい》いこと」と華麗にスルーして彼女達の耳元で囁《ささや》く。

「だからぁ、私達ぃ、良いお友達になれると思いません?」

●

それから数十分後。

安全確保のついでに鹿と猪《いのしし》を狩ってきたジオグリフとレイターが見たものは、マリアーネを中心に仲良く手を繋《つな》ぐ三人の姿であった。

何故か急にさんばか！　とでも丸っこいテロップが出て揃《そろ》ってジャンプでもしそうなノリの三人に思わず突っ込んだジオグリフとレイターであるが、三人揃って笑顔で『ひみつー！』と返されては追求もできなかった。

「へぇ………これが帝都で流行《はや》ってる石鹸《せっけん》なのね………話には聞いていたけど、確かに花のいい香り………」

「この保湿はんどくりーむ？　も良いものですね………炊事や洗濯をしているとどうしても手荒れが気になってしまって………」

「むふふふ。お二人共綺麗《きれい》ですから、お手入れのしがいがありますわ～」

その後ちょっと開けた場所に出て、そこで休憩がてら昼食にする流れになった。

しかしマリアーネが調理や準備を野郎二人に強権振るって押し付けると、最近覚えた収納魔術から石鹸や化粧品の類を広げてきゃっきゃっとガールズトークを始めてしまったのだ。

「ねぇレイ」

「なぁ先生」

そんな姦《かしま》しい様子を尻目《しりめ》に、馬鹿二人は顔を見合わせて。

『何かＮＴＲフラグ立ってるかコレ？』

「馬鹿を言ってないでとっとと火起こししなさいな。お昼にするんでしょう？」

『はい…………』

どうやら男女比が女性側に偏ると、野郎の肩身が途端に狭くなるのは異世界でも同じらしい。

●

地竜騒動が収束して二週間ほどが経過した頃、ようやく帝国軍の調査団が開拓村へと辿《たど》り着《つ》いていた。

避難民に付き添ったため、少し遅れて戻ってきたアランとミラとほぼ入れ替わるようにして出立した調査団の内訳はおよそ百余名。何があったかの原因調査と、近くにある獣人の里マホラや、協力を仰いだエルフの村フェルディナの被害調査も兼ねていた。

何しろ地竜の襲撃を受けたというのだ。当然のことながら、残党がいないとも限らない。故に調査団の九十名以上が戦闘員で構成され、先遣隊だというのにもかかわらずさながら侵攻軍もかくやと言わんばかりの物々しさであった。そうした構成のお陰でこれほど時間がかかったとも言える。

一介の山賊団程度ならば、一合と保《も》たずに蹴散《けち》らすであろうその戦力は、今――――。

「ガぁあぁァァァあっ‼」

たった一つの戦力によって宙を舞っていた。

朱の鎧《よろい》を纏《まと》ったその戦士の襲撃は唐突だった。崩壊した開拓村へ辿り着いた調査団は休息と調査を兼ねて野営地を敷設。日没も近いことからそのまま夜営に向けて準備を進めていた所に、それはやってきた。

二メートルに迫る巨躯《きょく》。朱に輝く全身鎧を身に纏い、手にはその巨躯すら超える大戦斧《だいせんぶ》。特徴を羅列するならば、その巨躯すら霞《かす》むほどの異形――――長い尻尾に、翼を持った竜人族。

その竜人族の戦士が、野営地のど真ん中へと飛来してきたのだ。

そして、言葉を交わすこともなく周囲の兵士を手当たり次第に蹂躙《じゅうりん》し始めた。いや、交わすも何も行動がバーサーカーのそれだ。ただ度し難い感情のままに暴れまわるその姿は、まるで血風を纏う嵐のようであった。

その蹂躙劇を、少し離れたところから見守る一組の男女がいた。

一人は長身の男。黒に金糸の入った外套《がいとう》を身に纏い、その高貴さとは裏腹にどこか病的で陰鬱《いんうつ》な表情をした細身の男は、胡乱《うろん》な目で竜人族の蹂躙を見つめていた。

一人は小柄な少女。少しサイズの大きい紫のローブに尖《とが》った帽子を被《かぶ》り、肩には身の丈を超える大鎌を担いでいた。

「うーむ。これはこれで楽でいいが。おい、アノーラ。ちゃんと障壁は張っているんだろうな？オレ様たちまでアレに巻き込まれたら堪《たま》ったものではないぞ」

「あやつを狩り場に放り込み、障壁魔術で逃げ場を潰《つぶ》してやればそれで済むからな。ロクに魔力も使っておらんから数日続いても問題ないわ。そっちこそ、ハリアルの制御をしかとしておけよ、ベオステラル。帝国軍を殺してしまってはこのような狩り場を造った意味がないのだからな」

少女――――アノーラの言葉に、ベオステラルはふん、と吐き捨てるように鼻を鳴らした。

「そもそもアイツは何者なのだ？　バスラに押し付けられたが」
「魔装器の使い手じゃ」
「魔装器？　遺失装具《アーティファクト》や魔導器ではなくか？」
「うむ。大枠としては遺失装具《アーティファクト》に当たるのじゃがな。大体三千年前に出現した原初の七眼、初代魔王ユースケが異界の神の権能を模して創ったという八つの魔装器、その一つ――朱の魔装器、ペルセイア」

　最早神話と言えるほどに遠い昔、初代魔王ユースケには八人の妻がいたらしく、それぞれに高い戦闘能力があったと言われている。それを補強する役割を担ったのが魔装器、というのが遺跡発掘などで出土した資料から見て取れた。

　朱の魔装器は防御に特化していて、身に纏えば竜の吐息すらものともせず、その状態での格闘ならば巨岩すら破砕したという。

「じゃがな、アレはどうも本来の使い手でなければ真価を発揮できぬようでな。だからああなのじゃ」

　だが、そのフルスペックを発揮するためにはあらかじめ認められた適正者が使用していることが前提だったようで、そうでない者が使用すれば能力も数段下がった上、何かしらの副作用を付与されてしまうらしい。朱の魔装器に関しては自我を奪われてただただ暴虐を振りまくだけの厄災となってしまうようだ。

「欠陥品ではないか………」

「そうじゃよ？　だから、使い捨ての人間にしか使わせられんのだ」

眉《まゆ》をひそめるベオステラルに、アノーラはあっけらかんと言い放った。

「あやつ、元々はどっかの国の戦士だったようだが、ウチにちょっかい出しての。まぁ暴れに暴れたがバスラが運良く捕獲して、戦士としての腕はあるからと使い手のいない魔装用に調整したのじゃ。欠陥品じゃが腐らせるには勿体《もったい》ない性能してるから、とな。ま、結果はお察しじゃが」

どんな経緯があったかはアノーラも知らないが、いつの間にかデルガミリデ教団の資材となっていたハリアルは、操獣玉を埋め込まれて洗脳制御された上で朱の魔装器の実験体とされていた。

彼女達《バ》の直接《ス》の上司《ラ》が言うには、『丁度いい被験体が手に入って望外にも適応しおった』との事だ。

結果として、フルスペックではないものの朱の魔装器を運用でき、且つある程度の制御も見込めるようになったために敵陣に放り込むだけの爆弾のような運用をされるようになったという。

「ふむ、ちゃんと手綱は握れているようじゃな。お主、それだけは長じておる」

普段は眠らせて、使用時にはバスラが使っていたようだが、今回、邪神復活の儀式が佳境に差し掛かった為に制御をベオステラルに譲ったのだ。果たして上手《うま》く使えるか、という危惧《きぐ》はあったが杞憂《きゆう》だったようだ。

未《いま》だ続く蹂躙劇へと視線を移してみれば既に終劇へと向かっていた。

「────仕上げをする。ハリアルを止めよ」

「ふん…………」

これ以上ハリアルを暴れさせると皆殺しにしてしまうと判断したアノーラは、ベオステラルに指示を出して開拓村を囲っていた障壁魔術を解除。すると、荒御魂《あらみたま》が如く猛威を振るっていた竜人族――――ハリアルはまるで糸の切れた人形のようにくたりとしゃがみ込んで動きを止め、がらん、と大戦斧が取り落とされた音が響く。

その音を合図として、血達磨《ちだるま》になって地に伏す帝国軍人へとアノーラが近寄っていく。

「貴、様は………」

「冥土《めいど》の土産、というやつじゃな。名乗ってやろうか」

彼女が一等身なりの良い帝国軍人に近寄ると、息も絶え絶え、半死半生のまま誰何《すいか》してくる。

「妾《わらわ》はアノーラ・カドヴィアという。しがない死霊術士じゃ」

その名乗りに、その帝国軍人は動揺に瞳《ひとみ》を揺らした。

「霊魂の、魔女………」

「ほほ、よく歴史を勉強しておるの」

知らぬはずがない。

この二百余年、帝国だけではなく大陸各地で非道の限りを尽くした魔導士。禁忌により寿命を失い、永劫《えいごう》の時を生きる魂を弄《もてあそ》ぶとされる魔女。そして――――他人の魂を糧に、禁呪を目指す御霊《みたま》喰《ぐ》らい。

この少女の形をした悪魔に滅ぼされた村が、街が、国が幾つあったことか。

「では何をしようとしているか分かるじゃろう？　貴様らの魂、貰《もら》い受《う》けるぞ。――――傀儡操糸《くぐつ》」

手にした大鎌を掲げて起動式を唱えれば、その大鎌が妖《あや》しく輝いて幾つもの魔力の糸が放出される。いや、糸ではない。細く妖しく輝く魔力のそれは、よく見れば人の顔をしていた。

まるで人魂————いや、死霊だ。

アノーラが殺した人々の霊魂は彼女の所有物になり、やがて消費されていく。それが戦闘行動による魔力供給か、あるいは自身の研究による実験素材かは分からないが、いずれにせよ成仏することもなくただただ消費されていくのだ。

解き放たれた死霊が、半死半生の兵士たちの中に入り込んだかと思えば。

「や、やめ………！」

「た、隊長！　体が、体が勝手に………」

その体の制御権を死霊に奪われ、主《あるじ》の命に従ってそれぞれの武器を手に殺し合いが始まった。

「くふ…………くふふ…………。さぁさぁ殺し合え。一息に殺さず、手足を刻み、体中の体液が抜け出るまで殺し合うのじゃ。絶望と怨嗟《えんさ》こそ、魂を純化させるのじゃから」

苦悶《くもん》を浮かべ、あるいは絶望し、殺し殺されていく帝国軍人達を眺めながらアノーラは恍惚《こうこつ》とした笑みを零《こぼ》す。まさしく魔女と呼んで相応《ふさわ》しき邪悪さに、ベオステラルは顔をしかめた。仕事上の付き合いで行動を共にしているが、どうも趣味が合わないのだ。もっと正々堂々と悪の限りを尽くせぬのかこのババアめ、と彼は吐き捨てる。

「相変わらず悪趣味な………」

「死霊術の深奥じゃよ？　恐怖や絶望を与えてから殺した方が、強い死霊になりやすい。そして強い死霊は、強い残留魔力を持ち————死霊術士の糧になる」

魔導士、そして魔法というカテゴライズの中で死霊術ほど異色な字面は無いが、元々は早逝して魂となった偉人や家族との対話を目的としたイタコのような術式であったという。だが、いつからかその魂――――死霊にも魔力が宿っていることが分かると、それらを収集し、自身の力の一部として扱う一派が出現。

それが現代の死霊術士であり、その特性から他者の魂を収集するという人の道に外れた行動によって、世間一般からは良い目で見られていない。

アノーラはその死霊術士の中でも、特に忌避される存在――――否、忌避される原因を作ってきた側の死霊術士だ。

元々は戦場などで魂を収集していた彼女だが、長く研究する中で魔力が強い死霊を生み出すためには強い恐怖や絶望を与えてから殺す方が強い死霊になることを発見し、以後は村や街を襲撃し、今回のように同士討ちさせるなどして絶望を与えては収集してきた。デルガミリデ教団との合同作戦では、一国相手取る事もあったぐらいだ。

時折自分の手を下すことはあっても、収集効率の面からこうすることが多く、必然的に彼女は観客となる。

地獄を出現させ、そこを眺めながら楽しげに歩く様から魂の誘蛾灯《ゆうがとう》、霊魂の灯台、死霊の魔女――――様々な異名の変遷を経て、今の霊魂の魔女という忌み名に落ち着いた。

「この間も行商人の親子を殺し合わせていたな…………。勝った方を生かすと偽って…………」

「あぁ、あの時の顔を覚えておるか？　安堵《あんど》と絶望と、親を殺してしまった嫌悪感が綯《な》い交ぜになった良き顔じゃった。――――まぁ、そこから叩《たた》き落《お》とすために殺したが。親子ともども、良い死霊となったよ」

「この生粋のサディストめ…………。毎度毎度付き合わされるオレ様の身にもなってみろ」

「そう言うからこの間、生娘を殺さずにお主にやろうとしただろうに。犯しもせず血も吸いもせず突き返して人の好意を無下にしよって」

「吸血など劣等吸血鬼が行う蛮族の所業だ！　大体、血など鉄臭いし生臭いではないか‼」

「お主本当に吸血鬼か……？」

血が嫌い、とド直球に宣う吸血鬼にアノーラは胡乱げな視線を向けた。

いや、強さはともかく能力や特性からして吸血鬼で間違いないのはアノーラも確認しているのだ。陽《ひ》の光に弱いだとか、銀に弱いとかそういった吸血鬼の弱点も真祖故に克服しているのも理解している。だがどうも根本の部分で吸血鬼らしくないのはどうなのだろうか、と首を傾《かし》げる。

本人曰《いわ》く、吸えることは吸えるらしいが、味が気に入らないらしい。そんなものよりトマトが良い、と。ビタミンC、A、E、カリウム、食物繊維、リコピン、β－カロテン、鉄が含まれているから体にも良いと力説された時には長年の吸血鬼像が崩壊したぐらいだ。

こいつら吸血鬼って人の血液から魔力補給してたんじゃないの？　と。

「ふむ。終わったようじゃな。では刈り取るとしようか」

同士討ちをさせることおよそ五分。全ての帝国軍人が地に伏したのを確認したアノーラが手にした大鎌を振るうと、その周囲に燐光《りんこう》が立ち昇って大鎌に吸収されていく。回収されていくのは帝国軍人達の魂だ。

妖しく輝きながら脈動するように燐光を吸っていく大鎌を見て、ベオステラルが呟《つぶや》く。

「相変わらず品のない魔導器だ……」

「これ、ただの魔導器ではないと前にも言ったじゃろう。メクシュリア文明の賢者ラ・ファスタが残した遺失装具《アーティファクト》、渇命の大鎌《ログ・ヴォイド》ぞ。死霊術士にとっては垂涎《すいぜん》の魔導器よ」

アノーラがまだ不老長寿になる前、普通の冒険者だった頃にダンジョン化した遺跡から手に入れたこれは、まさしく死霊術士にとって必要な機能が全て盛り込まれている十徳ナイフのような魔導器であった。

大鎌の形をしているために武器としても使え、魂の収集、格納、魂から死霊への精練、装備者の魔力と魂の混合、そして放出までをこれ一つで行えるのだ。

「結局、地竜の素材は全て帝国に回収された後のようだな。であらば、もう操獣玉は回収できまい」

「仕方ないの。地竜を管理できんかった連中の責任じゃ」

周囲を観察していたベオステラルがそう言うと、魂を回収しながらアノーラは呆《あき》れたように吐息を漏らした。

元々、こんな小間使いのような仕事は乗り気ではなかったし、平素なら拒否もしていた。そもそも地竜の管理はベオステラル管轄の仕事だったのだが、他の者が自身の手柄とするために横紙破りで奪い取り、結局管理しきれずに脱走させた。任命責任の問題で、本来であれば直接の上司が尻拭《しりぬぐ》いするべきなのだが、今現在その上司は儀式の大詰めで手が離せず、もう一人の同僚も潜入任務のために不可能。

比較的自由の利くアノーラとベオステラルに白羽の矢が立ち、ハリアルを貸与されて回収任務に赴いたのだ。

「────さて、次の仕事はなんじゃったか？」

「召喚実験結果の追跡だ。ニヤカンドの方角だと言っていた。────全く、バスラの奴《やつ》め、良いように使ってくれる………」

一つ終わったかと思えばもう一つだ。本当にこき使ってくれる、とは思うがその分教団にも上司にも貸しができる。信者としてはアノーラもベオステラルも不信心者ではあるが、教団のネットワークや利便性には一目置いているのだ。この苦労は後で回収するとしても、ならばこそ今は買ってでもせねばならないと彼女は腹を括《くく》る。

「まぁ、建前としては教団に厄介になっている以上、文句を言える立場ではないからの。お主も、妾も────ああ、こやつもそうか」

投げかけた視線の先、座り込んだハリアルは何も答えることはなかった。

第十一章　三馬鹿と乱入する撲殺聖女リリティアちゃん

日が暮れた頃に一行はエルフの村へと辿《たど》り着《つ》いた。

中央に流れる川は護岸整備がされており、両岸を行き来しやすくするために大きめの橋が幾つか架かっている。その両側には年季を感じさせる木造建築物が居並んでおり、黒の梁《はり》と白壁のコントラストが実に美しい。更に宵の口ということもあってか提灯《ちょうちん》の火に照らされていていっそ幻想的な風景になっていた。

「ようこそ、エルフの村――――フェルディナへ」

村の入口でこちらを振り返り、両手を広げて歓迎するラティアに三馬鹿は頷《うなず》いて。

『温泉街だコレ――――！』

歓喜の声を上げた。

●

想像していた森と一体化するようなエルフの村とは違っていたが、最強の保養地じゃないかコレとテンションを上げる三馬鹿はラティアに案内されて村の最奥、村長の家に案内された。

しかしそれは家というよりは屋敷という佇《たたず》まいの大きさで、更に言うならばだ。

「うーむ。何という趣のある旅館…………」

「火サスか連続テレビ小説の舞台になりそうですわね…………」

「村の風景もそうだったが、むかーし長距離の合間に寄った山形県の銀山《ぎんざん》思い出すなぁ…………明日には硬くなる団子つまんでは蕎麦《そば》食ったっけか…………あー、腹減ってきたわ」

五階建ての木造建築、庭園から中庭まで完備されたこの屋敷はもう高級旅館と呼んでも差し支えないほどだ。一応、村長宅兼村の集会所ということもあってここまで巨大化したらしいがそれにしても大分日本テイストだ。

何故《なぜ》だろうとジオグリフがラティアに聞いたところ、どうもここのエルフは元はガオガ王国に流れてきた難民だったようで、それを不憫《ふびん》に思った当時の国王――――つまり、ケンスケ・カドラ・サイトゥーンが自分の保養地の管理という名目でこの地を丸っとエルフに託したらしい。

それを恩義と感じたエルフ達がその頃の文化を大事にしている為《ため》にそのまま残っているのだ。ケンスケ・カドラ・サイトゥーンが転生者なのは最早《もはや》三馬鹿にとっては確定的なので、早い話、この地域のエルフ文化の源流は日本なのだ。因《ちな》みに、別地方のエルフは三馬鹿が想像している通りのエルフ観の所が大半であるそうだ。

またアイツかGJ、と三馬鹿が夜空に向かってイイ笑顔で親指を立てたのは言うまでもない。

「かさす？　れんぞくてれびしょうせつ？」

「やまがたけん？　ぎんざん？」

沁《し》み沁《じ》みしている三馬鹿の言葉を拾ってラティアとカズハが首を傾げていると、来客を感じ取ったかパタパタと奥から出迎えが来た。

「あ、お母さん」

「あらあら。ラティア、お帰りなさい。そちらはお客様？　ようこそフェルディナへ。ラティアの母のルディナです」

エルフの女性だ。ラティアの母らしく、長い金髪をアップにしており穏やかな雰囲気が特徴的なのだが、彼女の姿――――正確には衣服を見た三馬鹿はそれどころではない。

流水柄の小紋の留袖《とめそで》に太子間道の帯、そして白足袋――――どこからどう見ても着物であり、彼女の嫋《たお》やかな雰囲気も合わさって出てきた感想は一つ。

『女将《おかみ》だコレ――――！』

エルフに着物という和洋折衷に心惹《こころひ》かれた三馬鹿は外国人四コマが如《ごと》き興奮度合いであった。

「お父さんは？」

「厨房《ちゆうぼう》よー。川の水位が下がったお陰で川魚いっぱい取れちゃったから。呼んでくるから、お客様を広間に案内してね」

その後、広間に通された一行は村長であるラティアの父と面会した。

「ようこそいらした、客人。村長のラバック・ファ・スウィンだ」

そしてやはりと言うべきか、彼の格好も紺の調理服に挨拶《あいさつ》する直前までは調理和帽子を被《かぶ》っており、線は細いが静かな凄《すご》みを感じた三馬鹿は再び興奮する。

『板前だコレ――――！』

この三馬鹿、もう完全にエルフの村を温泉地としか認識してない。

「シリアスブレイカーズとカズハ殿と言ったか。君達の事はラティアから聞いている。地竜騒動では娘が世話になった。礼を言う」

ピシリと背筋を伸ばして正座のまま互いに自己紹介をした後、ジオグリフが口を開く。

「そう言えば、川魚が大漁だったと聞きましたが」

「ああ。あまり乱獲は良くないのだが、岸に打ち上げられてしまったのを放っておくのもまた問題でな」

「魔物や動物が食いに来ちゃ縄張り主張するし、腐ると疫病の元にもなるしなぁ………」

「どう処理されるのですの？」

「既に傷んでいるものは魚肥にしたが、それでも食べられる魚がまだまだあってな。当面は村の食事は焼き魚だけだ」

『あー………』

ラバックの最後の言葉に苦いものを感じた三馬鹿は天を仰ぐ。たとえ好物でも続けば飽きる。とは言え捨てたりするのも勿体《もったい》ない。全て肥料にしても良いだろうが、川の異変がいつまで続くか分からない以上、ともすればしばらく魚を食べられなくなるかもしれない。

今の内に食《く》い溜《だ》めしとけ派と飽きたから肥料にしちまえ派が村を割っているらしい。

その話を聞いて、この世界の食糧事情――――というよりは料理事情を思い出した三馬鹿は額を寄せた。

「なぁ先生。糧食はガッツリ持ってんだっけ？」

「うん。前回のことも反省して一軍動かせるぐらいまで増やした。勿論《もちろん》、嗜好品《しこう》まで取り揃《そろ》えてるよ。どっかに閉じ込められても数年は余裕で引き籠《こ》もれるぐらいには確保してる」

「ジオの収納魔術、時間停止まで付いてますものね。ということは――」

幾つか意見を交換した後、三馬鹿は村長の方へと向き直った。

「村長。ちょっとご相談があるんですけど」

●

世界が違えど文明が存在するのならば、調理という概念はある。

単純なものでも煮る焼く炒《いた》める――火を通せば食べられるものの幅が広がるからだ。また、火さえ通せば大抵の寄生虫や細菌は死滅するし、安全性が高まる。故に人類の歴史に調理は食文化として常に寄り添ってきており、この二つは切っても切れない関係にある。

とは言え、この世界の文明レベルは中世である。うま味調味料も無ければ、調理技法一つにしても洗練されていない。少なくとも三馬鹿が持っている知識や経験からしてみれば食えるだけマシ、というのが前提スタンスだ。そんな中でもジオグリフは辺境伯家出身の為にそれなりに良いものが食べられて、レイターはアウトドア趣味が功を奏して粗野な食事にも慣れていたので特に気にしていなかった。

問題はマリアーネである。

基本的に現代っ子で実家暮らし、そして独り身だったので小遣いにも余裕があった。食べ歩きや外食の頻度も高く、畢竟《ひっきょう》、舌が肥えていた。今世の実家も大富豪なので良いものを食べられるのだが、人間の欲とは際限のないもので、それでは満足できなかった彼女は食文化改革に乗り出す。と言っても難しいことはしない。唸《うな》る程にある大資本を用いて素材や調味料を集め、前世の料理を再現。ついでに実家の料理人達にそれを伝授したら家族に気に入られ、気づいたらレストランを開く羽目になった。

それが大体五年程前。今では彼女が呼び込んだ前世料理はロマネット料理と呼ばれ、帝都で新たなムーブメントを起こしている。

「これが噂《うわさ》に聞くロマネット料理……皆さんは料理も堪能なんですね……」

厨房で包丁を振るう三馬鹿を手伝いながら、カズハは次々並べられていく知らない料理の数々に感嘆の声を上げた。

あの後。ジオグリフの収納魔法に収められた数々の食料と大漁の川魚を交換し、「久しぶりに川魚料理でもするか」とレイターが呟いたことによって厨房を借りることになった。

ニジマスのフライ、小鮎《あゆ》の唐揚げ、ガーリックムニエル、昆布巻きと入手した川魚を使った料理を作っていく中でレイターがカズハに声を掛けた。

「ああ、そうだカズハ。ちょいとこれ食ってみな」

そして差し出された小皿には、小さな米俵のような形と色合いのものが二つ載っていた。

「これは？」

「いなり寿司《ずし》」

何なんだろう？　とカズハが疑問に思いながら、箸《はし》で摘《つま》んでいなり寿司を口に運ぶと。

「――――！　～～～♡」

「おぉ、モフモフが膨らんだ…………!!」

耳がピンと立って、ふさふさしている尻尾《しっぽ》がぼわっと一気に膨らんだ。頬に手を当てて至福の笑みを浮かべ、もぐもぐと味わっていることから気に入ったらしい。

「レ、レイター様！　これは!?」

「いやぁ、マホラに向かうってんで油揚げは作っておいたんだ。本当はきつねうどんにするつもりだったんだが、米と出会ったからさぁ。ネタ的にはこっちだろうと思ってよ。美味《うま》いか？」

「はい！　はい！　これは、これは素晴らしいです！」

「そうかそうか。まだあるから好きなだけ食え。おかわりもいいぞ」

そんな二人の様子を手を動かしながら眺める馬鹿二人は。

「あの男、とうとう餌付けを始めましたわよ」

「まぁ、健全な内は見守ろうじゃないか。それは俺のお稲荷《いなり》さんだとかセクハラ始めたらはっ倒すけど。――さーて、僕もラティアに絡みに行ってこよっと」

「馬鹿二人が盛ってやがりますわ。こういう時、独り身は肩身が狭いです…………――何でしょう。今、妙な悪寒が」
何処《どこ》か遠くでお姉様――――！　という不吉な叫びを聞いた気がして、マリアーネは身震いした。

●

一方その頃。

「エルフの村……エルフの村にお姉様が……！」

マホラに突撃してニアミスしたリリティアが、エルフの村に進路を変えていた。

●

翌朝。ラティア、カズハを迎えたシリアスブレイカーズ一行がエルフの村を後にして、ニヤカンド山へ向けて出発した所で後方が何やら騒がしくなった。

ドタドタと土煙を巻き上げて何かを叫びながら爆走する人影を認めた一行が首を傾げていると、その叫び声の意味が認識できるほどまで接近した。

「おね――さま――――!!」

「げぇっ!?　リリティア!!」

馬鹿でかいメイスを背負い、二つくくりにした長い青髪を振り乱しながら突撃してきた神官服の

少女――――リリティアを、一行は直前で躱《かわ》した。

「どうして避けるのですかお姉様‼　あたしの愛を受け取って‼」

ズザーッと転進して再び突貫するリリティアから逃走しつつ、マリアーネは叫ぶ。

「どうしてここにいるんですの⁉」

「お姉様の匂いを追ってきました♡」

「ワンコですか貴女《あなた》――――！」

「お望みなら犬でも猫でもタチにでも――――‼」

うわぁまた濃い奴《やつ》が出てきたよ、と自分の事を棚に上げ傍観状態に入るジオグリフとレイターであるが、マリアーネがそんな逃避など許すはずがなかった。

「くっ！　この野郎共モブに徹するんじゃありませんわ………！」

さっとリリティアの突撃を躱し、馬鹿二人の後方へ回り込むと。

「――――悪友防壁‼」

その背中を押してリリティアへと突き出した。

『ちょっ！　待っ………‼』

「邪魔だ！　お姉様に纏《まと》わりつく男は死ね‼」

ハートマークの瞳《ひとみ》がハイライトの消えた瞳へと変化し、背負った巨大《バトル》メイスをリリティアは引き抜いて馬鹿二人へ向かって振るう。

「ッ――――‼」

攻撃を認識するよりも早く、レイターが聖武典《リグ・ヴェーダ》を大剣へと変化させて剣の腹で受け止める。だが。

「こ、いっ………！」

響いた打撃音に似合った重さに、レイターの足元が沈んだ。僅《わず》か数センチではあるが、打撃の衝撃は乾いた大地にヒビを走らせたのだ。

「おお、ナイスだ、レイ」

「感心してないで手を貸せ先生！　変なバフ掛かってんぞこの撲殺聖女！」

「血まみれメイスとか嫌な愛もあったもんだ。――――解凍《デコード》！」

「ぐっ！」

ジオグリフが魔術を発動させると、虚空と地面から鉄の鎖が出現しリリティアの両手足に巻き付いて拘束した。

「ふぅ…………とっさに魔力で身体強化してなきゃ死んでたぞ、オイ」

「うーん………。順調に進化してるねぇ。元が聖女なだけにこの先が怖いよ」

まだクレイジーサイコシスターとまでは行かないし、片鱗《へんりん》はあるがヤンデレラにもなっていない。

精々が男を嫌う百合《ゆり》で収まる範囲。だと言うのにこれである。ここからステップアップしていった先を考えると憂鬱《ゆううつ》である。

いい加減筋道立てておいたほうが良いなとジオグリフが幾つかの要素を含めて計算していると、視界の端でそろりそろりと忍び足で去ろうとする馬鹿が一人。

「おいコラ、逃げんな百合豚。人を囮《おとり》にしやがって」

「自分で蒔《ま》いた種なんだから、年貢の納め時と思ってそろそろ自分で何とかしなよ」

「い、嫌ですわ嫌ですわ！　私は百合畑を飛び交う蝶《ちょう》でいたいのですわ‼」

しかしレイターが見逃すはずもなく、首根っこを掴《つか》まれてマリアーネはジタバタと往生際が悪い事を宣《のたま》う。それが悪かったのだろうか。

「お姉様に気安く触るな…………！」

『え？』

リリティアから膨大な魔力の渦が放出され、ジオグリフの縛鎖魔法から抜け出た。いや、違う。消し飛ばすのではなく、破壊するのでもなく、自らの手足の骨を魔力で砕いて緩んだ隙間から脱出したのだ。

当然、そんな事をすれば立つこともままならないが。

「ふぅ…………ふぅ…………大いなる光神よ、この者に慈悲なる光を…………第四回復術式《イクシード・ヒール》」

聖女の真骨頂とも言うべき回復術を用いて即座に復帰。彼女に降り注いだ光は、まるで時間を巻き戻すかのように砕かれたリリティアの手足を回復させた。

そして取り落とした巨大メイスを拾い、ジオグリフとレイターを睨《にら》む。

「お姉様…………今、このむさ苦しい男共からお救いします‼」

『バーサーカー過ぎる…………！』

ゾンビアタックをリアルに可能とする聖女に三馬鹿は慄《おのの》く。

「どうすんだ先生！　殺《や》っちまうか⁉」

「いや後々面倒でしょ⁉　その子、養子だけどハーバート家の縁者だよ⁉」

「後、聖女殺したら教会から報復されますわね！　指名手配どころか世界の敵は流石《さすが》に嫌ですわよ私‼」

「じゃぁどうすんだ⁉　あんま手加減できる相手じゃねぇぞコイツ‼」

「お姉様に纏わりつく虫は死ねぇぇぇ────！」

ブンブンと鉄塊を振り回して嵐を巻き起こすリリティアから三馬鹿は逃げ惑う。だが、そんな中でジオグリフが閃《ひらめ》きに至る。

「────よし、整った。まずは札を一つ切る…………！」

使うべきは彼の切り札の内の一つだ。

「重複《スタック》────解凍《デコード》」

詠唱と同時、再びリリティアの手足を鉄の鎖が縛り上げた。

「っ！　こんなもの…………！　────⁉」

所詮《しょせん》同じ手だ、と彼女は魔力で再び自分の手足を砕こうとするが────その直前で、魔力が消失した。

「元の縛鎖魔術《バインド》は第九魔術式だが、それは少々手を加えていてな。出力自体は第二魔術式と変わらん。身体能力を多少増幅した所で人の身で解けはせん。小娘風情が我が手から逃れられると思うなよ」

ばさぁっとマントを翻し、片手で顔を覆うジオグリフは皮肉げな笑みを浮かべた。

彼の切り札が一つ、弾倉詠唱《ストック》と対をなす重複変異《スタック》である。一つの魔法を発動時に幾つか重ねあわせることで威力を強化したり、効果を歪《ゆが》めて別個の魔法にするというものだ。理論自体は元々この世界にあり、複数人で行う魔法式——所謂《いわゆる》合奏魔法《ユニオン》と呼ばれる。

だが、合奏魔法《ユニオン》の発動にはシビアなタイミングでの同時発動が前提で、使用者は双子や長年連れ添った者が大多数を占める事から現実的な技術ではない。

そこで有用になってくるのが弾倉詠唱《ストック》だ。これは発動直前の魔術を圧縮して待機状態のまま収納魔術に収め、任意のタイミングで発動するというもの。そう、任意のタイミングで起動できるのだから、複数の魔術を同時に発動など朝飯前なのである。詰まる所、一人合奏魔法《ユニオン》なのだ。

ジオグリフは縛鎖魔術《バインド》と縛鎖魔術《バインド》をかけ合わせたことで、拘束対象の魔力を吸い取るという副次効果を付与したのだ。しかも吸い取った分だけより強固に、そして持続もするらしい。

「あ！　今はもう一人の自分なのね⁉　ジオ！」

「第九魔術式を第二魔術式の出力まで………？　あの短縮詠唱でどうやって………？」

急展開過ぎる状況から置いてきぼりだったラティアとカズハが口々にしているが、三馬鹿はそこまで気が回らない。

「さぁて、と。世の中、オイタをした馬鹿はケツ百叩《たた》きと相場が決まってるが——」

「ひぅっ………！」

レイターが聖武典《リグ・ヴエーダ》をハリセンに変化させて振るうと、ぴしゃん！　と小気味いい音を立てる。リリティアも元は平民なので百叩きの経験があるのか、首を竦《すく》めた。

「待って、レイ」

「あぁ？　何だよ先生。ケジメは必要だろ？」

「その前に話し合いをしようと思う。こっちへ」

ジオグリフはレイターとリリティアを伴ってマリアーネから距離を取ると、こう告げた。

「――――君は、マリーが好きなんだろう？」

「そうだ！　お前達なんかにお姉様は…………！」

「そこが勘違いだ。僕達はマリーとは単なるパーティメンバー、仲間、友達でそういう関係じゃない」

「どっちかって言うと悪友だな」

「嘘《うそ》だ！」

「根拠は？」

「え…………？」

「根拠だよ根拠。僕達が、マリーを女性として好きだという根拠はどこにある？」

ジオグリフの問い詰めに、リリティアは言葉に詰まりながら。

「そ、それは、マリーお姉様は綺麗《きれい》だし、優しいし――――魅力的な女性だろう!?　同じパーティを組んでれば…………！」

「じゃぁ君は僕やレイが魅力的に見える？」

「そんな訳あるか！　男なんかガサツで、臭くて、ゴツゴツしてて美しさのかけらもない！」

「同じように、僕達はマリーをそういう目で見ていない。いや、見れないんだよ」

だってアレの中身は男だもん、とはマリアーネの名誉のために言わないでおく。しかし上手《うま》く伝わらなかったのか、リリティアは困惑しつつも頬を赤に染めて。

「何…………？　つまり…………その…………お前達は、そういう、仲なのか…………？」

『違う』

即座に否定するジオグリフとレイターは腐女子の気質まであるとか業が深すぎないかこの子、と深く吐息した。仕方ないので、自らの性癖を開陳することにする。

「俺はな、モフモフ《獣人》が好きだ。具体的に言えば、ああいうの」

「僕はね、ロマン《亜人》が好きなの。具体的に言えば、ああいうの」

レイターはカズハ《獣人》を、ジオグリフはラティア《エルフ》を指差し、その上で。

『だからマリー《姫》やコイツは論外』

マリアーネと互いを指差した後で手を交差してバッテンを作った。

「な、成る程…………色々な趣味があるんだな…………」

そこまでやってようやく誤解が解けたようで、ジオグリフはリリティアの捕縛を解除。改めて説得を開始する。

「ともかく、僕達は君の恋路を邪魔するつもりはない。君の態度如何《いかん》によっては協力してあげても良い。それは理解できるかい？」

「う、うん…………」

「で？　ろくに調べもせずに勘違いで襲いかかってきたからにゃ、まず言わなきゃならんことがあるわな？」

「ご、ごめんなさい………」

「ふん。ま、それが分かるんならいい。ただ、今後似たようなことがありゃ…………」

「ひぅっ！」

ぴしゃん！　と再びハリセンの音を立てて脅すレイターにジオグリフは苦笑して、居住まいを正す。

「はいはい。躾《しつけ》と格付けはそれぐらいで良いでしょ。――――で、本題はここからだ」

そう。このクレイジーサイコシスター化しつつある少女を救い、且つ自分達に被害を及ぼさないようにする策。

即《すなわ》ち――――。

「君、僕達と契約してウチの《シリアスブレイカーズ》メンバーに入ってよ」

取り込みによる教育である。

マリアーネを売った《生贄にした》、とも言う。

●

「お姉様♡　お姉様♡」

「なんでこうなった………なんでこうなった！　ですの！」

フェレスク大森林を西へと進む一行――の一人、マリアーネの右腕に引っ付き虫が如くへばりついたリリティアのご機嫌な様子に反して、張り付かれている方は地団太を踏むようなステップで歩いていた。心なしかネタの振り方までヤケクソである。

「ネタに振るくせにキャラはブレないんだね」

「ネタに振ってないとやってられないんですわ!!」

キィ――――！　とジオグリフを睨むマリアーネだが、この状況を生み出した彼は肩をすくめるだけだ。

「しっかしこうなるとは………流石先生。俺はもう殺ることしか考えてなかったわ」

「まぁ、昔取った杵柄《きねづか》だねぇ。目立つから強いリーダーシップとか人気取りにばかり注目が集まりがちだけど、本質的には有権者と関係各所との調整能力が一番大事なんだよ、あの仕事《政治家》は。だから知名度と人気取りで当選しただけのビッグマウスとか支持基盤だけ親から引き継いだ二世が業界に入るとコネと能力が足りなくて苦労するんだ」

そんなのでも票集めて選挙にさえ勝てれば国の舵《かじ》握れちゃうんだから民主主義って衆愚政治でし

よ？　と闇を覗《のぞ》かせるジオグリフに、そんなもんかと単なる元トラックドライバーのレイターは曖《あい》昧《まい》に苦笑する。

「覚えてなさいな…………ジオ…………！」

「悪友防壁とか言って人を差し出した報いだよ。生贄《いけにえ》にして良いのは、生贄にされる覚悟があるやつだけだってね。昔の偉い人も似たようなこと言ってたじゃないか。それに百合の園建設《キマシタワー》は可能にしてあげたんだから、むしろ感謝してほしいぐらいだよ」

「ぐぬぬ………！」

恨みながらもマリアーネが大人しくリリティアを受け入れた理由がそれである。

ジオグリフがリリティアに示した契約内容は、簡単にすれば以下になる。

一つ、シリアスブレイカーズのメンバーとして認める代わりに、他メンバーに危害を加えない。

一つ、マリアーネとの仲を応援する代わりに、他メンバーの恋愛についても協力する。

一つ、マリアーネが振りまく愛について、自身が正妻である限り容認する。

一つ、上記のいずれかをやむを得ない事情もなく故意に破った場合、リリティアの性癖を教会に告発する。

マリアーネが大人しくする理由は三番目、リリティアが受け入れた理由は四番目にある。

ジオグリフが言ったように、リリティアが正妻というポジションをマリアーネが認める限りは彼女が百合ップルを編成して愛《め》でたり、あるいは自分に矢印を向けたりしても問題なしとしたのである。この世界、命が軽くて強さが正義の為、元々が一夫多妻制の世の中だ。故にそうした多方面に振りまく愛というのに前世よりも理解がある。ならばヤンデレ進行度が比較的浅い今の内に懐柔し、立場を固めて教育していけばリリティアも丸くできる――――はずだ、という見込みのもと、こうした話になった。

極めて楽観的且つ希望的観測ではあるものの、ヤンデレメーターが振り切った後でこの要項を詰めた所で受け入れられることはなく、全滅エンドは不可避な為、互いの求めるものをすり合わせが可能な今の内に仕込めば多少マシではないかとの判断だ。

そしてリリティアのブレーキが四番目。リフィール教会への告発《チクリ》だ。

現代地球では多様性が認められているが、その地球でも中世ではその多様性は弾圧の対象だった。非寛容と後ろ指さされる日本の方が、まだ衆道という文化があった分マシだったと言える暗黒期である。

文明レベルが同じなのだから、当然この世界でも同性愛は弾圧対象だ。まぁ実際にはそうした指向の人間はいるし、民間レベルならバレても精々が白い目で見られる程度だ。だがこの世界の文化レベルは中世である。同性愛を禁じている宗教が権力を握っている中で、教会に属している聖女がそうであると知られれば醜聞そのもの。良くて暗殺、悪くすれば聖女から魔女へと転じてとかげの尻尾《しっぽ》切り宜《よろ》しく火炙《ひあぶ》りだろう事は想像に難くない。

麗しい女性同士の、一線を越えない友情――――そう偽って第三者的に保証するための契約である。

それを破るのであれば「おたくの聖女ゆる百合飛び越えてガチで困ってるんですけど」と教会に

突き出されるのである。告発をひとまず回避できて、他の女が寄り付くことはあれど愛《いと》しのお姉様の一番になれる。まだ理性が残っているリリティアにとっては悪くない取引であった。

「うーむ。見事な軟着陸。俺じゃ強行着陸しかできねーな」

リリティアにとってもマリアーネにとっても、そして勿論《もちろん》シリアスブレイカーズにとっても悪い取引ではなかった。互いの妥協点、その重心を押さえた名裁きだったと言えよう。

正直身を守るために「もう殺られる前に殺っちまった方が良いんじゃねぇか？」とレイターは短絡思考をしていたので、こうした交渉をそつなく熟《こな》したジオグリフに感心していた。

元政治家の面目躍如と言った所か。

「皆様。止まってください」

「どうしたの？　カズハ」

かくしてリリティアを迎え入れた一行がフェレスク大森林を川沿いに進んでいると、カズハが不意に立ち止まった。ラティアが尋ねるが、カズハは人差し指を唇に当てて、瞳《ひとみ》を閉じて周囲を警戒。

「おぉ、耳が、耳のモフモフが…………！」

ぴこぴこと狐耳を動かす彼女にレイターが鼻息荒く興奮するが、馬鹿二人が肩を押さえつけて暴走を許さない。

「この先、川の音が変わってます」

ややあってカズハがそう知らせてきて、一行は慎重に先へ進むことにする。

「こりゃぁ…………」

そしてその先、高さ五メートルほどの小さな滝に幾つもの流木が重なって堰《せ》き止められていた。流れてきた木が引っかかって自然に組み合わさった為か、完全にではなく隙間や堰《せき》の上部から溢《あふ》れ出た水が流れている。川の水量の変化はこれが理由だろう。

「普通の流木ではないわね。何か強い力で引き千切られたみたい」

組み上がったのは自然でも、流木の生成はどうやら普通ではないようだ。ラティアが積み上がった木を調べてそう判断した。

「ふむ……レイ、これを見てくださいまし」

「これ、鉤爪《かぎづめ》の痕《あと》だな……って事は鳥の類か？　にしちゃぁデケェぞ」

マリーも続いて調べてみると、確かに木の幹に鋭い爪を引っ掛けた痕を見つけた。その箇所から推察するに四本爪。そして木の幹を持てるほどの大きさだ。

「皆様、これを」

「随分と白い羽根だな。何処か神聖な気配を感じるぞ」

次に、カズハが大きな羽根を見つけた。ウチワヤシ並みの大きさを持つその羽根は、白くキラキラと輝いており、聖女であるリリティアがそんな所感を述べた。

ふむ、とジオグリフは幾つか思考するが。

「ラティア、取《と》り敢《あ》えずどうしようか。この堰を破壊してもいいけど、下流に影響出ちゃうかな？」

「村の手前には貯水池もあるから大丈夫よ。事前に相談もしているから、溢れそうなら水門を開けて流してくれると思う」

取り敢えず眼《め》の前の問題は解決できそうなので、解凍《デコード》一発で水の刃《やいば》を展開。天然堰を切り刻んで水流を元に戻した。

「一応、これで問題自体は解決したが、どうするよ？」

「原因を放置してはまた同じことが起こりますわよね」

「良ければもう少し付き合ってもらえるかしら？　これだけの戦力をまた揃《そろ》えることも難しいから……………」

ラティアの頼みにジオグリフは頷《うなず》く。

「じゃぁ、行ける所まで行ってみようか」

リーダーの音頭で、一行は更に奥へと進む。

そろそろニヤカンドの麓《ふもと》に出ようとしていた。

●

ニヤカンドの山道を歩く三つの影があった。

「――――何故、オレ様がこんな事をせねばならんのだ…………」

「妾《わらわ》だってお主となんか行動したくないわ。愚痴ばっかりで聞いててうんざりする。じゃが仕方なかろ。操獣玉の扱いはお主が一番上手いのだし、今ウチの手勢で動ける上位者は妾しかおらなんだし」

ベオステラル、アノーラ、そしてハリアルの三人だ。

吸血鬼に二百年生きる死霊術士に竜人族という構成なので、この程度の山道は苦でもないのだが、単調さ故に時折今やっていることを振り返るとつい愚痴が出てしまうらしい。

元々こうした下っ端仕事も乗り気ではなかったのだ。その下っ端がやらかし、責任を取るべき上位者が手を離せないために畑違いの三人にお鉢が回ってきてしまったのだから。

本気で拒否すればあるいは突っぱねることも出来たかもしれないが、ベオステラルにせよアノーラにせよ、教団にはそこそこ借りがある立場だ。いずれもっと面倒なことに巻き込まれるよりは、ここらでガス抜きがてら手を貸した方が、手札が残ると考えたのである。

まぁ、だからと言って、不服がないと言えば嘘となる。

「おのれバスラめ…………高貴なる真祖であるこのオレ様をこき使いおって…………。いつか目にもの見せてくれる…………！」

「お主、そういう逆恨みするからいつまで経《た》っても小物っぽさが消えないのではないか？」

「ふん！　ババアの説教なんぞ聞く耳持たんわ！」

「――――べーオ？　ベオ、ベオ、べーオ？」

景色を楽しむような余裕がない山登りというのは、かくも心を摩耗させるのか、思わず出たベオステラルの本音にアノーラは縛鎖魔術《バインド》で彼を拘束して文字通り締め上げた。

「のぅ？　ベオ？　毎度毎度、こぉんなに若くて可愛《かわい》い女の子捕まえて、ババアとはどういう了見じゃ？」

「ぐっ……そ、そうやってすぐに暴力に訴える所が堪《こら》え性のないババアの証拠だ！」

「お主のそういう小物のくせに向こう見ずな所は嫌いではない。じゃが、躾《しつけ》のなっていない犬には教育は必要よな？」

「誰が犬か！　こ、この真性のサディストめ！　ふん！　貴様の攻撃などいくら食らっても再生できるわ！」

「これだから木っ端とは言え吸血鬼は面倒じゃ。しかも弱点を克服したなんちゃって真祖だから手に負えぬ」

渇命の大鎌《ログ・ヴォイド》から死霊をちょろりと出してやると、何をされるのか予見したベオステラルが小刻みに震えながら吠《ほ》える。アノーラとしてはこのまま痛めつけてやっても良いのだが、確かに彼の言う通り多少攻撃した所で意味がない。どういうわけか、この一般吸血鬼にすら劣りかねないこの真祖の吸血鬼は耐性や耐久、再生能力だけはまさしく真祖とも言える凄《すさ》まじさを持っている。

仮にアノーラが集めた死霊を全て使って全力で攻撃した所で、喚《わめ》く程度で数分も経たずに回復するだろう。一人だけ世界観違くないかこやつ、と彼女が遠い目をしているとその諦観《ていかん》を敗北と勘違いしたベオステラルがやおら哄笑《こうしょう》する。

「くっくっく……！　くははははは！　ババアめ！　やっとオレ様の偉大さに気づいた――――」

「弱いが」

「ぐぅっ……！」

「やーい真祖の出来損ないー。弱点無いだけの一般吸血鬼にすら劣る程度の魔力量ー。ざぁこざぁこ。あー、なっさけないのぅ。灰からやり直したらどうじゃ？」

「ぐ、ぐぬぬぬぬ…………おのれババアめ…………！　人が大人しくしておればつけあがりおって…………‼」

一体いつ大人しくしておったのじゃこの賑《にぎ》やかしめ、とアノーラが言葉を詰まらせる偉大なる真祖の吸血鬼に呆《あき》れた視線を向けた。

今回、その種族特性から使役術は得意な部類であるベオステラルに白羽の矢が立ったのだが、彼を一般吸血鬼の上位種として見た場合、凄まじく劣る。所謂《いわゆる》原初の吸血鬼である為、およそ吸血鬼の弱点とされるものは軒並み克服しているものの、それ以外の能力は著しく低い。何なら部分的には一般吸血鬼にすら負けている部分もある。

それを自覚しているベオステラルは忌々しげな視線をアノーラに向けた。

「くっ…………。大体、オレ様は創造主《神》の愚物に能力の殆《ほとん》どを奪われておるのだ。オレ様に眠る、真なる吸血鬼に目覚めれば――――」

「トマトが好みの吸血鬼、のぅ…………」

「貴様ァ！　トマトを馬鹿にするか⁉　謝れ！　全農家に全裸で土下座しろ！」

「毎度毎度お主のその農家愛は何なのじゃ…………」

「貴様、歳《とし》だけ無駄に食って何ら学ばなかったようだな、ババアめ。いいか？　オレ様はやがて力を取り戻し、世界を支配する。支配するからには民を従え、国を作らねばならぬ。国家の礎は、即ち食。食を支えるは農家。即ち農家が無くば国家が成り立たんわ無学なババ――――ぐぬぅ‼」

アノーラはベラベラと説教を始めるベオステラルを、縛鎖魔術《バインド》で捕縛して締め上げる。

「ババアババアとやかましいわ。コレほどのきゃぴきゃぴの美少女を捕まえてよくも言うわこの小《こ》童《わっぱ》め」

「最後の一言で全文を矛盾させるのはどうかと思うぞババア…………‼」

いい加減暴言にイラッとしたので締め上げを強くしてやれば、ばつん、と肉を断つ音とともにベオステラルの体が上下に分断された。しかし血風は伴わず、黒い霧だけが溢れ出たかと思うと。

「――――ちっ。殺しても死なん吸血鬼はこれだから…………」

「お、おのれババアめ…………！　今一瞬、胴体が千切れたぞ⁉」

その霧が収束する頃には、無傷のベオステラルがいた。何で生きておるんじゃろうなぁ、こやつ…………と世の中の不条理さを嘆きつつ、死霊消費覚悟で痛めつけてやろうかと手にした大鎌を握り直すと、二人の間にすっと影が差した。

「…………」

「何じゃ？」

ハリアルだ。

今まで黙って二人の様子を見ていたが、剣呑《けんのん》になりつつある雰囲気に何を思ったか割って入った。

朱の魔装器の影響で自我は限り無く薄れ、一度戦いの気配を感じ取れば暴走するような、言ってしまえば戦術兵器のような扱いではあるが一応仮の主《あるじ》であるベオステラルを守るような行動を取ったらしい。

いくら異名持ちの死霊術士として世間から恐れられるアノーラと言えど、流石にどれだけ攻撃しても即座に復帰するような吸血鬼と敵陣で暴走させるぐらいしか使い道のない戦術兵器相手に大立ち回りするのは遠慮願いたい。可能不可能の話ではなく、やった所で得られるのがちょっとの満足感では余りに釣り合わないのだ。

「————はぁ、さっさと神鳥を探すかのぅ」

「ふん。興が削がれたわ」

結局、深く吐息して縛鎖魔術《バインド》を解除。解放されたベオステラルも、吐き捨てながら再び登坂を始める。その二人の様子を、ハリアルはじっと眺めていた。

●

風に流れる匂いから自らの領域に侵入者を感知したソレは、ふつふつと煮えたぎる怒りを覚えた。

（おのれ…………またも人間か…………）

ソレは少し前に、人間の身勝手によってこの地に呼び寄せられた。見たこともない土地で、あるいはソレだけならば帰ることは出来たかもしれない。そうした旅に出ることも出来たかもしれない。

だが、ソレには守るべき群れがあった。群れの中には、女子供もいる。長く、過酷になるかもしれない旅に連れて行くことは難しかった。

だから群れの長であるソレはこの地に土着することにした。

住処《すみか》を作り、魔物を狩り、群れを存続させるためにあらゆる手を打ってきた。

この一週間余りでようやく慣れも出てきて、群れも落ち着いてきたというのに——また人間がやってきたのだ。

次は何だ。

住処か。

群れか。

それともソレ、ソレ自体か。

(許さぬ……許さぬぞ…………!)

いや、もうどうでもいい。

人間は敵だ。

群れに脅威を齎《もたら》す、倒すべき敵だ。

(二度も我々の平穏を奪われてなるものか!!)

ソレ、ソレが雄叫《おたけ》びを天に響かせると、身内も呼応する。

霊峰ニヤカンドに、彼等《ら》の喊声《ウオークライ》が溶けていく。

戦いの時は、近い。

第十二章　三馬鹿と太陽神の使いとお呼びでない奴等《やつら》

霊峰ニヤカンド山。その麓に足を踏み入れた一行の前に現れたのは、予想だにしていなかった出迎えであった。崖《がけ》に居並ぶ白い影の群れ。その中央、一際大きな白い影を見つけたラティアは余りの威厳にたじろいだ。

「な、何なの、この神々しさ…………」

「間違いありません…………これは――――精霊獣様です…………！」

カズハは聖獣である義母、クレハと似た気配を感じて相手の正体を看破する。魔力の高い獣人が聖獣となるように、魔力の高い動物もまた精霊獣となるのだ。この気配、この威圧感、この魔力は間違いなくそうだと確信していた。

そしてその姿について覚えがあったリリティアも唇を震わせる。

「まさか…………聖書に出てくる始まりを告げる者…………太陽神の使い…………予言の鳥…………神鳥、グリムエッダ…………!?」

陽《ひ》の光を受けて、白銀に輝く白い羽毛。

太陽を象徴するかのような真っ赤な鶏冠《とさか》。

万物を切り裂く、鋭く、そして太く発達した脚。

そして黄色い嘴《くちばし》をガパリと開くソレに対し、三馬鹿は――――。

『でっかい鶏だコレ――――‼』

「コォ――――ケコッコォ――――‼」

中型トラック並みの大きさの鶏に大興奮していた。

「いやぁ、食べごたえありそうだね！」

「フライドチキンにしましょう！　時々食べたくなるんですの！　カーネル的なアレが！」

「あー分かる。毎月二十八日は仕事帰りに特売パック買ってたっけ。で、ひとっ風呂《ぶろ》浴びた後、冷えたビールでやるのがサイコー」

じゅるり、と口元を拭《ぬぐ》う三馬鹿は既に狩人《かりゅうど》の目をしていた。

『揚げ物にビールは社会人の癒やし…………！』

その様子に、精霊獣の取り巻きの普通の鶏達は身の危険を感じてちょっと引いている。神鳥の種族たる彼等がまさかブロイラー扱いされているとは露知らず、しかしこの得体のしれない恐怖から来る震えは何だと困惑していると、グリムエッダが崖から飛び降り、華麗に滑空して着地。

そしてたった一羽でシリアスブレイカーズ一行を睨《にら》みつけたまま不動。まるで掛かってこいと言わんばかりの態度だ。

「おや？　何だろう？」

「ひょっとして一羽で相手するつもりなのかしら？」

ジオグリフが首を傾《かし》げ、ラティアが推察するとカズハが頷《うなず》いた。

「伝承によれば、精霊獣様は人知を超える知能を持ち、しかし必要以上に血を流すことを好まないそうです」

「聖書にはグリムエッダは太陽神の加護を求めた聖者と一騎打ちをし、力を示した聖者に力を貸し与えたと書いてあったぞ」

「この流れはアレですわね…………」

リリティアの説明にマリアーネは色々と察し。

「────はっ。どうやらコイツはタイマンをご所望のようだ」

レイターが一歩前へ出た。

「やるのかい？　レイ」

「魔法の類を使うようにも見えねぇしな。なら、俺の出番だろ」

聖武典《リグ・ヴエーダ》を変化させること無くグリムエッダへと歩を進めるレイターに、カズハが声をかける。

「レ、レイター様！　ご武運を…………！」

振り返ること無く、しかし親指だけを立ててるレイターは無手のままグリムエッダと向かい合った。

「よぉ、待たせたな」

「コォ…………」

言葉を理解しているのか、ふるふるとグリムエッダは首を横に振った。まるで構わない、と言っているように思えて、レイターは苦笑。

そしてそのまま互いに腰を落として身構え────。

「じゃぁ、やるか」

「────ケッ！」

一人と一羽は激突した。

●

聖武典《リグ・ヴエーダ》は使わない、という判断をしたレイターは自身の魔力を全て身体能力と防御に回した。舐《な》めプレイの類でも縛りプレイの類でもない。単純にそれが最適解だと本能的に察したのだ。

そしてそれは正解だったと最初の一合で察した。

グリムエッダと同じタイミングで前進し、飛んできた前蹴《まえげ》りに強化した右拳《みぎこぶし》を合わせる。打撃音でもなく、擦過音でもなく、鋼鉄を打ち合わせた鈍い音が衝撃と共に来た。

全数の七割近い魔力を拳に纏《まと》わせてようやく相打ち。レイターは普段、聖武典《リグ・ヴエーダ》を使う際には全魔力を身体強化と防御も合わせて均等にしている。普段は聖武典《リグ・ヴエーダ》に回している魔力を、今回は防御力にも回しているのだ。それを以《もっ》てやっと拮抗《きっこう》した。

(痺《しび》れるねぇ…………)

精霊獣の名に恥じない火力にレイターは知れず口の端を歪《ゆが》める。何の強化もしていなければ、彼の拳はバターのように容易《たやす》く切り裂かれていただろう。それだけに留《とど》まらず、余波は胴体にまで及んでいたかもしれない。

しかもグリムエッダは追撃をせず、一旦《いったん》距離を離した。地竜の時のように知恵もなく、ただ身体のスペック頼りの相手ではない。相手を観察し、戦いの流れを構築する戦士と同じ所作だ。

（滾《たぎ》ってくるじゃねぇか…………！）

元々が対多人数よりも一対一が能力的にも性格的にも得意なレイターは、ふつふつと胸の底から湧き上がる高揚感を覚えていた。

一方、同じようにグリムエッダも相手を強敵と認めた。彼としては今の一撃で無慈悲に決めて、後方の敵《ジオグリフ達》を萎縮《いしゅく》させるつもりだったのだ。可能ならばそのまま死体を抱えて撤退させ、自分の噂《うわさ》を人間たちに広めてもらえば寄り付くこともないだろうと。一罰百戒は生き物であれば大抵通じるのだから、と。

しかし、それは覆されることになる。受け止めるどころか拮抗させてきたのだ。

（この人間…………大した功夫《クンフー》を積んでいる…………）

通常は抑えていたのだろう。激突の瞬間に内蔵魔力が目を瞠《みは》るほど増大した。本能的に距離を取れば、その魔力は再び抑えられる。おそらくは瞬間出力に重きを置いた鍛錬を重ねてきたのだろうとグリムエッダは推察した。

巨大な魔力を持つ存在にありがちなのだが、力を誇示するために常時垂れ流しという無駄な行為をすることがある。例えばそれはドラゴンだとか、生まれながらにして強い種族に多い。確かに他者を威圧できれば争い自体は減るので丸っ切り無駄とは言わないが、それは最初から持てる者だからこその傲慢《ごうまん》だ。

翻ってグリムエッダはどうかと言えば、元は単なる鶏だ。紆余曲折《うよきょくせつ》あって魔力を獲得し、長く生きていく中で育てて強くなった末に神鳥と呼ばれるほどになった。

今でこそ亜竜程度なら軽くあしらえるし、条件次第では神竜種にも拮抗できる。だが、ここに至るまでの道程は決して平坦《へいたん》ではなかった。

特に身体強化の強弱は魔力の多寡に左右される。魔力量があればあるほど長く強力に身体を強化できるし、攻撃にしても防御にしてもこれがグリムエッダの戦いの要だ。人間のように魔法が使えないのだから当然なのだ。

魔力を育てた、ということは弱かった時期、少なかった時期があるということ。

そこを生き延びるために、彼は魔力を効率的に運用する方法を模索した。湯水の如《ごと》く常時魔力を纏うのではなく、駆け出す瞬間、ぶつかる瞬間、見定めた一瞬一瞬《ピンポイント》にのみ全力で魔力を注ぐ。当然、タイミングはシビアになるが格上を相手にする時は勿論《もちろん》、数で劣る時も継戦能力を落とさないために有用だった。

（この人間のオスは、我と同じ弱かった者か…………！）

ならば最早《もはや》遠慮は無用、とばかりにグリムエッダは翼を広げる。

一合を終え、互いの所感を確認した一人と一羽は笑みさえ浮かべて対峙《たいじ》する。

「ジオー、少し早いですがお昼にしましょう」

そんな激突を余所《よそ》に、マリアーネが提案してジオグリフは頷いた。

「そうだね。ほら、リリティア。君もいつまでもマリーに引っ付いてないで手伝って」

「何故《なぜ》あたしがそんな事──」

「パーティ除名と教会へのチクリ、どっちがいい？」

「ぐぬぬ……」

「いいですことリリティア。パーティに所属する以上は、協調性が大事ですの。ええ、時に自分の欲望よりも大事なのですわ……！」

どの面下げて言ってるんだろうこの馬鹿、と思わずチベットスナギツネのような虚無顔になるジオグリフに、ラティアが心配そうに声をかける。

「でもジオ。レイターを助けなくても良いの？　相手は精霊獣よ？　貴方《あなた》やマリアーネの力が必要なんじゃ……」

「あー、大丈夫大丈夫」

収納魔法から広めの茣蓙《ござ》を取り出し広げる彼は、呑気《のんき》な声音のままこう言った。

「レイターはね。──向かい合ってのよーいどんなら、僕達よりよっぽど強いから」

一方で、レイターとグリムエッダの戦いを森に隠れて眺めるもう一つの勢力がいた。

「んー…………先を越された、という訳でもなさそうじゃな」

アノーラ、ベオステラル、ハリアルの一行である。ひとまず頂上を目指しつつ、魔力の濃い方向へと進んでいる内にこの戦闘に出くわした。冒険者相手に近接格闘をする神鳥グリムエッダを認め、ようやく目的の相手に辿《たど》り着《つ》いたと胸を撫《な》で下《お》ろす。

デルガミリデ教団には召喚に関する実験があった。元々はもっと別の、上位の存在を呼び出すためのものだが、その準備段階で目をつけたのがグリムエッダだ。結果として成功はしたのだが、召喚物は成功しても目標地点への呼び出しは失敗した。原因も分かっていて、その調整に上位者の手が割かれ、折角呼び出したのだから回収してこいと仕事を振られたのがこの三人だ。

後は神鳥に取り付いて、操獣玉を取り付け帰還するだけなのだが――――妙なことになっていた。

「冒険者か？　…………運のない奴等め。神鳥とかち合ったか」

そう、三馬鹿が先んじてグリムエッダと接触してしまっていたのである。

「それにしては随分余裕そうじゃがな。まぁ良い。妾《わらわ》が頃合いを見て拘束しよう。その隙に霊獣に操獣玉を付けよ。目撃者は面倒だから皆殺しじゃ。――――これはこれで、よい死霊になりそうじゃのぅ」

「このサディストめ………」

愉《たの》しそうにシリアスブレイカーズを眺めるアノーラに、ベオステラルは甘引きしていた。

尤《もっと》も、これから手を出そうとしている相手が、ちょっと規格外であるということを知らぬからこその余裕である。

●

さて、ここで一つ、三馬鹿の強さについて語ろうと思う。

この世界で最強は誰か、と問えばこの三馬鹿が名を挙げられないことは確かだ。しかし、この世界で強い連中を上から三十人挙げろと問われれば、周知されていないだけで間違いなく入る程に育っている。

この世界の強さの優劣には魔力が必ず関わり、そして揺るがない程の重心となっているためだ。

現代の地球では強さを示す時に指標となるのはまず肉体。だが、それだけで優劣は決まらない。たとえ格闘技の世界チャンピオンでも銃弾を躱《かわ》せないからだ。あるいは向き合って、あるいは撃つぞと予告でもすれば可能かもしれないが、本当の殺し合いをした時には肉体の優劣など武器一つで覆される程度でしか無いのだ。

だが、この世界では身体に魔力の膜を纏うことによって銃弾を防ぎ、何なら動体視力を強化することによって引き金を引く瞬間を見切って回避できてしまう。

誰もが一度は憧《あこが》れるスーパーマンが如き身体能力を、魔力というトンデモ粒子だかインチキ素子だかで再現できてしまうのだ。

故に、この世界の強さに於《お》いて恵体というのはそこまで影響を及ぼさない。無論、皆無ではないし、魔力量が少なく、且つ扱いに慣れていなければ単純なフィジカル差というのは覆し難いものになる。

では、話を戻して三馬鹿が世界順位の上から三十番前後だとして、三馬鹿同士でやり合ったらどうなるか。

圧倒的な魔力量を持つジオグリフ。

魔力を用いた身体能力の超強化と聖武典《リグ・ヴェーダ》による変幻自在の武器を振るうレイター。

召喚と契約によって七十二の影の獣を従えるマリアーネ。

互いの手の内と戦闘様式を開陳した三馬鹿が出した結論は、三竦《さんすく》みの相性論であった。

ジオグリフの収納魔術から取り出される圧倒的な弾幕による面制圧をレイターは切り抜けられないが、マリアーネの七十二の獣程度なら掻《か》い潜《くぐ》る。

レイターの超強化による一点突破は回避できないが、ジオグリフの面制圧を影の獣達はマリアーネから魔力を供給されなくても独自にそれぞれ保持しているので強引に突破できる。

ジオグリフは魔術による超火力。

レイターは身体強化による突破力。

マリアーネは影の獣達という手数と個体毎《ごと》に持っているタフネス。

ジオグリフはレイターに強く、レイターはマリアーネに強く、マリアーネはジオグリフに強い。

三馬鹿の力関係は基本的にこのような三竦みで成り立っているのだが――――たった一つだけ、例外がある。

それは差し向かいで、そして近距離で戦闘開始した場合だ。レイターが即座に密着してきて距離を取れないためにジオグリフもマリアーネも、開始直後から防戦一方のまま押し込まれてしまうのだ。

それこそがジオグリフの「向かい合ってのよーいどんなら、僕達よりよっぽど強いから」という台詞《せりふ》の真意だ。

故に。

「――――つらぁっ‼」

「コケェ――――‼」

神鳥とまで謳《うた》われるグリムエッダに対し、レイターはステゴロで互角の戦いを繰り広げていた。

●

「おや?」

「あら可愛《かわい》い」

最早観戦気分でシリアスブレイカーズ一行が昼食を取りつつその戦いを眺めていると、何羽かの黄色いひよこ達が近寄ってきていた。少し離れた所で雌鶏《めんどり》の群れがわたわたしながら早くこっちに逃げてきなさいとばかりに翼をバタバタさせている。

どうやら好奇心旺盛《おうせい》なひよこ達がシリアスブレイカーズの昼食に釣られて、親の目を盗んでやってきたようだ。

「ふぅむ……食べるかい？」

つぶらな瞳《ひとみ》でキラキラとサンドイッチやお握りを見つめているものだから、ジオグリフが「野鳥に餌付けは炎上案件なんだけどなぁ。まぁ異世界だからいっか」とついついちぎって分け与えてみると、育ち盛りということもあってガツガツひよこ達は食べ始めた。

「ほら、親御さんもどうぞお食べなさいな」

がっくりとくずおれる雌鶏達もマリアーネが呼んでみると「すいませんすいませんうちの子が」と言わんばかりに首を振りながらやってきて、遠慮がちに食べ始めた。中にはひよこが食べやすいように更に小さくしている個体や、食べないでひよこに分け与えている個体もいる。

『神鳥の一族と意思疎通している……!?』

本人達は単に野生動物に餌付けしている感覚なのだが、ラティア達にとっては精霊獣が率いる群れと意思疎通しているように見えたらしい。

「こうして見ると鶏というか、ひよこは可愛いもんだねぇ……。よしよし、いっぱい食べて大きくなるんだよ」

「ほら、貴方達の長《おさ》が頑張ってますわよ。がんばえーって応援しないと」

ひよこを指先で撫でつつそんな事を宣《のたま》う馬鹿二人に、リリティアが遠慮がちに疑義を呈す。

「あの、お姉様？　一応、パーティメンバーの方を応援するべきでは？」

「そ、そうです！　レイター様は今、必死に戦っておられるのですよ⁉」

「そう見える？　アレ」

カズハもクレームを入れるが、ジオグリフが顎《あご》で示す先には高速でぶつかる影二つ。時折距離を離してにらみ合っているのだが――――。

「どっちかって言うと楽しそうね」

一人と一羽の口元が緩んでいるのを、ラティアは見た。

「近接戦闘で同格がいなかったからね。魔力有りだと既に『迅雷《金等級》』を超えてるって話だし、レイターが全力を出せる相手って実は今までいなかったんだよ」

「え？　同格って、ジオグリフ様とマリアーネ様は…………？」

『アレを相手に近接戦闘はマジ勘弁』

カズハの言葉に馬鹿二人は瞳のハイライトを消して拒絶した。

前述したが、距離を取ってからなら有利不利はあるが勝ち目はある。相性不利のマリアーネですら比較的勝率は高い。遠距離からならばほぼ一方的に殴れるので余裕で勝つことも可能なのだ。だが、密着した状態では駄目だ。こちらが手を展開する前に勝負を決めに来るのだから。

故に、マホラでもそうだったが朝練の時ですら近接戦闘はジオグリフとマリアーネでやっているのだ。

「万を超える軍勢とか、スタミナをすり潰《つぶ》す戦い方でなきゃレイターを倒せないよ」

「単に数だけに頼ってもあの男なら『一対一を一万回やりゃ勝てるな！　地の利を活《い》かすぜ！』とかゲラゲラ笑って言い出しそうですわ」

あぁ言いそう、とカズハですら思ってしまった。

「だからまぁ、少なくとも無様な結果にはならないよ。多分ね」

腹いっぱいになったひよこ達をメンバーの頭やら肩やらに乗せながら、ジオグリフはそう言った。

●

「────しっ…………！」

「ケッ…………！」

幾度目かの交錯の中、レイターはこう考えていた。

(何て手触りしてやがる！　あの羽毛もっとモフりてぇ────って違《ちげ》ぇわ！　くっそ新手の精神攻撃かっ⁉)

単なる性癖である。

(しっかしこの図体《ずうたい》でなんつー回避能力だ。モフモフがセンサー代わりになってやがんのか？　グレイズで何のポイント稼いでやがんだっての！)

迫る蹴《け》りを寸前で回避し、カウンターで胴体に向けて拳《こぶし》を突きこむが羽毛に阻まれる。触れることは触れるのだ。だが毛に触れた途端、凄《すさ》まじい速度で回避される。羽毛から実体まで何センチあるかは分からないが、拳が届く前に回避行動を取られ、更にはそれが間に合ってしまう。

流れ的にド突き合いになるだろうと予想していたが、こうも鳥という特性を前面に出してくるとは思わなかった。

（飛べる鳥ってぇのは基本的に中身がスカスカだ。衝撃なんかにゃ案外弱いってのが定番だが………………！）

ならば弱点もそれに準じているはずだ、というのがレイターの見解だ。そしてそれは概《おおむ》ね正しいが――――。

「コォ――――ケエ…………！」

グリムエッダの正面からの突撃。振り上げた右脚を踵《かかと》落としの要領で振り下ろす。しかし、レイターが身を反らして回避すると見るや、蹴りの軌道が変わる。胴体付近で縦の蹴りが横の薙《な》ぎ払《はら》いに変化し、半身になったレイターの足を捉《とら》える。威力こそ急に軌道を変えた為《ため》に無かったが、代わりに足払いに成功した。

そのまま接地、入れ替わるようにして飛び出た左脚の振り上げがレイターを直撃。辛うじて防御するが、衝撃を殺すためにレイターは後ろへ自ら跳ばねばならなかった。

僅《わず》かな滞空。その無防備な彼を、竜盤類の脚は見逃さない。残像さえ見える勢いでレイターの背後に回り込むと。

「ケケケケケケケ‼」

乱打を叩《たた》き込《こ》む。

（出が早《はえ》ぇ上に変化球まである始動技に、このコンボ火力………！　紙装甲スピードコンボ火力特化とか厨二臭《テクニカル》ぇキャラ性能しやがって‼）

迫る蹴りを全てパリィしつつ、レイターが口調とは裏腹に笑っていた。格ゲーマーとしては面白いキャラ性能を見ると、対策を構築するのにワクワクせざるを得ないのだろう。

（この人間のオス………一対一に慣れすぎている！）

その一方で、押しているはずのグリムエッダは内心舌を巻いていた。

グリムエッダの蹴りは、魔力によって始動時と着弾時に強化される。始動時は速度を、着弾時には威力を増せるようにしているのだ。故にこそ、その速度は神速、その威力は軽く岩をも砕くのだが――――肉体を使った物理攻撃である以上、どうしても魔法のような面制圧は出来ない。一撃一撃を自ら狙って誘導し、直撃させねばならないのだ。

であるが故に見切れるのならば躱せるし、迎撃して撃ち落とすことも可能だ。だがそれには最低でも魔力によって強化された動体視力が必要であるし、見切ったものに追随できる体も必要だ。

レイターは、それを全て備えた上で反撃にさえ転じている。

平手で蹴りを強く弾《パリィ》くと、レイターはグリムエッダの懐へと潜り込む。この瞬間の踏み込み速度は、グリムエッダに肉薄するほどである。

大地を貫くような震脚。その衝撃で小石や埃《ほこり》が舞い上がり、放射線状にヒビが入る。両足、腰、肩、腕、そして右拳に捻《ひね》り上げられた力と魔力が渦を巻いてグリムエッダへ迫る。

レイターのカウンターはグリムエッダを確かに捉えた。

(この一撃一撃のなんと恐ろしいことか………!)

だが、グリムエッダは身を捩《よじ》り、僅か皮一枚分で回避。羽毛にずぼりと拳が埋まっただけで済んだ。

(守れば負ける………!　攻めろ‼)

事ここに至ってグリムエッダは覚悟を決める。

元より種族的に頑健さは持ち合わせていない。スピードで撹乱《かくらん》し、手数で圧倒し、無傷でなければ負けるピーキー仕様なのだ。残機一のシューティングゲームをしているような戦い方で生き抜いてきたグリムエッダには、最初から守勢は似合わない。

だからこそ一歩強く踏み込み――――。

「コケ………⁉」

「ちっ!　読みやがった………!」

ぞわり、と長年培ってきた勝負勘からの警告で距離を取った。

「コォ………」

何をする気だった、と警戒するグリムエッダにレイターは不敵に笑う。

「このままやり合うのもいいが、埒《らち》が明かねぇってのもあるな。さて、どうしたもんか………」

グリムエッダはしばし黙考し、そして口を開いた。

『ならば、次の一撃で決めようぞ。人間のオスよ』

唐突に聞こえたグリムエッダと思われるバリトンボイスに、一瞬の間を置いて。

『キャァァァシャベッタァァァァ――――⁉』

三馬鹿はネタに走った。

「いや、違う、これは意思を魔力に乗せて飛ばしてきたんだ！」

「こいつ直接脳内に……！　ってやつですの⁉」

「神鳥だものね。何百年も生きていると言うし、共通言語ぐらいは体得しててもおかしくないわ。エルフだって他の言語学ぶし」

「クレハ様と同じ位階ですもの。それぐらい当然ですね」

「聖書にもグリムエッダは人の言葉を繰って意思疎通をしたという記述はあったぞ」

大興奮する前世組に、異世界組は至極普通の反応だった。温度差が酷《ひど》い。

「へっ………喋《しゃべ》るとは思わなかったからちょっと戸惑ったが、いいぜ。もう手は決めたんだ。次で畳んでやる」

『ならば我が奥義にてお相手仕《つかまつ》る…………！』

言うやいなや、グリムエッダはその両翼を広げると天高く舞い上がる。

「あ、あれは！」

「ま、まさかですの！」

太陽を背に飛び上がったグリムエッダを目で追いながら、馬鹿二人が戦慄《せんりつ》する。

「知っているんですか⁉　ジオグリフ様！　マリアーネ様！」

何やら大技を繰り出そうとしているのは理解したカズハが心配そうにおろおろと尋ねると、馬鹿二人は頷《うなず》く。

「それは時に改造人間が、時にザ◯神様が使う、主人公の技！」

「それはヒーローに許された必殺技！　ですわ！」

太陽を背に、重力を味方につけて、今――――必殺の。

『流星脚……………！』

流星が如く、グリムエッダはレイターに向けて加速した。

●

「ふぅ…………」

上空からのメテオドライブ《イナズマキック》という直蹴りを前に、レイターは避けるのではなく迎撃の構えを取った。右手を下に、左手を上に。瞳を閉じて、意識を集中する。あの速度を前に、目で見て反応するのでは遅い。グリムエッダが羽毛をセンサー代わりにして危機回避していたように、レイターも魔力を周囲に広げてセンサーにする。

求められるのは、一フレームのズレすら許されぬタイミングゲーだ。

まだ、まだ、まだ、とタイミングを計って――――魔力センサーに感あり。

「――――!」

かっと瞼《まぶた》を開き、既に眼前へ迫っていたグリムエッダの爪を両手で掴んだ。しかし受け止めはしない。これは防御ではなく攻撃だ。レイターは格ゲーを嗜《たしな》んでいるから知っている。スピードで勝る相手に有用なのは、じっくり動きを見極めジャスガからのカウンターか掴《つか》みを通すこと。

再び羽毛グレイズをされる可能性を考慮したレイターが選んだのは、無論後者だ。

「――――ちぇぇいっ‼」

『コケェッ…………⁉』

そしてそのまま背負い投げの要領で後方へとぶん投げて、グリムエッダを大地に叩きつけた。

グリムエッダを地面に叩きつけた事によって発生した土煙の中、レイターは残心を取りつつ相手の気絶を確認した。

「――――ふぃー…………」

決着としては上々であるが、流石《さすが》に神鳥と呼ばれるだけはある実力であった。比較的得意な分野が被《かぶ》っていたからこそ、重ねた経験でそれを上回ることが出来たが、これで魔術士のように遠距離攻撃を主としていたら対抗する手段が乏しい自分ではかなり怪しかったとレイターは分析する。

(かと言ってなぁ…………。俺、魔法の類、使えねぇみたいだし)

最近、ちょこちょこと三馬鹿同士で技術交流をしてはいるのだが、どうも『魔法』という分野には適性が必要らしい。それも先天的なもので、ジオグリフなどは技術で無理矢理魔術以外の術式も使えるようだが、基本的には適性は一人一つ。稀《まれ》な人間で複数を持っているようで、例えばマリアーネは召喚術と魔術に適性があった。故に幾つかの指導をジオグリフから受けて最近では収納魔術を習得したのだ。

翻ってレイター――――いや、戦士職の大抵は、そうした適性を持たない。これは魔法ギルドでも検査して調べたので確定だ。広義の意味では魔力による身体能力の強化も第十魔術式に該当するので、ある意味魔術を使っているとも言えるのだが、狭義の意味での術士というのは属性関係を扱える第八術式からだ。

魔法というものに特段憧《あこが》れはないが、使えないとなると何となく損をした気分になる。まぁ、使えないものを欲しがっても無い物ねだりかと彼が観念した時であった。

ぞわり、と首筋から警戒信号が脊髄《せきずい》を駆け抜ける。

「――――っ⁉　避《よ》けろっ‼」

その警告に反応できたのは、レイターに声を掛けに行こうと動いていたジオグリフとマリアーネだけであった。声に反応したか、あるいは自分で気づいたかは分からないが、三馬鹿だけがその異常の走りに気づいた。

三馬鹿が即座に体を横に飛ばし、一拍置いて、直後まで彼等がいた場所の足元から影の手が伸びてきて空振る。三馬鹿は避けた。だが。

『きゃぁぁぁあっ⁉』

ラティア、カズハ、リリティアはそれが間に合わなかった。地面から伸びてきた闇色の腕に神鳥の一族諸共《もろとも》に搦《から》め捕られ、座ったまま拘束されてしまう。

「おや？　仕留め損ねたわ」

「何をやっているアノーラ！　――――行け！　ハリアル‼」

「オォおォおおぉぉオオおぉっ‼」

全員が襲撃を認知した直後、カラカラとした笑いとそれを叱咤《しった》する声が響き、大音声の戦叫と共に朱《あか》い影が森から飛び出してきた。朱い影は砂煙を巻き上げて一行の前に姿を現し、ぐるりと一瞥《いちべつ》。そして戦力分析でもしたのか、手にした大戦斧《だいせんぶ》を構えるとレイターへと向かって突撃した。

「ちょっ⁉　なんだコイツ‼」

「ガぁあぁァァァあ‼」

レイターは反射的に聖武典《リグ・ヴエーダ》を盾に変化させて迫る一撃を防御するが、闘争本能剥《む》き出《だ》しのハリアルがそれで止まるはずもなく、大戦斧を縦横無尽に振り回し連撃とともに彼を押し込んでいく。

「ほほぅ、あやつと渡り合うか。流石に神鳥に勝った戦士よの」

「全く、バーサーカーめ。ああなってしまうと趨勢《すうせい》が決まるまではこちらの制御を受け付けんぞ」

それを眺めるようにして現れたのは大鎌を手にした少女と、少々不健康な肌の色をした長身の男――――アノーラとベオステラルだ。レイターとグリムエッダの決着直後――――おそらく、最も気を抜いているであろう瞬間を狙いすまして襲撃を仕掛けたのだ。

確かに、三人娘と神鳥の一族は捕縛できたのだからその狙いは正しかったと言える。

「まぁ、よかろ。妾《わらわ》は完全に魔導士だし、お主もどちらかと言えば魔導士寄りじゃろ？　やりあえなくはないが、脳筋を相手にするのは面倒じゃ。その手の相手はハリアルに任せておけば良い。仮に負けてもアレを相手にしていれば疲弊しているじゃろうしな。それに――――」

ベオステラルの言葉にアノーラはカラカラと笑って――――。

「そこの二人も厄介のようだしの」

襲撃を回避したジオグリフとマリアーネを愉快そうに見つめた。

●

一方で、闇色の腕に拘束された三人娘はそれぞれに藻掻《もが》いていたのだが。

「ま、魔力が…………！」

「結界術が使えないなんて…………！」

「ぐぬぬぬぬ……こ、こんな拘束ぐらい…………！　ふんぬ！　ふんぬぅっ…………！」

どういう訳か魔力の出力が上がらず、自分の得意とする分野を封じられて身動きが取れないでいた。リリティアですら生身では普通の少女だ。如何《いか》に影の腕を引きちぎろうとした所で華奢《きゃしゃ》な腕では振りほどけない。

「無駄じゃ無駄じゃ。それは拘束と同時に魔力を吸う。戦士とて身体能力を強化するための魔力を吸われれば、ただの人に過ぎんのだ。そしてただの人ではその拘束を振り切れん。まぁ、安心せい。

すぐには殺さぬ故な」

その様子を愉しそうに眺めながらアノーラが解説し、ジオグリフは成程、と頷く。あの闇色の腕は術式こそ違うが、以前ジオグリフがリリティア相手に使った重複変異式縛鎖魔術《スタックバインド》と同じ効力を持っているらしい。ならばおそらく、外部から干渉するなり直接破壊するなり解放する手はあると結論づけてジオグリフは敢《あ》えて手を出さなかった。

理由は幾つかあるが、相手の真意が見えないのと拘束されているだけで死ぬわけではないからだ。現状、おそらく敵対勢力ではあるものの、望んでそうなったのかそうせざるを得なくなったのかで対応が変わる。後者ならば戦うまでもなく話し合いで決着がつく可能性はあり、仮に前者ならば『動けない三人娘』という相手の現状認識が布石になる。

まぁどうにもそんな生易しい相手には見えないけど、と思いつつもジオグリフは一応尋ねることにした。

「――――ふーむ。この状況で問答無用の拘束と攻撃、ということは非友好的なのは理解できているけれど。じゃぁ、用件を聞こうか」

「そっちの気を失っておる神鳥に用があってのぅ。お主達は邪魔者といったところじゃ」

チラリ、と視線を向けてみれば大の字になって気を失っているグリムエッダもまた闇色の腕に拘束されていた。どういった事情があるかは知らないが、漁夫の利を狙われたことぐらいは察せたジオグリフがではどう出るか、と考えているとマリアーネが唸《うな》った。

「うーん………」

「どうしたの？　マリー」

「何と言うか、違和感がありますの」

考えを纏《まと》める時間稼ぎに丁度いい、と思って尋ねてみるとマリアーネは腕を組んで怪訝《けげん》そうな視線をアノーラへと向けて。

「そちらの娘、見た目はバチクソ好みの可憐《かれん》な少女ですけれど――――隠しきれない加齢臭が……………！」

百合豚《ゆり》の嗅覚《きゆうかく》で無意識に正鵠《せいこく》を射たマリアーネに周囲が一瞬沈黙した後。

「ぶわはっはっはっはっは！　初対面の小娘に言われているぞババア‼」

さて、口元を引きつらせるアノーラを指さしてゲラゲラ笑うベオステラルを見た百合豚の感想は。

「こっちも小物臭が酷いですわね」

「何だと小娘‼」

そのやり取りを全方位に煽《あお》り性能高いなぁコイツ、と呆《あき》れるやら感心するやらしていたジオグリフは改めてアノーラを見た。湧いて出た疑問と質問の整理は終わった。おそらくこれだ、と思う推理もだ。故に、後は答え合わせだけ。

「さて、神鳥に用があると言ったね。――――何故、ここに神鳥がいることを知っているのさ？」

「答える必要はあるかの？」

「少し前に、この辺りで地竜が生息域ではない場所に出現したんだけど、知ってる？」

「答える必要があるかえ？」

「そうかい」

答える気がないのが答えだ。地竜騒動では少なくない死人も出ている。あの騒動に見え隠れした悪意が目の前にいるのなら、次の質問の答えはきっと。

「では最後の質問。――――貴様らは、敵でいいのだな？」

「――――花葬連華《カロリック・レイス》」

予想通り、答えは魔法で返ってきた。

第十三章　ドキッ！　影の獣だらけの大運動会！

アノーラの突き出した大鎌から花弁が開くようにして魔力弾が解き放たれる。骸骨《がいこつ》を模した弾頭が誘導弾よろしくシリアスブレイカーズ一行へと突き進むが、着弾する前にジオグリフが一歩前へ。

「解凍《デコード》」

展開したのは、第九魔術式の『魔力障壁《プロテクシヨン》』。不可視の壁に迫った死霊の誘導弾は、そこに着弾すると同時に爆《は》ぜて後続の誘導弾も巻き込んで爆散した。

結界術のように持続性のあるものではなく、反応装甲よろしく一定以上の魔力衝撃に対し逆位相の魔力をぶつけることで相殺防御するというものだ。一度の使い切りの為《ため》、都度展開が必要だが、出が早く広めの範囲を持ち、相殺時に逆位相魔力が多少残留するので連続で魔法を放たれても誘爆するが如《ごと》く防いでくれる。

「――――マリー。この女と皆の防御は僕が受け持つ。男の方を頼んだ」

「良くってよ」

「ベオステラル。あの小僧は妾でなければ厳しかろう。お主はあの小娘でも相手しとれ。――――まだ殺すなよ？」

「ふん」

爆発の影響で巻き上がった土埃《つちぼこり》が晴れ、再び互いを視認。取《と》り敢《あ》えず自分が一番楽なルートを選んだジオグリフの指示に従ってマリアーネが一行から距離を取る。一方のベオステラルもアノーラの指示に不承不承頷《うなず》いて、マリアーネと対峙《たいじ》した。

「全く、オレ様の相手は女か。――――取るに足らんな」

「あら、女だからといって甘く見るのは時代遅れだと思いませんの？」

「はっ。ただの女など、オレ様のような吸血鬼にとっては単なる血袋に過ぎん。殺した後でその辺の劣等種にくれてやるわ」

そう言って歯を剥き出しにして笑うベオステラルの犬歯は、確かに吸血鬼のように極めて発達していた。

「あらやだ立派な犬歯。でも吸血鬼ですの？　こんな真っ昼間なのに？」

「無知な女は知らんか。無駄に弱点の多い吸血鬼などオレ様からしてみれば吸血鬼ではないわ。あんな劣等種と一緒にしてくれるな」

そう言ってベオステラルは、ばさぁっと黒の外套《がいとう》を広げて見得を切る。

「――――我が名はベオステラル・ゲアハルト。恐れ多くも真祖なる吸血鬼ぞ。頭が高いわ小娘が!!」

名乗りが決まった、とばかりに満足気な表情を浮かべる彼に対し、馬鹿が一言。

「――――『恐れ多くも』の使い方、間違ってません？」

鬼のツッコミであった。しかも自慢気に名乗った直後に指摘されるという一番恥ずかしいやつであった。

「大体、厨二《ちゅうに》病枠はジオで一杯ですわよ。——キャラ被《かぶ》り禁止！」

「やかましいわ小娘が！　真祖たるオレ様をコケにしよってからに‼」

羞恥《しゅうち》にぷるぷると身を震わせるベオステラルが地団駄を踏みながら抗議するが、マリアーネはまともに取り合うつもりもなかった。

「——サレオス」

「ぬわぁっ⁉」

いつものように影の獣に指示を下すと、ベオステラルの足下から大きな鰐《わに》が顎《あご》を広げて飛び出し、ばくん、と彼を飲み込んだ。マリアーネからしてみれば吸血鬼って魔物と変わりありませんよね、という所感なので割と容赦がない。

なので彼女としてみてもこれで終わりだと思っていたのだが、顎を閉じたサレオスがしばし口をモゴモゴした後、困ったような目をして——ぺっと痰《たん》でも吐き出すかのように地面に向けて口の中のモノを吐き出した。

「げべっ⁉」

「………あら？」

地面に叩《たた》きつけられたベオステラルだったモノはちょっとお茶の間に放映できないほどのグロ画像の様相を呈していたが、しゅーしゅーと煙を上げて再生していく。

その光景をモザイク必須《ひっす》ですわね、と遠い目をして見ていたマリアーネにサレオスがのそのそと近寄って、意思疎通を図る。どうにも身振り手振りで「あるじ、あんなのたべさせるなんてひどい」とか「ぎゃくたい、はんたい」とか「まずい」とか「なにあれ？」とか散々な評価と抗議をしており、要約すると。

「おいしくなかったと？」

マリアーネの尋ねにうんうん、とサレオスは頷いた。

「ひょっとしてこの男、文字通り煮ても焼いても食えないヤツなのでは……？」

えー、と彼女は信じられないものを見たという視線を完全再生しつつあるベオステラルへと向けた。

何しろこのサレオス。マリアーネが従える影の獣の中では最も悪食――というか、大体喉《のど》で潰《つぶ》して胃に流し込む丸呑《まるの》みタイプなので、あまり味とかに頓着《とんちゃく》しないのだ。地竜騒動の時でもそうだったが、あんなデカブツでも、何だったら無機物でも平気で丸呑みするのにどうもベオステラルは嫌らしい。

どうにも腹に据えかねたらしく、「かげのけものをだいひょうしてこうぎします」とか「すとらいきです」とか「たまにはおいしいものを！」とか春闘でももっと穏やかであろう横断幕を掲げ始めるサレオスに陳謝し、宥《なだ》めすかして送還したマリアーネは小さく吐息を漏らして収納魔術から髪留めを取り出した。

「仕方ないですわねー。――たまには、私も運動しましょうか」

銀の長髪を髪留めで結ってポニテにし、彼女は袖《そで》を捲《まく》った。

「ぬがっ⁉　オ、オレ様、生きてる⁉」

一方、大地にへばりついて、しゅーしゅーと煙を上げながら自己修復していたベオステラルはジャーキング現象のようにガクン、と身を震わせて周囲を警戒しながら自身の安否を確認して立ち上がった。そして髪を束ねたマリアーネに向かって。

「ふ、ふはは！　少し、ほんの少しだけ驚いたが、その程度の攻撃、オレ様には効かん！　ほれこの通り、元通りだ！」

足をガクガクと生まれたての子鹿のように震わせて、虚勢だけは張っていた。

「そのようですわね。うちの子もマズイと言ってますし、処分は面倒なので諦《あきら》めましたわ」

「ほてんをようきゅうします」とか「ちりゅうのおにくがいいです」とか恨み言を重ねていたサレオスを思い出し、マリアーネは吐息した。サレオスでアレなら、他の子達も嫌がるだろうな、と。

彼女の中で最も手っ取り早い手だったのだ。実際、奇襲は決まったし相手が並であればこれで勝負は決まっていた。

元々、マリアーネは戦闘がそんなに好きではない。

レイターは格ゲー好きということもあって若干戦闘マニアな部分もあるし、ジオグリフは研究者気質な所もあって戦闘を魔術の実験場ぐらいに捉《とら》えているので、馬鹿二人は何のかんの言いつつ戦う場所と理由があれば否は無いだろう。

だが、マリアーネは自衛こそするが、そこに楽しさを見いだせない。ギャンブラーなので勝敗を付けるのは好きであるし、戦闘系変身ヒロインが見栄え良く暴れるのは大好物であるが、どうにも

自分主体でやるよりは観客寄りでいたいのだ。

だから三馬鹿の中で最も戦闘力が低く、戦いに関して積極性は薄い。

しかし、である。

「小娘！　貴様の攻撃はオレ様には効かんのだ！　諦めて嬲《なぶ》られるが良い――――がぼぉっ⁉」

警戒もせずにベラベラ喋《しゃべ》るベオステラルにつかつかと歩み寄ると、マリアーネはその頭部に美脚を惜しげもなく晒《さら》して回し蹴《げ》りを叩き込んだ。

「可哀想《かわいそう》に。頭の中までは再生できませんのね………………。油断が原因で奇襲されたのに、二回も奇襲されるとは」

彼女はとんとん、と軽く何度か跳んで体の調子を確かめながら言う。調子は悪くない。着ている服装がワンピースなので、まぁ下着は見えてしまうが羞恥心が薄いのであまり気にならない。

そう、戦いは特に好きではないが、別にやれないとは言っていないのである。

そもそもこの世界の仕様が中世――――いや、もっと言うのならば世界の本質というのが弱肉強食で成り立っている以上、どうした所で争いは発生するし、心安く生きたいのならば、その時代や社会に適した力というのは身につけておく必要はあるのだ。

マリアーネもまた、見た目通りの少女ではないし前世で世間に揉《も》まれて擦り切れて捻《ひね》くれた部分がある。それは今生では慚愧《ざんき》となって、だからこそ朝練と称して馬鹿二人の戦闘訓練に付き合っているのである。

とは言え、だ。

元から真面目にやるのは性に合わない。楽しくないものをやるのもだ。だが、気が進まないものを楽しくやるコツ、というのを前世の経験からマリアーネは心得ていた。

それは――――。

「サッカーしようぜ！　お前ボールな！　ですわー‼」

「ぶふぉぁっ⁉」

――――ネタを交えることだ。

顔面から地面に倒れ伏していたベオステラルに追撃の蹴りを叩き込むと、彼はゴロゴロと転がりながらその勢いを利用して体勢を立て直し、魔力を両手に練って大地へと叩きつける。

「――――お、おのれぇ！　いでよ！　我が眷属《けんぞく》よ‼」

吸血鬼の特性なのか起動式すらなく彼の足下に魔法陣が広がり、そこから武装したスケルトン軍団が出現した。カタカタと骨を鳴らして進軍を開始するスケルトン軍団を相手に、マリアーネも右手を掲げ。

「百鬼夜行！」

詠唱を短縮、起動式だけで七十二の影の獣を呼び出した。だが――――。

「――――あら？　ちょっと？　貴方達《あなた》？」

影の獣達はベオステラルの姿を認めるとスン、と虚無顔をしてそれぞれにだらけ始めた。おそらく元凶であろうサレオスに視線を送れば、ぷいっとそっぽを向かれた。間違いなく先程の一件を他の獣達と情報共有したのだろう。

あ、これ部下に見放される直前のやつですわ、と前世の経験から察したマリアーネは桃色の脳細胞をフル回転。呼びかけに応じたということは、まだ完全に見捨てられた訳では無い。どちらかと言えば抗議のようなものだろう。ならば、この段階でちゃんとした褒美かそれに通じるものを提供できれば機嫌を直してくれると判断する。

では、彼等《ら》の望むものとは何か。それには召喚術の基本を詳《つまび》らかにする必要がある。

そも、召喚術とは魔法分野の中でも特殊な位置に存在する。魔術然《しか》り、精霊術然り、回復術然り、これらは全て難易度と効力による段階分けがされており、それこそが一から十に振り分けられた術式といった序列に当たる。

だが召喚術にはそれがない。

縁となる物品を触媒に魔力を餌にして一度呼び出し、契約するだけだ。使役ではあるものの、あくまで契約による縛りになるので契約者の魔力が供給されなければ召喚はなされないし、契約するまでは自由意志であるので気に入られなければそこまで漕《こ》ぎ着《つ》けない。更に、基本的に召喚する者に対して魔力量が対等かそれ以上でなければ召喚物の怒りを買い、場合によっては殺されることもあるという。この気に入られる、という部分がかなりファジーであり、召喚物が求めるものに召喚者が対応していれば格下相手でも契約を結ぶことがあるという。

実は、マリアーネの場合はこの類だ。帝都で古書店巡りしていた際に見つけた古文書を触媒に、自身の魔力量を遥《はる》かに超えるとある『黄金の蜘蛛《くも》』を呼び出してしまった。最初は驚いたし、余りの絶対強者振りに第二の人生がここで終わりかと嘆いたが、拙い意思疎通でも『黄金の蜘蛛』の望むモノを読み取ることが出来た。出来てしまった。

――――つまらない、という飽きの感情を満たす楽しみが欲しい。

それを読み取った彼女は、最初の『黄金の蜘蛛』にこう告げた。

『そうやって静観して腐っているぐらいなら、私に従いなさい。つまらない世を面白くしたいのならばそうなるように動くべきですし、それが出来ないのならば出来る他人に付き従うがいいですわ。貴方が何を望んでいるかは知りませんが、私はゲラゲラ笑って生きたいので、たとえつまらない世でも面白おかしく享楽的に生きますわよ。――――これまでも、そしてこれからも、ね』

その時、『黄金の蜘蛛』が何を思ったかはマリアーネは知らない。だが、本来格上であるはずの『黄金の蜘蛛』が頭《こうべ》を垂れて契約が成った。以降はドミノ式に古文書に記されていた影の獣達と次々契約が成され、最終的にそれは七十二体に上った。以降、始まりの零番目、あるいは終わりの七十三番目である『黄金の蜘蛛』はマリアーネの召喚に応じたことはない。だが、『黄金の蜘蛛』と影の獣達は同じ飽きの感情を得ているらしいのは察せた。

だから彼女は影の獣達を振り回すのだ。今回の件とてそれは一緒。ならば、だ。

「いっきますわよ――――!」

魔力で身体強化してマリアーネは無手のまま単身スケルトン軍団へと突撃。各々武器を手にして殺到してくるスケルトン軍団を前に、全力で跳躍。その頭を踏み台にして、骸骨《がいこつ》の河を最速で渡る。

そしてその先にベオステラルがいた。

「なぁっ⁉ 貴様！ 初手から王狙いとはいい度胸だ！ よ、よかろう！ このオレ様直々に

――――」

「悪いですわね。今からやるのは戦闘ではありません」

見得を切り始めるベオステラルを遮って、マリアーネは更に跳躍。彼を飛び越え、その背後へ着地。

そして。

「――――大運動会ですわ‼」

「ぎにゃぁあああぁぁぁぁっ‼」

背中を向けた状態での裏蹴りで彼を吹き飛ばした。情けない声を上げつつスケルトン軍団の頭上をぽーん、と飛び越えるベオステラルは放物線を描いて影の獣達の頭上へ。だが、影の獣達は不貞《ふて》腐《くさ》れている。こんなマズイもの食えるかと。

当然、マリアーネも理解している。だからこそ、こう叫んだ。

「貴方達――――！　トス！　トスですわよ！」

その召喚者の言葉に、影の獣達は顔を見合わせる。「えー？　どうする？」とか「うーん………たべなくていいっていうなら」とか「じゃぁ、アレ、エサじゃなくておもちゃ？」とかやり取りした後、何体かの影の獣が頷《うなず》いて飛び出し、鼻先で落下してきたベオステラルを再び宙へ打ち上げた。

「ちょま――――ごぼっ⁉」

「そぉ――――れっ！」

唐突にボールにされてしまったベオステラルは回復しつつ抗議しようとするが、それも虚《むな》しくマリアーネへと打ち返されてラリーが始まってしまった。

打ち返される度にスケルトン軍団があわあわと狼狽《ろうばい》し召喚者を助けるべく右へウロウロ左へウロウロとし始める。最初に参加したのは犬系の数体だけだったが、静観していた他の影の獣達もだんだんウズウズし始めて参加するようになり、気づけば全員が加わっていた。

そう、マリアーネは今回のこれを戦闘ではなくレクリエーションへ変えることによって影の獣達の機嫌を取ることにしたのだ。この子達が獣っぽい思考しててて助かりましたわー、とその様子を見て心中で胸を撫《な》で下《お》ろす。

一方、不幸にもボールにされたベオステラルはと言うと。

「き、貴様ら！　こんなことしてただで済むと――――ぎにゅっ⁉」

「こ、こら！　いい加減にせん――――ごはっ⁉」

「い、いくら真祖たるオレ様でも痛いものは痛いんだぞ――――のぼっ⁉」

「おいこら我が眷属！　ウロウロしていないでオレ様をたすけ――――ろぶっ⁉」

余裕なのか余裕じゃないのかよく分からない悲鳴を上げていた。因《ちな》みに、宙へ打ち上げられる度に回復しているので実質ノーダメージである。程よく壊れない玩具《おもちゃ》に影の獣達も大喜びであった。

影の獣達もマリアーネから知識を引っ張ってきたか段々とルールや技を作ってきて、最早《もはや》熱血スポ根バレーボールの様相を呈していた。尤《もっと》も、玩具にされているベオステラルからしてみれば、コートの中でも平気ではない。男の子だけど涙が出ちゃうぐらいには。

しばらくきゃっきゃと影の獣達がベオステラルで遊んで、宴も酣《たけなわ》となった頃にマリアーネが再び呼びかける。

「貴方達！　そろそろ終わりにしますわよ――――‼」

　影の獣達が「はーい！」と返事をしてベオステラルを大きくトス。落下先はサレオスだ。今度は顎《あご》を広げること無く身を捩《よじ》り、落下してきたベオステラルを尻尾《しっぽ》で弾《はじ》いてそのままニヤカンド山頂へと吹き飛ばした。

「覚えてろ女ぁ――――‼」

　涙目で飛ばされながらも捨て台詞《ぜりふ》だけはきっちり置いていくその姿勢にマリアーネは敬礼したが、しかしもう会うことはないでしょうと記憶から消すことにした。

「ふぅ。良い汗かきましたわね。さ、戻りましょうか」

　召喚主を追ってカタカタと走り去っていくスケルトン軍団を見送って、マリアーネは影の獣達を引き連れてその場を後にした。

第十四章　死閃《しせん》の先に見えたもの

一方、ハリアルの暴威に付き合わされているレイターはと言うと。

「があぁあぁぁあぁあぁあぁぁあぁぁあっ‼」

「ちょっ！　だから待てよ‼」

迫りくる大戦斧《だいせんぶ》を回避、あるいは長剣や盾に都度変化させた聖武典《リグ・ヴェーダ》でいなしていた。

奇襲ということもあって守勢に回っているが、それ以上に反撃の糸口が酷《ひど》くか細い。幾つか理由があるが、最たるものは単純にハリアルが手にした大戦斧が厄介だからだ。長物ということでリーチがある。槍《やり》と違って肉厚の刃《やいば》が付いているので斬断にも適しており、遠心力から繰り出される威力は森の木々を一息に断ち切るぐらいには高く、余りの威力にそれを目撃したレイターが頬をひくつかせた程である。

膂力《りょりょく》に任せて振り回しているだけならば、まだ楽であった。魔力によって強化された動体視力と反射神経、更にはそれに追随できる彼の身体能力があれば難なく避けることが出来る。実際、暴風が如《ごと》く乱れ飛ぶ刃閃の大半をレイターは体捌《たいさば》きだけで躱《かわ》している。

だが時々、力任せの攻撃の中に狙いすましたかのような一撃が交ざってくるのだ。おそらくはハリアルが戦士として培って体に染み付いたセンスの名残だろうが、これがレイターにとってはなんとも戦いのリズムを乱される要素であった。余りあるスペックを振り回しているだけの素人と戦っているような、それを演じている玄人と戦っているような、どうにも気持ち悪い感覚であった。

「ぐるぁぁあああぁぁぁっ‼」

「中途半端にバーサーカーとか面倒臭ぇなぁ、もう！」

どうにか聖武典《リグ・ヴエーダ》を様々な武器に変化させることで対応しているが、いなすだけでも手が痺《しび》れてくるのだから堪《たま》らない。その上、どうにか反撃の糸口を掴《つか》んで攻撃に転じても鎧《よろい》で防がれる。

そう、あの朱《あか》い全身鎧だ。強度もさることながら、どうも自動修復機能でも付いているのか僅《わず》かに付けた傷ですら立ち所に直っていくのだ。生半可な攻撃では通らず、通しても浅ければ生身に届かず、更には修復で無かったことにされる。

攻守ともに隙がない。

そしてそれ以上にレイターとして厄介な問題があった。

（…………このシルエット、竜人族じゃね？）

そう、性癖である。このケモナー、命のやり取りの最中でもそこが気になる辺り筋金入りである。

全身鎧で覆われているためにディティールこそ分からないが、尻尾と竜のような翼を持ったそのシルエットは、噂《うわさ》に聞く竜人族にそっくりであった。レイターは未《いま》だ出会ったことはなく、師匠であるガドから旅の話として聞いたことがある程度。いざ出会うことがあったら是非ゆっくりと親睦《しんぼく》を深めたいものだ、と思っていた所でコレである。

ハリアルの実力、そしてレイターの躊躇《ちゅうちょ》が戦況の膠着《こうちゃく》を示しているのだが、だからといってこのまま大人しく殺されるつもりもない。だがその前に確かめる必要がある、と判じたレイターは一手攻めることにした。

狙ったタイミングはハリアルの戦士の部分が出てきた時だ。

力の限り振り回していた大戦斧が一瞬止まって、冴《さ》えわたるような突きが来る。それを待っていたレイターは右肩から入れ込むようにしてハリアルの懐に踏み込んだ。僅か数ミリの誤差。いや、完全に当たっている。だが聖武典《リグ・ヴエーダ》をショルダーガードに変化させて流した。大戦斧と聖武典《リグ・ヴエーダ》が擦過し、滑るような金属音がこの一歩の危険度を知らせてくる。

余裕を持たずに僅かに当たりながら踏み込んだのは、手元を狂わせるためだ。両手で大戦斧を握り、突き込んだハリアルの両腕は左側へと流れる。射線が開いた。踏み込んだ右足を捻《ねじ》り上げ、全身を捩《ね》じ込むようにして掌底を下からハリアルの顎先に叩《たた》き込《こ》むと、鎧兜《よろいかぶと》が宙へ舞った。

そして出てきた尊顔は、全面龍鱗《りゆうりん》に覆われ、まるで蜥蜴《とかげ》に角が付いたかのような噂に伝え聞く竜人顔。

「ドラゴニュートだコレ――――!!」

初めて見る竜人族に一瞬で大興奮するレイターであるが、それが気付けになってしまったのか、ハリアルの龍眼がきゅっと窄《つぼ》まり、身を捻《ひね》って鎧に覆われた尻尾が薙《な》ぎ払《はら》うようにして飛んで来る。

「ぐはっ………!?」

そんな特大の隙を晒《さら》していた為《ため》に避ける余裕もなく、当然のように胴に直撃。しかし、尻尾に吹き飛ばされたケモナーがちょっと嬉《うれ》しげだった辺りが本当に度し難い。

尻尾の薙ぎ払いの直撃を受けたレイターは、しかし飛ばされている最中に木々に聖武典《リグ・ヴェーダ》を飛ばし、それをリングロープのように繋《つな》いで身を預け、衝撃を殺して停止。木々に叩きつけられることはなかったが、直撃を受けた脇腹が痛む。身体強化のお陰で折れてはいないようだが、衝撃だけは緩和しきれずに痛みとしてレイターに警告を伝えてくる。

「いちち………。あー、クソ、油断したわ」

視線を向ければ、この合間に兜を被《かぶ》り直したのか再び全身鎧となったハリアルがこちらを睨《にら》んで、大戦斧を手に機会を窺《うかが》っていた。

(しっかし、アレだな。こりゃ手加減している余裕も無いわ………)

状況的にじっくり話し合って、という流れでもない。戦士としての名残はあっても理性はなく、こちらを敵として定めてきている。そして何より、他の仲間の様子も気にかかる。

ふうー、とレイターは深く吐息した。

「────しゃぁねぇ。世の中弱肉強食だ。大自然相手に舐《な》めプできるほど、人間は強かねぇんだ」

手にした聖武典《リグ・ヴェーダ》がレイターの覚悟に呼応して形を変える。

この世界────否、この地方では一緒くたに長剣と扱われるだろうそれは、正確には刀であった。より精確を期して表現するのならば、同田貫《どうだぬき》と呼ばれる刀だ。前世での学生時代、彼が社会科見学で立ち寄った歴史博物館にて展示されていた同田貫を、彼は未だに覚えていたのだ。

もう遠い記憶だ。銘は分からない。作刀した刀匠の名も知らない。だが、ショーケース越しに見たあの質実剛健な鈍い輝きは、少年であった彼に鮮烈な憧憬《どうけい》を叩き込んだ。

生半可な斬撃ではハリアルの鎧を貫けない。だが、手にした同田貫ならば貫け――――否、殺せる。

戦闘の意思はどちらもある。そして譲らない。グリムエッダの時のように理性的であるならばともかく、理性を失っている相手に手抜きして勝てる道理もないとあらば、やるしかない。

だから彼は同田貫を握った手に、ぺっと自分の唾《つば》を飛ばす。

「――――死んだら、俺を恨め」

覚悟完了した彼の瞳《ひとみ》の色は、戦士のそれへと変わっていた。

●

同田貫に変化させた聖武典《リグ・ヴェーダ》を肩に担ぎ、レイターは呼吸を整えながらハリアルへ向かって歩く。

この時になって初めてハリアルは躊躇を見せた。自我が殆《ほとん》ど消された本能のみの状態で、故にこそ敵と見做《みな》した相手の異質な部分に戸惑ったのだ。

魔力、とこの世界で呼ばれている物質はあらゆる存在に内包されている。

それは当然、魔導士ではない戦士にもある。彼等《ら》は意識してはいないが、半ば本能的に魔力を使って身体能力を底上げしたり自己治癒力を高めたりしている。魔法学で言う第十術式に相当する機能が、無意識に備わっているのだ。故にこそ人体の限界を超える身体機能を発揮したり、限界を超えてもそのフィードバックで体にダメージが入らなかったりする。

だが意識のあるなしにかかわらず、そうした機能を発揮すれば当然、魔力の動きが垣間見《かいまみ》える。その揺らぎを読み取って相手の行動を先読みしたり、揺らぎを敢《あ》えて晒すことでフェイントを織り交ぜたりと魔法という派手さは無いが、戦士達も魔導士と変わらない見識を有しているのだ。

そうしたハリアルの微《かす》かに残った戦士の部分がレイターを前に警鐘を鳴らしていた。当然だ。普通の戦士ならば、まるで湯気のように立ち昇って揺らぐ魔力が、体の線に合わせて波一つ立てていないのだから。

ハリアルの故郷にて俗に言う、凪《なぎ》。魔力を完全制御し、使うのではなく同一化する。野放しにすれば外に放出されるそれを、全て内向きにしなければならず、故郷では仙人のような練達しか到れない極地。それを目の前の少年がやって見せているのだ。

レイターが立ち止まる。一刀一足の距離ではあるが、大戦斧のハリアルにとっては既に射程距離。だと言うのに、攻められずにいた。本能が剥《む》き出《だ》しだからこそ、先に動けば斬られると理解したからだ。

互いにじっと睨み合う。実測で言えば数秒。だが、本人達にとっては永劫《えいごう》にも近い沈黙を経て。

「――――疾《し》っ…………！」

先に動いたのはレイターであった。脚部に全魔力を集中、爆発にも似た瞬発力でハリアルの懐に入り込む。踏み込みが深い。当然だ。ハリアルは全身鎧。切っ先さえ届けば良い素肌相手ではない。得物が刀なのだから刃筋を立て、芯に当てなければ断ち切るどころか傷を付けることさえ不可能。

太刀筋は逆袈裟《けさ》。受け手に回ったハリアルは大戦斧を立てて迫る刃を柄で滑らせるようにしていなす。ハリアルの本能は攻守の逆転を望むが、体に染み付いた戦士としてのセンスが拒否した。その根拠が返す刀として迫る。

防がれて滑っていった刀が、波打ったかと思えば短剣へと変化したからだ。

聖武典《リグ・ヴェーダ》による形状変化である。振り切ったレイターの左手に短剣が握られ、それを踏み込みによる慣性を維持したまま突き込まれる。長物を扱っているハリアルにとっては不利な距離ではあるが、故にこそ戦士として対策を重ねた距離でもある。迫った短剣を、右足を浮かべ一本足になることで回避。更に尻尾で地面を叩いて勢いをつけると、重心を前へ。その勢いのままにレイターの土手っ腹に右の膝《ひざ》を叩き込んだ。

感触が硬い。視線を向ければ、レイターの左手には既に短剣は握られておらず、その腹にはまるでサラシのように鈍色《にびいろ》の金属が巻き付いていた。ハリアルの本能も警告する。この距離は危険だと。故に即座に手にした大戦斧の柄を地面に突き入れるように叩きつけ、その勢いと尻尾の筋力で後退。距離を開ける。

だが、レイターもそれに追随。踏み込みと同時に聖武典《リグ・ヴェーダ》が今度は巨大な大槌《おおつち》に変化。ハリアルは大戦斧の刃を寝かせ、再度いなす。一体どんな質量変化を起こしているのか、ずどん、と腹に響く轟音《ごうおん》とともに叩き込まれた大槌が大地に放射線状の亀裂を刻んだ。

彼我の距離は十分。相手も体勢を崩したのを見てハリアルが攻めに転じる。大戦斧を突き込み、胴を狙う。レイターは身を捩《よじ》り、手にした大槌を手放して後退した。この武器を手放すという行動に、おそらく冷静な戦士のままであったのならばハリアルも違和感を覚えて仕切り直したかもしれない。だが、朱の魔装器の影響で攻めに転じたその瞬間から一気に本能と感情が暴走して制御が不能になった。

大戦斧を力任せに振り回し、さながら暴風のような乱撃がレイターへと殺到する。千々に飛んでくる斬撃をレイターは瞬《まばた》きもせずに冷静に観察して一手一手最小限の動きで回避を繰り返す。彼の狙いはただ一点。それが来るまでひたすらに回避をする。

そして。

「ガぁあぁァァァあっ‼」

「────！」

遂《つい》にそれが来た。

大上段からの振り下ろし。戦士としての名残だろう。見事に正中線を狙っている。軌道が読めるその一手だけをレイターは待っていたのだ。速度は今の連撃で慣れた。コースも見えた。だからレイターは両腕を十字に交差させ、ハリアルの懐へと一足で飛び込んだ。

大戦斧の刃を回避し、柄と腕を滑らせるようにして踏み込み、ハリアルの小手を取る。そして斬撃の速度と小手の巻き込みの速度を重ね、更に踏み込んだ左足でハリアルの軸足を払って投げ飛ばした。矢筈《やはず》取りと呼ばれる無刀取りの一種。その変形である。本来は相手の刀を奪うものだが、大戦斧ごと投げることにした。

だが、ハリアルは空中で翼を巧みに使って姿勢制御すると、四肢で着地。再び距離を離しての仕切り直しかと思われたが────本気になった猟師は、獲物を前に遊びはしない。

「――――ガっ…………⁉」

その背後から衝撃を受けて、自身の血の味で襲撃を受けたと知覚した。体を見れば、左の脇腹をぶち抜かれている。

理性を失っているハリアルには分からぬことだが、先程大槌の状態で手放した聖武典《リグ・ヴエーダ》である。所有者の魔力に呼応して戻って来る特性を利用して、レイターは一度放棄した聖武典《リグ・ヴエーダ》を呼び戻したのだ。その形状を、今度は槍《やり》に変化させて。結果、背後から槍に強襲されたハリアルは知覚する間もなく脇腹を抉《えぐ》られたのである。

だが、朱の魔装器はハリアルに膝をつくことを許さない。ハリアルの魔力を吸い取って緊急治癒、更には鎧も修復されていく。しかし、その隙を見逃すレイターではない。

手元に戻った聖武典《リグ・ヴエーダ》を槍から再び同田貫へと変化させ、既に殺人領域へと踏み込んでいた。

「グッ…………！」

その下段からの一刀を、ハリアルはまともに受けた。腰から肩口までバッサリだ。いや、辛うじて一歩だけ後ろへと下がれたが、それでも即死と重傷の差でしか無い。レイターが斬り上げた刀を返して大上段から振り下ろす。

剣閃を再度回避――――崩れたこの体勢では不可能。

朱の魔装器の緊急治癒――――間に合わない。

朱の魔装器の鎧修復――――覚束《おぼつか》ない。

二撃目は、必中する。

「あ………」

確実な死を予見した時、ハリアルの思考がまるで霧が晴れたようにクリアになった。そして、竜人族の戦士である自分がデルガミリデ教団に囚《とら》われ、朱の魔装器の暴走によってどれだけの悲劇を作り出してきたのかを自覚し――――。

「あぁ………」

天空から迫りくる死閃に、どこか救いを見出した。

「しな………せ、て………」

「――――だぁっ、もうっ………！」

止《とど》めの一撃を振り下ろしている最中にそれを聞いてしまったレイターは、聖武典《リグ・ヴェーダ》の形状変化を利用し、手にした同田貫の刃を即座に全て潰《つぶ》してほとんど棍棒《こんぼう》のような状態でハリアルに叩きつけた。

どっ、と肩口を打ち据えられたハリアルはそのまま前のめりに倒れ、それを見てレイターは残心代わりに深いため息をつく。

「――――はぁー。甘いんかねとは思うが、なーんか事情ありそうだったしなぁ………」

どう考えても正気ではない相手ではあった。グリムエッダの時は相手が理性的であったために、何処《どこ》かアスリートのような気持ちで戦っていた彼であったが、ハリアルを相手には完全に殺すつもりで戦わざるを得なかった。それも狩りのように命の糧として得るのではなく、死なないために殺す戦いだ。

非情ではあるが、この世界――――いや、濃淡の違いこそあっても現代の地球ですら否定することが出来ない理《ことわり》である。

最後の詰めまでは、完全にこの世界に馴染《なじ》んだ倫理観であったが――――最後の最後、まるで哀願のようなハリアルの呟《つぶや》きに、日本人であった頃の倫理観が鎌首を擡《もた》げたのだ。

これぱっかは転生してもどうにも捨てきれねぇな、と苦笑しつつ、レイターは聖武典《リグ・ヴエーダ》をバングルに戻してハリアルを観察する。五体投地のように大地に伏したハリアルは――――正確には、その朱き鎧《よろい》は未だに蠢《うごめ》いて修復と使用者の回復を行っていた。失血までは無理だろうが、既に傷口は塞《ふさ》がりつつあった。この分ならば一命は取り留めるだろう。

だが問題は、その後だ。

「取り敢えず意識は奪ったが、どうすっか。起きてまたぞろ襲われても困るんだよなぁ………お?」

かと言って、一度止《や》めたのだからこのまま止めを刺す気にはなれない、とレイターが逡巡《しゅんじゅん》していると右腕の聖武典《リグ・ヴエーダ》が鼓動のように明滅して光を放つ。

「うーん、ひょっとしてお前のお仲間か？」

何だろう、と思って聖武典《リグ・ヴエーダ》を腕から外して左右に振ったり空に翳《かざ》してみたりしていると、どうもハリアルに反応していた。いや、より正確には朱い鎧の方へ。自動修復や使用者の回復という特性からして、ともすれば聖武典《リグ・ヴエーダ》と同じ遺失装具《アーティファクト》ではないかと思ったレイターが朱い鎧に押し付けてみると。

「あ、壊れた」

パキン、とまるで金属の急熱冷却のような甲高い音を立てて朱い鎧が砕け散った。理由や原理は分からないが、どうにもあの鎧が元凶であった気がした。

「それにしても…………コレが竜人族か」

鎧が無くなり、肌――――というよりは龍鱗《りゅうりん》を晒《さら》すハリアルを、レイターはふむ、と観察する。

「爬虫類《はちゅうるい》相手だと尻尾《しっぽ》の付け根や頭の形で雌雄を見分けるのが定番だが、比較対象が無いから見分けつかねぇな、コレ」

ケモナーとしての考察を行おうとするが、そもそも竜人族を見るのが初めてだ。男扱いして女だったら気まずいし、逆も然《しか》り。

「まぁ、いいや。取り敢えずもう暴れないだろうし、コイツ担いで皆の所へ戻るか」

そう言ってレイターはハリアルを抱き起こすと、肩を貸してその場を後にした。

第十五章　魔王と魔女

「荒《すさ》んだ御霊《みたま》よ、今一度現世に彷徨《さまよ》え――霊鎧形成《ペルゼイン》」

　アノーラが二節結び、起動式を唱えると掲げた大鎌から幾つもの死霊がまろび出て、粘土のように形状を弄ったかと思えば甲冑《かっちゅう》騎士の姿へと変えた。気づいた頃には、死霊の騎士団がアノーラを中心に現れていた。

「これは………成程、死霊術士か。実物は初めて見るよ」

　それを見届けたジオグリフは、相手が魔導士の中でも特殊な術士であることを察した。

　魔法と呼ばれる概念を扱う者を広義では魔導士と呼び、そして魔術、結界術、回復術などなど、使う術式によって細分化されていく。例えばジオグリフはオーソドックスな魔術士であり、ラティアは精霊術士である。狭義の意味では別々のそれも、大枠としては同じ魔導士であるのだ。

　そして細分化された魔導士の中でもとりわけ特殊な位置にあるのが、死霊術士である。何しろ自前の魔力だけではなく、他者の魂を使って魔法を成すのである。魂が無ければ無力であり、裏を返せば魂さえあれば際限がない。

　発祥初期の死霊術士はそれほど珍しい存在ではなかったが、やらかした歴史の中で時代が下るに連れて少なくなっていき、今では在野に細々といるか地下に潜っている。なのでジオグリフも実際の死霊術というのを初めて見たのである。

「ほほ、珍しいかえ？　小僧。お主も不思議な起動式を使うではないか。ちょっと興味が出てきおった。名は？」

「人の名を聞く時はまず自分から、というのが礼儀じゃないかい？」

それもそうじゃの、とアノーラは口の端を歪《ゆが》めて名乗る。

「死霊術士――アノーラ・カドヴィアじゃ」

「霊魂の魔女？　…………騙《かた》りにしては、些《いささ》か若すぎやしないか？　世襲かい？」

ジオグリフはその名に眉《まゆ》を顰《ひそ》めた。

彼も領主――それも広大な土地を持つ辺境伯領の子息である。在野に存在する厄災とも言える脅威の名は貴族教育の中で叩《たた》き込《こ》まれていて、その中の一つに彼女の名があった。だが、霊魂の魔女の逸話は二百年も前から存在する。眼《め》の前の少女然とした姿でそう言われても合致しない。エルフのような種族ならば別だが、彼女にそうした種族特性は見受けられない。

「当人じゃ。通り名としての魔人や魔女ならいざ知らず、『本物』は大体事故るからこう成るわ」

歴史上、魔人、魔女と呼ばれる人間は多数いる。だが、大半は真っ当かどうかはともかく死を迎えてこの世を去っている。そんな中、未《いま》だに逸話を更新し続けている者達こそがアノーラの言う『本物』なのだろう。

「何かと引き換えに、寿命が――いや、成長でも止まったか」

「ご明察。尤《もっと》も、ずっと小娘の見た目というのもそう悪くはないぞ。醜く老いることは無いし、周囲から侮られるということは油断してくれるという訳じゃ。妾達《わらわ》にとっての死は限りなく遠く、その分研究に時間を費やせるしの」

「成程、真正のロリババアというわけかい。でも何だ、このギャグにすら出来ない痛々しさ…………！」

幾つかの考察の末に出した結論に、アノーラが答え合わせをしたがジオグリフはマリアーネが抱いていた違和感の正体を知って懊悩《おうのう》した。

「それよりお主じゃ。不思議な起動式を使う魔術士よ。妾が名乗ってやったのじゃ。とっとと名乗れ」

「ジオグリフ・トライアード。なに、通りすがりの魔術士さ。――――生憎《あいにく》、単身赴任ではないけれど」

ネタ交じりにジオグリフが名乗ると、アノーラは目を輝かせた。

「ほう！　噂《うわさ》のトライアードの麒麟児《きりんじ》か。これはこれは、良い素材になりそうじゃの」

ほくほく顔で頷《うなず》く彼女は、ジオグリフの背後、自身の死霊術によって拘束した面々に視線を移す。

「よくよく見れば…………獣人、エルフ、神鳥にその一族――――おや、今代の聖女もいるではないか。これは本当に良い素材になるな」

「ふむ。何となく想像は付くけど、一応聞こうか。何の素材だい？」

「当然、死霊としてよ。特にエルフは良いわ。種族適性的に精霊に近いから、魂としては上質なのじゃ。このように、な」

手にした杖《つえ》を掲げると、死霊騎士達の鎧兜《よろいかぶと》が再び粘土のように一斉に変化する。出てきたのは顔——それも、おそらくは生前のもの。人間、獣人、エルフ、ドワーフ、魔族——様々な種族の老若男女問わない顔だ。それらは一様に、苦悶《くもん》の表情を浮かべていた。

「死霊術というのはな、便利ではあるが面倒でもある。何しろ事前に魂の収集をせねばならんからの」

「それは知っているよ。これはまた随分と集めたものだね」

アノーラを守るように横に広がった死霊騎士達は数百に上る。無論、これは護衛用に使っているだけで、アノーラの集めた魂の一部だ。彼女の手にする渇命の大鎌《ログ・ヴォイド》には、数万の死霊が囚《とら》われており、燃料として使われるのを待っている。最早《もはや》使い潰されて、消滅することこそが彼等《ら》にとっての救いなのだから。

「ほんに苦労をする。ただ殺すだけで良いなら戦場を巡るだけで良いし楽なのじゃが、このように手駒として使おうとすると良い死霊が必要になる。しかし強く良質な死霊を作ろうと思えば一手間も二手間も掛かるのじゃ。どうやって作るか、お主、知っておるか？」

「さてね。魔術にしても死霊術にしても、同じ『魔法』という分類上、使おうと思えば使えるんだけど、僕は魔術士だから」

「ほ。お主、妾と同じで複数の適性持ちか。そして妾と逆に、魔術の方が得意と。——これはますます欲しくなるの」

実際には否である。

ジオグリフの魔法適性は魔術しか無く、素のままのジオグリフ・トライアードならば他の術式を使うことは出来ない。だが、彼はストックやスタックといった魔法に属さない技術があり、それを用いて他の術式の真似事《まねごと》は出来るのだ。だが、一々説明してやる必要もないので黙っていると、彼女は得意気に講釈を始めた。

「ふふん、では死霊術の一端を講釈してやろう。良いか小僧。死霊とは即《すなわ》ち、魂の残留じゃ。後悔――要は、死んだ時に未練が強ければ強いほど魂の残留は強くなる。無論、その魂の元の魔力量や適性にも左右はされるが、『まだやることがあるからこの世に残りたい』という意思が何より肝要じゃ。では人の最も強い感情、というのは何だと思う?」

「色々あるとは思うけれど――その流れなら、恨み、かな」

「ほほほっ。やはり良いな、小僧。その通り。恨みこそ、現世に執着を齎《もたら》す最も強い感情よ。畢竟《ひっきょう》、強い死霊を欲せんとすれば、恨まれれば良い」

くふふ、と含むような笑いが彼女から溢《あふ》れた。

「特に面白いのはな。親兄弟、親友戦友恋人などを互いに殺し合わせることよ。追い詰めて自由意志で殺し合わせるのもよし、死霊を憑依《ひょうい》させて自我を残したまま殺し合わせるのもよし。命の危機に瀕《ひん》しそやつらが積み上げてきた愛情、信頼、友情などが醜く歪んでいく……それがなんとも面白いのじゃ」

アノーラが視線をやると、一体の死霊騎士が前へと出た。すると、壮年の男だった顔の横から、少女の顔が生えた。

「この親子の死霊、例に漏れず互いに殺し合わせてな。父親など涙ぐましかったぞ。躊躇《ためら》う娘に発破をかけるため、わざと汚い言葉で罵《のの》り、娘の怒りを引き出してから無抵抗で殺されよった。それを悟った娘の表情と言ったらこれまた見物でな。その娘の慟哭《どうこく》にあまりに感激したので、妾も慈悲深く体を切り刻んで嬲《なぶ》ってから殺してやったわ。今ではほれ、親子仲良く妾の手駒よ」

死霊達からは声は出ない。ただ、苦しみと後悔の表情を刻み、ただただ消費されていく未来に絶望――――いや、その先の消滅こそに救いを求めていた。

「他にもな？　強い者に惹《ひ》かれるという種族特性なのか獣人達は蠱毒《こどく》のように殺し合わせると良い死霊となるし、ほれ、この者達など女だけで出来た騎士団のせいか同性同士で好きあっておってな？　単に殺し合わせようとしても上手《うま》くいかんから、死霊を憑依させて無理矢理――――」

「――――そうかい。そこまでして、良い死霊が必要かい？」

聞くに堪えなかったので、ジオグリフは言葉を遮って質問する。すると、アノーラは一瞬だけきょとん、と首を傾《かし》げると。

「そりゃそうじゃろう。通り名ではない本当の意味での魔女や魔人はな、皆、始祖魔法を目指しておる。妾など、二百年は生きておるが、未だ第一死霊術式にすら到達できん」

これ程まで人の道に外れて目指したものが始祖魔法、と聞いてジオグリフは肩を落とした。

始祖魔法、魔法の深奥、根源魔法――――色々と呼び名があるが、魔法学的には第零術式という名が一般的だ。その正体は、神代の頃の魔法だ。

この世界、四千年前のメクシュリア文明以前を神代と一括《ひとくく》りにしているが、どうもその頃とメクシュリア文明とで魔法の仕様が変わってきている。情報源が古い文献なので、誇張や改竄《かいざん》もあっただろうが、それにしても神代で一般とされていた魔法とメクシュリア文明の魔法では明らかにスペックが違う。おそらく継承断絶やそれに近い何かがあったのだろうが、真相は歴史の闇の中だ。

だが、その闇に挑もうとしたのが魔人や魔女との事らしい。

ジオグリフとしても、別にそれはいい。研究や研鑽《けんさん》は彼も好むものであるし、その結実がストックやスタックといった彼が作り上げたこの世界では異質な技術である。彼だけに限らず、人はそうした研磨によって文明を進化させるものだ。だから始祖魔法を目指す魔人や魔女達を否定しない。

よくよく人間的で、素晴らしいことだ。ジオグリフが好むSFも、たとえそれが舞台装置として与えられた超技術だったとしても、登場人物が弄《いじ》くり回して良くも悪くも足掻《あが》くのだ。難しいから挑む。理解できないから解明する。その結果がどうあれ、前進を諦《あきら》めぬ人間性を魅《み》せてくれるからこそ、彼はSFというジャンルが好きなのだ。

だが。

「――――無駄な人生だったな」

彼女が用いたこの方法は気に入らない。酷《ひど》く、気に入らない。

「何じゃと?」

「無駄な人生だったな、と言ったのだ」

ジオグリフがアノーラを見下すように顎《あご》を上げる。元より義憤に駆られるような激情家ではない。

だが、裏を返せばどこまでも冷酷になれるということだ。

「二百年も掛けてたかだか第一術式にすら到達できぬ凡人以下が、外道に手を染めてすら到達できぬのだ。無駄の言葉以外、何があるという————ああ、無能か」

「小僧………貴様………！」

自らの為《な》してきた歴史を貶《けな》され、アノーラが気色ばむ。しかしジオグリフは右手を振ってそれを遮った。魔法すら使っていないというのに、何故《なぜ》かアノーラは噛《か》みつくタイミングを逃す。

「いや、もう良い。貴様との会話も飽いた。精々全力で来ると良い、霊魂の魔女よ。貴様が人生を掛けて積んだ研鑽、その全てを受け止めてやろう」

既にやるべきことは決定した。

「貴様の二百年を否定するために」

理不尽を振りまくこの厄災を、この世から消す。

「殺されていった人々の無念を晴らすために」

義憤ではない。義侠心《ぎきょうしん》でもない。まして正義などでは断じて無い。

「そして————」

ただ、自分達がゲラゲラ笑って生きるこの世界に、アレは邪魔だ。目障りだ。だからこれはただの独善。言い訳のしようのない、ただの我儘《わがまま》だ。

「————貴様の積み上げた理不尽を、余の理不尽で壊すために」

故に、理不尽の破壊者《シリアスブレイカー》が本気になった。

●

アノーラ・カドヴィアという死霊術士の強みは、何と言ってもその手数の多さである。

通常、死霊術士はその能力的に方向性が二極化する。弱い死霊を大量に集めて使役するか、少数の強い死霊を使役するかだ。これには使用者の魔力制御能力が関わってくるので個人差が出てくるが、この制御能力を超えると困った死霊が暴走、術者を食い殺すこともあるそうだ。

一転、アノーラの場合――――魔女化儀式の結果、人の理《ことわり》からは外れたがその制御能力を大きく伸ばした。一般的な死霊術師は百人程度の死霊を扱えるが、アノーラが一度に扱える死霊の数は三千に迫る。更に渇命の大鎌《ログ・ヴォイド》と組み合わせることによって、大量に集めた死霊を適切に扱うことが可能になり、十人並みの死霊術士数十人に匹敵する能力を発揮するのである。

これにより彼女は強い死霊を自らの直掩《ちょくえん》にして安全を確保。低階級の死霊術連打による弾幕を形成することによって面制圧。そうやって大抵の敵対者を一方的に屠《ほふ》ってきた。

言ってしまえば彼女の必勝パターンであり、これを破ったのは過去に数人――――それも、アノーラ・カドヴィアという魔女をして、化け物と慄《おのの》くレベルの連中のみだ。

いずれも当時からして名のある強者で、少なくとも無名の相手に手こずったことは一度としてない。

そのはずだったのだが――――。

「解凍《デコード》」

ジオグリフの起動式に応じて『魔力障壁《プロテクション》』が死霊弾を巻き込みながら誘爆。

「解凍《デコード》」

幾つかの死霊弾が相殺されても、追撃の手が緩まない。だが、彼が焦ること無く起動式を口ずさめば火、雷、風の三属性の槍《やり》が後方に出現し、射出されて誘爆を免れた死霊弾を迎撃。

「解凍《デコード》」

更にはアノーラを守護する死霊騎士の足下から土の槍が生えてきて破壊される。

(何じゃ…………何なのじゃこの小僧！　一体幾つの魔術をその起動式だけで済ませておるっ⁉)

渇命の大鎌《ログ・ヴオイド》から格納してある死霊を供給、弾幕を維持しつつ死霊騎士を補充するがアノーラは胸中穏やかではなかった。

ありえないことが目の前で起こっている。

いや、確かにこれは彼女の必勝パターンではあるが、過去にも破った者はいた。それを考えれば戦況の拮抗《きっこう》はそこまで不思議なことではない。

問題は、拮抗させている手段だ。

呪文の詠唱が無いというのはどういうことだ、と彼女は慄いていたのだ。

通常、魔法の行使には詠唱が必要になる。技術的には可能な無詠唱ではあるが、その制御と運用に難があるために真っ当な魔導士はそんなものは習熟しない。何故なら習得した段階で、寝言一つ言えなくなるからだ。

人にとって詠唱とは即ちトリガーであり、ブレーキである。それを取っ払うことを覚えてしまえば、確かに意識せずとも魔法を行使できるだろう。しかし裏を返せば、意識がなくとも魔法が使えてしまうのだ。寝ている間に、あるいは寝ぼけて周辺を破壊し尽くす全自動辻《つじ》斬り機になりたいのならば話は別だが、魔法に造詣《ぞうけい》が深ければ深いほど使いこなせないと判断して習得しない。

あるいは禁忌の魔女のように、桁外《けたはず》れの制御能力と根本的に眠らずとも生きていけるような特殊な体質を持つ人間ならば話は別だが、魔女となったアノーラとて睡眠といった体の休息というのは必要だ。そんな時まで制御に意識を割いていられない。

だから魔女と世間から恐れられる彼女も詠唱をする。

無論、破棄や短縮、あるいは事前に唱えておいて待機させるぐらいは行うが、こうして戦闘に入ると手持ちがなくなって再び詠唱をすることになる。

だと言うのに。

「遍《あまね》く花を死者に捧《ささ》げよ――――花葬蓮華《カロリック・レイス》！」

「解凍《デコード》」

展開した多弾頭死霊弾を即座に数十の雷槍《らいそう》によって迎撃され、アノーラは頬をひくつかせる。その上、様々な魔術を謎の単語一つで行使する。その原理が分からない。理屈が分からない。それが酷く、彼女の魔導士としての矜持《きょうじ》を逆撫《さかな》でした。

（舐《な》めおって小僧がぁ…………！）

汗一つ掻《か》かずに手を潰《つぶ》され、アノーラは渇命の大鎌《ログ・ヴォイド》を握り直す。手数でこちらが負ける道理はないのだ。速射性で多少劣った所で、いずれ相手の魔力に限界は来る。死霊術士の燃費の良さと手数は、魔導士の中でも群を抜くのだから。

根本的な部分で未だ勘違いをしているアノーラを、冷めた碧《あお》い瞳《ひとみ》がじっと見ていた。

●

「おー、姫。無事だったか」

「あら、レイ。そっちこそ…………って、なんですの？　それ」

そんな魔法戦の脇で、ひょっこりと馬鹿二人が合流していた。

「いや、倒したら鎧《よろい》が脱げてな。取《と》り敢《あ》えず、操られてただけっぽいから連れてきた。どーも見捨てられなくてな」

意識を失った竜人族を担いでいるレイターにマリアーネが尋ねると、彼は苦笑しながらそう答えた。ケモナーですものねぇ、と彼女が納得していると魔法戦の余波で発生した轟音《ごうおん》が森を揺らす。

「それより……先生、ちょっとずつ移動してるみたいだな」

「ええ、私達が戻ってくるのを見越していたんでしょう。じゃぁ、今の内にウチの娘達を助けておきますか」

戦闘開始時の立ち位置は三人娘とアノーラの間にジオグリフが立っていた。しかし、自分に注力させることによって徐々に立ち位置を変え、三人娘が人質にならぬようにアノーラの気を引いて移動し、今では完全にノーマークだ。

当初は防御と迎撃に徹して、レイターとマリアーネが合流してからサクッと終わらせようとしていた彼だが、手ずから仕留めると決めてからその様に動いていたのだ。

その意図を汲《く》んで、馬鹿二人が拘束されている三人娘と神鳥の一族へと近寄る。

「よ。無事か？」

「レ、レイター様。すいません…………」

「お姉様ぁ…………」

「情けない声を出すんじゃないですの、全く」

レイターが聖武典《リグ・ヴエーダ》をナイフに変化させ、闇色の腕を切り裂き三人娘の拘束を解いていく。

だが、どうも魔力を吸われたせいでかなり疲弊したのか、三人揃《そろ》ってヘバっていた。しかしそんな中でも愛《いと》しのお姉様に縋《すが》りつこうとするリリティアに、マリアーネは嘆息して受け入れる。うへへ、と相好を崩すリリティアを、まぁいつものちょっと怖い勢いがないからいいか、と好きにさせたのである。

「うぅ…………ジオは…………？」

『あっち』

ラティアの問いに、馬鹿二人が指差すと未だにアノーラと魔法の打ち合いをしていた。

と言っても、ほぼ防戦だ。迫る死霊弾を迎撃し、あるいは魔力障壁《プロテクション》で巻き込んで防御、時々思い出したかのように死霊騎士を撃破する程度。一見すると、ジオグリフの方が押されている。

「た、助けに行かないと………！」

「必要ありませんわ。あの程度、一人でどうとでもします」

「それに先生、どうもトサカに来てるみたいだから邪魔するのは良くねーよ」

故にラティアが加勢しようとフラフラのまま立ち上がろうとするが、馬鹿二人が止めた。手助けなど不要だと。下手に手を出せば、却《かえ》って邪魔になると。

「だ、大丈夫なんですか？」

仲間にしては些《いささ》か冷たい判断に、カズハが口を挟む。しかし、馬鹿二人は改めて魔法戦に身を投じているジオグリフを見て思う。自分達の判断は正しいと。少なくとも、自分達が戻ってきたことは気づいたはずだ。なのに手を貸せとも言われていない。

「貴女《あなた》達もよく覚えておきなさいな。言葉を操ることを生業《なりわい》にしていた人間が黙るということは、対話を止《や》めたということですの」

「まぁ、つまり、覚悟完了しちゃってんだわ」

二人にとって、ジオグリフという人間は狸《たぬき》である。まぁ、地方議会とは言え魑魅魍魎《ちみもうりょう》が跋扈《ばっこ》する政界に身を置いていたのだから、歳《とし》の割に老獪《ろうかい》なのは仕方がないだろう。だからこそ、彼はあまり地力でどうにかするという手段を取りたがらない。他力本願でこそないが、立ってる者は親でも使うタイプだ。ある意味で怠け者、ある意味で知恵者。

実際、アノーラと対峙《たいじ》した直後までは三人揃ってからボコればいいやと考えていたのだ。わざわざ全力を見せてやる必要はないと。三人揃えば手を抜いても余裕だと。この時までは、おそらく殺すことすら考えていなかっただろう。

それが、直々に手を下すことになっている。何があったのか知らないが、激怒している。その証拠に、ネタ一つ交えず『解凍《デコード》』の一つしか発さず淡々と迫る攻撃を迎撃――否、処理している。対話がない。会話がない。命の遣《や》り取《と》りをする戦闘としては酷く当たり前のことなのだが、あの馬鹿相手には似合わない。

『ジオは、黙っている時が一番怖い』

馬鹿二人は珍しくブチギレている馬鹿に、どしたんアイツ話聞こか？　と首を傾げた。

「ところで、先生《ジオ》なんであんなにキレてんの？」

「確かに珍しいですわね。ジオの事ですから、面倒に思って私達が合流するまで待っているものだと思ったんですけれど」

「実は………」

それに対して、ラティアが重々しく口を開いた。

相手――アノーラ・カドヴィアという霊魂の魔女の力、その源泉、そしてそれを獲得するために行った行為等々を聞かされた馬鹿二人は。

『はぁ…………？』

ちらり、とアノーラを取り囲む死霊騎士に視線をやった。よくよく見れば、確かに人の顔。殺し合った者達で一体を形成するのか、獣人や亜人、あるいは見目麗しい女性同士を見つけてその話が事実だと知った。おそらくは、ジオグリフにとって亜人の部分が逆鱗《げきりん》に触れたかと予想もできた。

成程、これはなんとも理不尽だ。度し難いほどに。壊さねばならぬと思うほどに。

だが馬鹿二人はジオグリフにやらせると既に決めた。加勢する必要性はないと。おそらく、ジオグリフもそれを望むだろう。

だから、馬鹿二人は互いに頷《うなず》いて。

「先生のーちょっと良いとこ見てみたーい!!」

「やっちゃえまおーさまー!!」

ネタ交じりに煽《あお》り始める事にした。

「ふふふ………くはは………はーーーーっはっはっはっはっ!」

やんややんやと外野から騒ぎ立てられ、彼の隠しておきたかった魔王の部分が鎌首を擡げた。

――――調子に乗り始めた、とも言う。

●

哄笑《こうしょう》と共に圧を増した魔術の弾幕に、アノーラはまるで雷雲の中に入ってしまったかのような錯覚に陥った。雨粒のように降り注ぐ魔術によって彼女の死霊術は軒並み迎撃され、時々迸《ほとばし》る雷撃が壁にしている死霊騎士を粉砕していく。

その上、だ。

「解凍解凍解凍《デコードデコードデコード》! ふははははは! どうしたどうした霊魂の魔女よ! 先程まで偉そうに講釈を垂

れておったではないか！　もっと余に死霊術士の深淵《しんえん》とやらを見せてみよ！　――――底の浅い貴様に、そんなものがあるのなら‼」

「くっ…………おのれぇっ‼」

煽るような言葉に、アノーラは歯噛《はが》みする。

「こうなれば…………！」

良いだろう、と彼女は腹を括る。あれほどの魔術士だ。素材としては惜しいが、最早三下としては見てやらない。全力を以《もっ》て屠《ほふ》り、格の違いを叩《たた》き込《こ》んでやると。

「征《い》け！　死霊騎士達よ！」

まずは削られつつある死霊騎士を肉壁として前進させる。その間に渇命の大鎌《ログ・ヴォイド》から追加の死霊騎士を呼び出し、そろそろ百を切りつつあった数を補充。二百に僅《わず》かに届かない程度まで回復。それらも即座に前進させ、波状攻撃兼時間稼ぎとして使用――――いや、使い潰す。

認めよう、とアノーラは思う。あの魔術士は若くはあるが、あの気に入らぬ同僚――――禁忌の魔女と同じ天才の類なのだろう。だからこそ、ただの時間稼ぎでは蹴《け》散《ち》らされるだけだ。丹精込めて作製した死霊騎士が壊されるのは業腹だが、背に腹は替えられない。

死霊騎士達に特攻を指示。

まず間違いなく防ぎ切られるだろうが、これで詠唱の時間を確保した。

「我、捧げるは怨嗟《えんさ》の咆哮《ほうこう》」

選んだ死霊術は霊魂の魔女にとって、現在使える最大の第二死霊術式。

「煉獄《れんごく》の中、鎮魂歌は鳴らず」

燃費の良さを旨にする死霊術士にあるまじきほど死霊をドカ食いするので、おいそれとは使えないが今はケチっている状況ではない。

「されど、灰の深淵は現世に踊る」

渇命の大鎌《ログ・ヴォイド》に格納された死霊総数――その三分の一を一度に使い切る大魔法。

その名を。

「――告死髑髏《サマエル》」

彼女の眼前に、三つ目の巨大なスケルトンが出現した。

●

「む…………？」

突撃を始めた死霊騎士達を蹴散らした先で、ジオグリフは迫りくるスケルトンを認めた。

「ふん…………。つまらん真似を」

そして吐き捨てる。次の手品は異世界式餓者髑髏《がしゃどくろ》か、と。

やっていることは死霊騎士達を集合させただけ。所詮《しょせん》は寄せ集め。練達ではなく、ただ重ねただけの技量もへったくれもない児戯。こんなものに二百年もかけ、あまつさえ他人の命を弄《もてあそ》んだというのだ。

何とも愚昧《ぐまい》。何とも蒙昧《もうまい》。これがアノーラ・カドヴィアの集大成だというのならば、否定してやらねばならないとジオグリフは目を細める。

既にアノーラの――――いや、死霊術という術式の底は見えた。解析を終えた以上は最早全ての術式はただの芸にしか見えない。

怨嗟の咆哮を上げて迫る三つ目の餓者髑髏の口腔《こうこう》に、右の貫手《ぬきて》を突き込んで噛み潰される前に――――。

「――――抹消《アンドゥ》」

放たれたその言葉と共に、骨の異形は魔力と死霊に分かたれて空へと溶けていった。

●

「……………………は？」

その情景を目の当たりにして、アノーラは理解が追いつかなかった。自身が全力を注いだ術式を、理由の分からない起動式一つで砕かれて危うく手にした大鎌を取り落としそうになった程だ。

「何を…………何をした小僧っ‼」

段々と実感が湧いてきて、次に激憤とともに疑念が噴出したアノーラはそう叫んだ。

「何を、と言われてもな。それほど難しい話ではない。死霊術というのは、死霊と自らの魔力を混合させて行使する術式だろう？」

しかし、ジオグリフは事も無げに答える。

「言ってしまえば、一個の術式を成すための手順と燃料を死霊と折半しているようなもの。故に片方が無くなれば、術式のバランスが崩れて体を成さん。――余はそれを少しだけ後押ししただけのこと」

魔術を筆頭に、他の魔法が材料から成形、組み上げ作業まで術者一人で行うガレージキットであるのなら、死霊術は金型成形で射出されるプラモデルである。確かに規格は整っているし、大量生産に向き、コスト面で非常に優秀だろう。

反面、その生産性を上げるためには合理性を突き詰めて冗長性を無くしていく。高い量産性を確保する為《ため》に極限にまで無駄を無くし、先鋭化し、同時に単純になっていく。

故に極限にシンプルで――ジオグリフがたった一部分術式の抹消をしただけでバランスを保持できずに自壊した。

これが普通の魔術ならば使用者の癖が付いていてそもそも読み切れなかったり、万一の時の回避回路を組まれていて一部分を抹消した所で最低限の機能を発揮するだろうが、ジオグリフにとってアノーラの用いる死霊術は規格化されているために非常に解析しやすいものであった。

「コスパだのタイパだのを重視するのは良いが、これでは見てくれだけの欠陥品ではないか。中身がすっからかんでは、魔導の深淵に至れぬのも道理。――貴様、第一術式に到達できないのは才能や応用の研鑽《けんさん》の前に、基礎がなっていないからではないか？　だから駆動式をほんの一つ消されただけで崩れるのだ」

魔術士である彼にとって、バイナリに改変を加えられるほどのセキュリティの甘さに加えて、たった一アドレスの抹消で全体が瓦解《がかい》するようなシステムなど有り得ない。該当部分での機能不全は出たとしても、そこまではある程度機能するものだ。

無論、これはジオグリフが魔法を電算的《PC》な見地で捉《とら》えているからこそ可能な手法である。この世界の魔導士は、そもそもリアルタイムで進行する戦闘中に他人の術式に手を加えようとは思わない。

「その上、道具に頼りすぎだ。貴様、その鎌が無ければ大したことは出来まい？」

そして、ジオグリフは一連の戦闘でアノーラ個人の弱点まで見抜いた。そう、死霊術士は死霊を格納するための魔導器が必須《ひっす》になる。それは術式の特性上仕方のないことであるが、通常の死霊術士はそうと悟らせぬために魔導器をそれとはわからぬように擬装する。死霊を刈り取る魔導器も、精錬する魔導器も、混合する魔導器も、放出する魔導器すらも別個だ。

だが、アノーラの渇命の大鎌《ログ・ヴォイド》はその全てを一つでできる。合理性と利便性を突き詰める彼女にとっては神器に等しい魔導器であるが、手にした杖《つえ》も魔術のストックを作るための補佐程度にしか使っていないジオグリフからしてみれば、リスクヘッジが出来ていない駄作である。

「さて、そろそろ終わりにしようか」

「くっ………！」

ざっ、と一歩踏み込むジオグリフを前に、アノーラが尻込《しりご》む。

どうする、と彼女の脳内が光明を探して高速回転する。業腹だが、実力はあちらのほうが上だ。いや、使っている魔術式自体は珍しいものも独自製作したものも見受けられない。起動式が『解凍《デコード》』

なる言葉で統一されているだけで、内実は既存の魔術なのだろうとは理解できる。だがどういう訳か、相手の魔力が減っている気配がない。それが異様であり底知れぬ恐怖をアノーラに与えていた。

アノーラは与《あずか》り知らぬことではあるが、ジオグリフは弾倉詠唱《ストック》にてかつて詠唱して待機状態にした魔術を取り出しているだけで、魔力というコストはその時に既に払っているからである。収納魔術から取り出す関係上、ノーコストではないがたとえ連射した所で自然回復量を上回るほどではないし、そもそも彼の魔力量は一般魔導士からしてみれば底無しだ。

どうにか活路をと視線を巡らせ、最初に拘束した三人娘を思い出してこれを人質に使おうと考えたが既に救出されていた。更に何故か鎧《よろい》を剥《は》ぎ取られた竜人族を見つけ、ハリアルの敗北も悟る。

事ここに至って、彼女は理解する。

勝てない。少なくとも今は。

となれば、次に考えるのは自身の保身。最終的には逃げ出すが、その算段が付くまでどうにか時間稼ぎをせねばならない。

「解《デ》――――」

ジオグリフが見下すようにして口を開き、アノーラには最早迷っている猶予はなかった。

だから、両膝《りょうひざ》を折って地にくずおれ。

「――――助けて！　お兄ちゃん！」

哀願した。

「凍《コード》」

しかし返答は、無情にも起動式であった。

轟音《ごうおん》と閃光《せんこう》がアノーラの横を通ったかと思えば、衝撃と焦げ臭い匂いが右半身を襲う。

「ぎっ…………⁉」

がくん、と左に体が傾ぐ。何をされたと視線を向ければ、右の肩口から下――――渇命《ログ・ヴォイド》の大鎌さえ消失していた。

「――――あぁあぁああぁあぁぁああぁあっ⁉」

認識と同時に灼熱《しゃくねつ》がやってきた。痛みではない。知覚が遅れて鈍さはあるが、それよりも肩口を灼《や》き切った熱量を体が強く感じていた。出血はない。それを許さぬほどの高温で焼かれて、既に傷口は炭化している。腕を失ったことで体のバランスを崩し、地面に倒れ伏すアノーラにジオグリフが苦虫《にがむし》を噛み潰《つぶ》したような表情を浮かべた。

「随分と――――舐《な》めてくれたものだ」

「ひっ⁉」

その言葉尻に含まれた怒気に、アノーラは虎の尾を踏んだことをようやく自覚した。

尤《もっと》も、既に最初の邂逅《かいこう》の段階で踏んではいたのだ。仲間を問答無用に拘束され、亜人好きであるジオグリフに向かってその尊厳を踏みにじったことを自慢していたのだから、その時点で処分対象であった。

だがそれ以上に彼を逆撫《さかな》でしたのは、今の少女の演技だ。

レイターやマリアーネと同じように彼もまた前世の倫理観を引きずり、それでもこの世界の価値観に合わせようとしている。

だが、それでも残っている――――いや、捨てられない部分があるのだ。

やがて後世にマシな状態でバトンタッチするため、今の世の中を良くしたい、という志で政界に挑んだ彼にとって未成年は保護対象だ。さる篤志家に憧《あこが》れ、自らもそうあろうとしてきた彼にとって、子供とは護《まも》るべき対象であり手を上げるべき存在ではない。

だと言うのにその姿を用いて、自らの保身に走る浅ましさが醜悪な――――彼が唾棄《だき》する前世の老人達と重なって見えてしまった。

あまつさえ保護対象である未成年の形をしたアノーラを撃たねばならない、という状況に一瞬とは言え躊躇《ちゅうちょ》して手元が狂ってしまったのだ。一撃で仕留める気で魔術を放ち、一瞬とは言え制御を乱したために仕留め損ねた。自分の未熟さも綯《な》い交《ま》ぜになって、酷く癇《かん》に障る感情が湧いてきた。

「癪《しゃく》に障ることをしてくれた礼に、一つ講義をしてやろう。貴様の大好きな魔法の講義だ」

悔恨と同時に、自分は何をやっているんだろうかという冷静な部分が呆《あき》れている。

「貴様は第一術式を目指していたようだが、そもそもあんなものは小難しい理論や小手先の技術なぞ必要はないのだよ」

それでも、この愚物に自らがやってきたことへの無意味さを見せつけてやらねば気が済まなかった。

「重複《スタック》――――解凍《デコード》」

展開したのは第八魔術式『火矢《ファイアアロー》』と呼ばれる単一属性系の魔術――――それを二千。更にそれを重ね合わせて、収束させていく。そうして彼の指先に集ったのは、小さな種火だった。

「何じゃ……それ……」

「貴様が目指したもの、その通過点だ。別に人の魂など弄ばなくても、この程度は知恵と時間があれば辿《たど》り着《つ》ける」

だが、魔導士であるアノーラには理解できる。それは確かに種火のような小ささではあるものの、内包した魔力は極限にまで圧縮されている。その指先の、まるで小さな太陽が如《ごと》き異質さに彼女は呆然《ぼうぜん》とそれを見つめる。

「術式というのは、基本的に込めた魔力量によって成否が左右される。ならば、合奏魔法《ユニオン》のように小さな術式を重ねてしまえば同属性の上位へと成り上がるのだよ。――このようにな」

ジオグリフが指先の小さな太陽を弾《はじ》くと、ふっと森へ飛んで行き――白い光が世界の音を消した。

「な、ぁ………」

自分の漏れ出た声すら自覚できないのは、轟音が人体の可聴域を超えたからだ。白夜のような眩《まばゆ》さを放った種火は、その身代からは想像もつかない火柱を以て森の数百メートル四方を焼き払い、大地を削った。削った地表は大深度地下に及び、天を舐めた炎は上空に陽炎《かげろう》を生み出していた。

「だから無駄な人生だったな、と言ったのだ。――他人の命を奪い続けただけに、本当に無駄極まる」

それが収まった頃、吐き捨てるようにして呟《つぶや》くジオグリフにアノーラは恐怖で揺れる瞳《ひとみ》を向けた。

知れず息を呑《の》む。ゆらりと揺れるその姿に、彼女はようやっと絶対的な差を理解した。

「証明してやろう。魔法はそれほど才など無くとも、工夫次第でどうとでもなるという事を」

まるで伝説の魔王に対峙《たいじ》しているような絶望感の中、ジオグリフが両手を掲げる。

「変換《エンコード》――翻訳《コンパイル》――重複《スタック》」

そして口ずさむのは、この世界には馴染《なじ》みのない起動式。だが、今この場で起ころうとしていることを、アノーラは死霊術士の見地から即座に察した。

「死霊術⁉　死霊も使わずどうやって…………いや、ま、まさか…………それは！」

「昔、古文書にあったのを思い出してな。――再現してやろう」

そう、ジオグリフは死霊術を使おうとしていた。

しかし一般の彼等のように死霊を用いない。死霊術士が死霊を使うのは、魂に魔力が残留するからだ。そして自らの魔力と混合させ、変異を促す。ならば、自前で莫大《ばくだい》な魔力があれば前提条件が整い、変異を促す技術があれば再現が可能だ。

弾倉詠唱《ストック》した魔術を紐解《ひもと》いて元の魔力へと変換、それを元に擬似魂魄《こんぱく》と言える死霊を模造し大量に精錬、更にそれらを重複変異《スタック》で重ねていって序列を上げていき、出来上がったのは。

「第一死霊術式…………⁉」

気づけば、彼の頭上に人骨で形成された歪《いびつ》な門が出現していた。

アノーラは知っていた。宿敵と見定めた魔術士が片手間に到達した死霊術の奥義。神魔大戦時に夢幻牢獄《ろうごく》と呼ばれる別次元へ封じられた悪魔族を呼び出す死霊術。

膨大な魔力、そして魂を支払って到達できるとされた深奥に、眼の前の少年があっさりと至ってみせた。

「魂を弄《もてあそ》ぶ貴様には、魂に弄ばれる結末こそ似合いだ。――――解凍《デコード》」

骸骨《がいこつ》のレリーフが刻まれた扉が開く。そこには、悪魔達が犇《ひし》めいていた。それぞれに鬼や獣のような牙《きば》と角を持ち、体の主立った部分が白い外殻で覆われている。神話にある、そして禁忌の魔女がアノーラを前にして実演してみせた時と同じ――――悪魔の姿。

第一死霊術式――――『地獄門《エスカトロジー》』。

「その中には悪魔族と呼ばれる種族が犇めいている。飢えること無く、死ぬことも無い、その特性は生命としては理想かもしれないが、文献によれば彼等にも彼等なりの悩みはあるそうでな。――――飽いているのだそうだ、生きることに」

完全に制御しているのか、開かれた門から飛び出そうとする悪魔族は見えない壁によって撥《は》ね付《つ》けられている。ジオグリフもこれらを解放する気はない。むしろ、ここにアノーラを放り込むつもりだ。

「おのれ…………！　おのれおのれおのれおのれおのれぇっ‼」

それを察した彼女が激昂《げきこう》しつつ後退《あとずさ》りするが、開かれた門から風が逆巻く。どうやら彼女だけに狙いを定めて効力を発揮しているようで、最後には背を向けて走り出そうとしたが、それを許すことはなくアノーラは悲鳴を上げながら地獄門へと吸い込まれていく。

「久しく触れていない人間という玩具《がんぐ》だ。そうそう楽には死なせて貰《もら》えんだろうな。ならば精々懺《ざん》悔《げ》してから――――死ぬがよい」

そうして、あっけなくアノーラを飲み込み――――地獄門はその口蓋《こうがい》を閉じた。

●

閉じた地獄門が砂のように崩れて風に溶けていき、それを見届けるようにして燐光《りんこう》が舞い踊った。

アノーラの持つ渇命の大鎌《ログ・ヴォイド》に囚《とら》われていた死霊達だ。どうやら彼女の右腕ごと消し飛ばした影響で、解放されたらしい。言葉はない。ただ、彼等はしばしジオグリフの周囲を巡っては感謝の念を告げるように瞬くと、蛍火のように静かに消えていった。数万の死霊達がそれを行うので、彼の周囲は一種幻想的な風景になっていた。

時間にすれば数十秒程度だ。だが、なんとも綺麗《きれい》な光景に一行が心を奪われて気持ちを切り替えるのには数分を要した。

「ふぅ――――じゃぁ、帰ろう、か…………？」

「おお？　何だ？」

「地震ですの？」

そして全てが終わったから帰路につこうとした時であった。不意に、大地が揺らいだ。震度としては三程度。この地方では地震など滅多に起こらないので、珍しいと三馬鹿が思っていると。

「いえ、これは…………」

「水の、音…………？」

耳の良いラティアとカズハが揃《そろ》って異変の正体に気づく。次の瞬間、ジオグリフが開けた大穴から津波のような地下水が吹き出した。

『あっ』

色々と察した直後、シリアスブレイカーズ一行はしかし回避が間に合わずに吹き出した水脈に流されていった。

終章　そして、三馬鹿が行く

ジオグリフがニヤカンド山の麓《ふもと》でぶち開けた大穴は大深度地下に到達し、不運にもニヤカンド山の雪解け水を含んだ地下水脈に直撃した。

まぁ、それは良い。良くはないが吹き出した地下水脈に流された直後は『環境破壊は気持ちいいZOY！』とネタに走るぐらいにはまだ三馬鹿にも余裕があった。だが、その水脈はエルフの村へと続く川の湧き水であり、その手前で吹き出してしまっては川が枯渇してしまうことを危惧《きぐ》したラティアの願いで河川工事をすることになってしまった。

ぶち開けた大穴をダム代わりにして、元の川に繋《つな》げる大工事である。

工事に要した時間は僅《わず》か二日。作業者は六人。地球換算では頭のおかしいレベルの突貫工事だが、それでもどうにか今までの河川に接続、水を合流させた。湧き点が変わっただけで、これで問題はないと。

この時は、三馬鹿もそう思っていた。

「それで、川の流れが変わって、修復にも時間を掛けたと…………」

『は、はい…………』

エルフの村へと帰還し、その光景を見て絶句した。そして怒る村人達を前に、三馬鹿は即座に土下座に移行。村長であるラバックに事情を説明する馬鹿三人は――――。

「も、元々は先生があんな馬鹿みたいな魔法ぶっぱしたのが悪いんだからな⁉　俺知ーらね‼」

「そうですわそうですわ！　巻き込まれた私達迷惑！　超迷惑‼」

「き、君達だってやれやれって散々煽《あお》ってたじゃないかぁっ‼」

正座のまま、言い争いをしていた。非常に醜い。

河川に接続したままでは良かったのだ。ただ、彼等《ら》は水の流入量を細かく計算しなかった。通常、この手の放水は緊急時でも無い限りちょろちょろと始めるものだ。しかし、カズハの結界術で水を一旦《いったん》押し留《とど》めてからそのまま工事を完了して放水してしまったのである。突貫工事の疲労で一行の頭が回っていなかったのもあるが、気づいた時には時すでに遅し。希望的観測を持ちつつ恐る恐る村に戻ってみると、やっぱり想像通りの事態になっていた。

そう、フェルディナ中央に流れる川が一気に増水。村手前の貯水池を軽くキャパオーバーして氾《はん》濫《らん》。家屋が流されることはなかったものの、村中が水浸しという事態に。

早い話、人為的な鉄砲水を作ってしまったのである。

「どうしてくれるんだ⁉」

「温泉が水浸しじゃない！」

「オラの畑が‼」

各々の苦情を受けて、三馬鹿は土下座を決行するが如何《いか》に日本文化が浸透しているとは言え土下座は適応範囲ではないらしく、怒れる村人達にジリジリと詰め寄られた三馬鹿はそれぞれに顔を見合わせて、やおら頷《うなず》いて同じ結論に至る。

『逃げろっ‼』

『待ぁてぇぇぇぇぇぇぇぇっ‼』

脱兎《だっと》のごとく背を向けて逃亡し、怒れるエルフの集団と熾烈《しれつ》極まる鬼ごっこが始まる。尚《なお》、慌てて森に逃走してしまった三馬鹿が、森を友にして生きるエルフから逃げ切れるはずもなく、十数分後には御用となって簀巻《すま》きにされることになる。

当然のことながらその後、村の復旧に尽力する羽目になり、晴れ渡るニヤカンド山の空に三馬鹿の『ごめんなさ――――い！』という謝罪が天高く響いたことをここに記しておく。

この世界のあちこちで無自覚に騒動を起こし、あるいは騒動に首を突っ込み、理不尽《シリアス》を理不尽《ネタ》で捻《ね》じ伏せながら――――今日も、三馬鹿が行くのであった。

あとがき

皆様初めまして、あるいはこんにちは、著者の黄泉坂登《よみざかのぼる》です。

旧名は86式中年《はちろくしきちゅうねん》なので、そちらの方が馴染《なじ》みがある方もいらっしゃるかもしれません。商業デビューしようが未《いま》だ胸張って小説家とは言えない木っ端なので、しがない物書きを名乗らせて頂いております。

さて、さる二〇二四年五月末、「カクヨムコン9」特別賞を受賞してほぼほぼ一年。どうにかこうにかこの『三馬鹿』が書籍化しました。カクヨム、あるいは小説家になろうのWEB版経由で手に取って頂いた方、引き続きのご愛顧ありがとうございます。本書で初めて手に取ってあとがきまで辿《たど》り着《つ》いてくれた方、ここまで読んで下さってありがとうございます。

はい、堅苦しいのはここまでにしますかね。担当のO様からも好きに書いて良いと言われてますので、ここからはつらつらと、とりとめのないことを書いていこうと思います。ぶっちゃけますと商業出版自体が初めてですので、何を書いて良いのやらと戸惑っているのが正直な所です。

なので、今回は私自身と『三馬鹿』について語っていこうかなと思います。特に書くことが思いつかないから自分語りってヤツです。

思い返せば最初に筆を執ったのは、中学の一年位の頃でしたかな。今からざっと四半世紀前。ライトノベルというジャンルそのものに触れたのは小学五年の頃、レジェンド神坂一《かんざかはじめ》大先生の「スレイヤーズ」からですが、自分で書こうと思ったのはその頃です。当時は個人でパソコンなんか持っていなかったものですから、大学ノートを横にして罫線《けいせん》に沿ってプロットなのかシーンのぶつ切りなのかよく分からないものを書いていました。高校に上がる頃に父親から古いノートPC貰《もら》って、それでせこせこ書き始めましたね。「富士見ファンタジア大賞」に応募したりもしましたっけ。中間選考すら突破しなかったですけど。

その後社会人になって、とあるサイトで「マブラヴ」のSS書いたり（今でも某理想郷に残ってます。久しぶりに見たら69万PVぐらいになってました。エタってるのに。クセがある文体なので多分、特定できると思います）発表しないオリジナル作品書いたりしていたんですが、忙しさも合わさって筆を折っていた時期があります。大体七年ぐらいですかね。バス転がしてると、本当に執筆時間ないんですよ。まだブラック企業って言葉が浸透し始めた頃ですしねぇ…………今振り返っても酷《ひど》い労働環境でした。

で、三十一の頃に色々あって、ええ、本ッ当に超色々あって人生のドン底を味わい、辛酸を嘗《な》め、それから立ち直った頃に初心を思い出し久々に筆を執りリハビリがてら『Realize・Id』という作品を書き始めて、小説家になろうとカクヨムに投稿。「カクヨムコン8」にも出しましたが中間選考すら突破せず。まぁ、元々PVも少なかったしさもありなんですけれど。

その年に「じゃぁ新作書く時にはもうちょいキャッチーに流行《はや》りの異世界モノにするか」と書いたのが、本作にも出てくる女神リフィール初出作の『周回勇者の救世RTA』という短編。その時の読者反応を見て「やっぱ異世界ファンタジーって強いのな」と思い、諸々《もろもろ》の調整を加えた長編がこの『三馬鹿が行く！』（受賞時タイトル）です。

元々地の文が堅い、重い、鬱屈《うっくつ》している系の人間なので軽妙なノリにすべく参考資料を探していた時に、YouTubeのおすすめで『暴れん坊将軍』の殺陣《たて》動画を見たんですよね。その時、ふと子供の頃に曾祖母《そうそぼ》と一緒に見てた時代劇に『三匹が斬る！』があったのを思い出したんですよ。当時としてはコメディ調の強い、あの名作時代劇を。

それを異世界風にアレンジして、とっつきやすくネタパロまみれにして、更にシリアス振ってコメディで壊すというコンセプトを取り入れたのが本作です。まぁ、文字数の関係上、WEB版で一番のクライマックスは次巻（あるかどうかは本書の売れ行き次第ですが）になってしまいましたが。

――――改めて、なんでこんなネタと悪ノリで書いた『三馬鹿』が特別賞獲《と》っちゃったんだろう……………と恐々とする日々です。

さて、色々と頭のおかしい拙作ですが、こうして無事に世に出ることになりました。三馬鹿と一緒に皆様が少しでもゲラゲラ笑っていただけたのなら幸いです。

最後になりますが、諸方面から（ネタパロ関係で）お叱りを受けかねない拙作を出版しようと覚悟していただいたカドカワBOOKS様。お互い忙しい中、見捨てること無く連絡を取ってくれた担当O様。素敵なイラストを提供して頂いたニシカワエイト様。関係各位の皆様。様々な人のお陰でどうにか出版まで漕《こ》ぎ着けられました。誠に有難うございます。

それから人生のドン底に至って死にかけても見捨てないでいてくれた両親兄弟。あの時は本当に助かったと、今なら素直に言えます。ありがとう、生きててよかったわ。俺、今更だけど中坊の頃の夢、叶《かな》えたよ。

本書の執筆時に相談に乗ってくれた親方、オタクH。ありがとうございます。特に親方、二年前の夏に君がしてくれたアドバイスがなければこの作品は生まれなかった。本当にありがとう。

そして最後に、何よりもWEB版から応援してくださった読者の皆様、拙作を手にとって頂いた読者の皆様に深くお礼を申し上げ、作者の挨拶《あいさつ》とさせて頂きます。

では、また何処《どこ》かで。

黄泉坂登

お便りはこちらまで

〒102－8177
カドカワBOOKS編集部　気付
黄泉坂登（様）宛
ニシカワエイト（様）宛

カドカワBOOKS

魔力《まりよく》を極《きわ》めた三馬鹿《さんばか》は異世界《いせかい》で我《わ》が道《みち》を征《ゆ》く！
～趣味《しゅみ》に生《い》きたい転生者《てんせいしゃ》たちのシリアスブレイク理論《りろん》～

2025年4月10日　初版発行

著者／黄泉坂登《よみざかのぼる》

発行者／山下直久

発行／株式会社KADOKAWA

〒102-8177
東京都千代田区富士見2-13-3
電話／0570-002-301（ナビダイヤル）

編集／カドカワBOOKS編集部

印刷所／暁印刷

製本所／本間製本

Printed in Japan
ISBN 978-4-04-075845-9 C0093

新文芸宣言

かつて「知」と「美」は特権階級の所有物でした。

15世紀、グーテンベルクが発明した活版印刷技術は、特権階級から「知」と「美」を解放し、ルネサンスや宗教改革を導きました。市民革命や産業革命も、大衆に「知」と「美」が広まらなければ起こりえませんでした。人間は、本を読むことにより、自由と平等を獲得していったのです。

21世紀、インターネット技術により、第二の「知」と「美」の解放が起こりました。一部の選ばれた才能を持つ者だけが文章や絵、映像を発表できる時代は終わり、誰もがネット上で自己表現を出来る時代がやってきました。

UGC（ユーザージェネレイテッドコンテンツ）の波は、今世界を席巻しています。UGCから生まれた小説は、一般大衆からの批評を取り込みながら内容を充実させて行きます。受け手と送り手の情報の交換によって、UGCは量的な評価を獲得し、爆発的にその数を増やしているのです。

こうしたUGCから生まれた小説群を、私たちは「新文芸」と名付けました。

新文芸は、インターネットによる新しい「知」と「美」の形です。

2015年10月10日
井上伸一郎

少年がその異形を
駆るとき――
人類が世界を
取り戻す戦いが始まる。
シリーズ
好評発売中！

極東救世主伝説

KYOKUTO
KYUSEISYU
DENSETSU

AUTHOR ▶ 仏ょも

ILLUSTRATOR ▶ 黒銀

　第二次世界大戦末期に行われた悪魔召喚の儀によって、世界の在り様は一変した。それから一〇〇年。世界の支配者となった悪魔に対し、人類は魔装機体を生み出し抗っていた。

　そんな中、「異なる現代」の記憶を持つ少年・川上啓太は入学した軍学校で、誰も起動すらさせられなかった試作機との適合に成功する。いきなり戦場に派遣された彼は、前世の知識を活かして、今までの常識を覆す戦果を示してしまう。

――それは、人類が世界を取り戻す戦いの始まりだった。

STORY

カドカワBOOKS